"누군가를 위해 밥을 짓는 마음으로 정성을 다해 썼습니다.
이 책이 당신의 인생을 귀하게 만들 수 있다면 더없이 기쁠 것입니다."

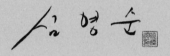

_____ 님께

_____ 드립니다.

심영순, 고귀한 인생 한 그릇

평범한 인생을 귀하게 만든 한식 대가의 마음 수업

심영순, 고귀한 인생 한 그릇

초판 1쇄 발행 2016년 7월 18일

지은이 심영순

펴낸이 문태진
본부장 김보경
편집총괄 김혜연
책임편집 김예원 **기획편집팀** 임지선 이희산
디자인 cokkiri
일러스트 박혜림
교정 윤정숙
의상협찬 박술녀

마케팅 한정덕 장철용 김재선 곽민혜
경영지원 윤현성 김송이 박미경 이지복 **강연팀** 장진항 조은빛 강유정
디자인팀 윤지예

펴낸곳 ㈜인플루엔셜
출판등록 2012년 5월 18일 제300-2012-1043호
주소 (04511) 서울특별시 중구 통일로2길 16, AIA타워 8층
전화 02)720-1034(기획편집) 02)720-1024(마케팅) 02)720-1042(강연섭외)
팩스 02)720-1043 전자우편 books@influential.co.kr
홈페이지 www.influential.co.kr
ⓒ심영순, 2016
ISBN 979-11-86560-18-1 03800

• 이 책은 저작권법에 따라 보호받는 저작물이므로 무단 전재와 무단 복제를 금하며, 이 책 내용의
  전부 또는 일부를 이용하시려면 반드시 저작권자와 (주)인플루엔셜의 서면 동의를 받아야 합니다.
• 잘못된 책은 구입처에서 바꿔드립니다.
• 책값은 뒤표지에 있습니다.

• 이 도서의 국립중앙도서관 출판예정도서목록(CIP)은 서지정보유통지원시스템 홈페이지(seoji.nl.go.kr)
  와 국가자료공동목록시스템(www.nl.go.kr/kolisnet)에서 이용하실 수 있습니다.
  (CIP제어번호: CIP2016016757)
• 인플루엔셜은 세상에 영향력 있는 지혜를 전달하고자 합니다.
  이에 동참을 원하는 독자 여러분의 참신한 아이디어와 원고를 기다리고 있습니다.
  한 권의 책으로 완성될 수 있는 기획과 원고가 있으신 분들은 연락처와 함께
  letter@influential.co.kr로 보내주세요. 지혜를 더하는 일에 함께하겠습니다.

평범한 인생을 귀하게 만든 한식 대가의 마음 수업

심영순,
고귀한 인생 한 그릇

| 심영순 지음 |

INFLUENTIAL
인 플 루 엔 셜

저의 새댁 시절부터 요리를 가르쳐주신 심영순 선생님의 인생과 그 속
의 녹록지 않은 지혜를 열어보니 새삼 새롭게 다가왔습니다. 저희 집
안 사람들이 선생님께 배운 것은 요리뿐만 아니라 아내로서, 엄마로
서, 며느리로서 알아야 할 인생 수업이기도 했습니다. 따뜻하지만 따
끔한 지침을 많은 분들과 나누게 되어 더욱 뜻깊게 생각합니다.

– 현정은(현대그룹 회장)

항상 인자한 미소로 대하시면서도 한식에 대해서라면 단호하게 기본
원칙을 굽히지 않으시던, 한식을 세계인의 보편적 가치의 반열에 올리
기 위해 연구해오신 심영순 선생님을 떠올리며 글을 읽었습니다. 동시
대에 심 선생님처럼 요리를 예술로 승화시켜 세상 사람들과 교감하고
사랑을 나눠오신 분을 만나 교류한다는 것만큼 기쁜 일도 없을 것입니
다. 그 노고와 열정을 이 책에서 고스란히 만나게 될 것입니다.

– 조태권(광주요 회장)

인류에게 음식만 한 축복이 있을까요. 그중에서도 어머니의 음식을 생
각하면 누구나 가슴 한편이 짠해질 겁니다. 전쟁 통에도 진귀한 음식
앞에 호기심을 갖던 소녀, 한 사람의 아내가 되고 네 딸의 엄마가 되어,
수많은 수강생의 요리 선생이 되어 이토록 열심히 살아온 우리 시대의

어머니, 심영순 선생님의 삶이 이 한 권에 담겨 있습니다. 이 책은 우리에게도 축복일 것 같습니다.

– 이욱정(KBS 프로듀서, 다큐멘터리 〈누들로드〉, 〈요리인류〉 등 연출)

심영순 선생님께 배운 음식에 대한 철학과 원칙이 제 브랜드에도 숨쉬고 있다는 사실은 외식사업가인 제게 큰 보람이자 자부심이기도 합니다. 선생님의 된장찌개만큼이나 구수하고 알싸한 인생의 이야기, 놓쳐서는 안 될 요리하는 사람의 마음가짐이 이 책에 빼곡히 담겨 있습니다. 삶의 무게가 느껴지는 날마다 기쁘게 펴봐야겠습니다.

– 오진권(이야기있는외식공간 대표이사)

심영순 선생님을 뵐 때마다, 인자하신 그 모습에서 저를 위해 늘 정성을 다해 음식을 해주시던 어머니가 떠오릅니다. 모든 음식은 먹는 이에 대한 마음이 우선이고, 그 정성이 결국 맛을 만든다는 믿음, 그 타협 없는 믿음을 심 선생님이 쓰신 이 책에서도 또 한번 발견하게 됩니다. 결코 쉽지만은 않았을 70년 요리 인생, 그 속에서 깨달은 마음 수업을 만나게 해주셔서 감사합니다.

–김소희(킴 코호트 오너셰프, 올리브 TV 〈마스터 셰프 코리아〉 등 출연)

일흔이 넘은 연세에도 현장에서 누구 못지않은 에너지를 발산하시는 심영순 선생님, 요리를 업으로 삼은 저희에게는 그 존재만으로 큰 힘이 되어주고 계십니다. 이 책을 읽으며 이 땅의 자연이 선물한 많은 먹거리와 수천 년간 내려온 한식 철학의 가치를 새삼 되돌아보게 되었습니다. 어딘가의 수없이 많은 부엌에서 비지땀을 흘리고 있을 '요리하는 사람들'에게 꼭 권하고 싶은 책입니다.

– 최현석(엘본 더 테이블 총괄셰프, 올리브 TV 〈한식대첩〉 등 출연)

촬영은 저에게 가장 고되고 고민되며 힘든 시간입니다. 하지만 〈옥수동 수제자〉를 촬영하며 심영순 선생님과 만나는 그 시간은 조금 달랐습니다. 재미있어 보자고 시작한 방송에서 인생을 배웁니다. 선생님의 마음과 정성을 엿볼 수 있는 이 책을 통해 독자 여러분도 저와 같은 행복을 느낄 수 있기를 바랍니다.

– 이수호(CJ E&M 프로듀서, 올리브 TV 〈옥수동 수제자〉 등 연출)

70년간 부엌에서 깨달은
인생의 맛에 대하여

계절은 어김없이 또 바뀌었습니다. 우리 집 앞마당의 색도 그에 발맞춰 바뀌어가고 있습니다. 지난봄 양재동 꽃시장에서 종자를 사다가 이틀에 걸쳐 남편과 함께 열심히 심었던 꽃들은 그 화려하고 풍성했던 색을 거두고 지금은 푸른 잎이 무성합니다. 겨우내 우리 부부에게 싱싱한 김치를 선사했던 다섯 개의 김칫 독들도 이제 텅 비어 잔디밭 사이에서 쪼르르 얼굴만 내밀고 있습니다. 볕은 어제보다 조금 더 붉고 따뜻해졌습니다. 살갗에 닿는 온도가 너무 좋아 쪼그려 앉아 잡초를 뽑다가 아예 주저앉았습니다. 땀이 송골송골 맺히려다가 갑자기 불어온 선선한 바람에 시원하게 날아가 버립니다.

"아, 좋다!" 나도 모르게 감탄합니다. 신은 어쩜 이리도 아름다운 날을 준비했을까요. 어제도 좋았지만 오늘은 더 좋습니다. 덥지도 춥지도 않은 맑은 초여름 날이어서만은 아닙니다. 이글거리는 한여름 날도, 추위가 살을 에는 한겨울 날도 내게는 마냥 아름답기만 합니다. 이 나이가 되어보면 압니다. 하루하루, 소중하지 않은 날이 없다는 것을. 당장 하나님이 데려가신다 해도 원

8

통할 리 없을 만큼 긴 시간을 살아온 내게 또 오늘이 허락되었으니, 오늘만큼 아름다운 날이 또 어디 있을까요. 오늘 같은 기적이 또 어디에 있을까요.

올해로 내 나이 일흔일곱입니다. 길고 복잡해 보이지만 내가 살아온 인생은 몇 마디로 정리됩니다. 나는 늘 누군가를 위해 마음을 담아 요리를 하였고, 열심히 먹었고, 그리고 사랑했습니다. 남들은 요리 선생이다, 한식의 대가다, 거창하게 불러주지만 나에게 나라는 존재는 그냥 누군가를 위해 밥하는 사람, 요리를 통해 세상을 사랑하는 사람입니다. 그 대상이 가족에서 이웃으로, 친구에서 제자들로, 그리고 얼굴도 모르는 더 많은 사람들로, 점점 넓어진 것은 덤으로 얻은 축복입니다. 맛있다, 고맙다며 좋아하는 표정들을 보면 그 과정의 수고로움 정도야 기꺼이 감내할 수 있었습니다. 지난 70년간 내가 부엌에서 배운 것은 마음을 담는 방법이었습니다.

음식은 사랑이고 위로일 것이니

누군가 내게 〈먹고 기도하고 사랑하라〉라는 영화에 대해 이야기해주었습니다. 한 여자가 이혼을 하고 삶에 엄청난 혼란과 슬픔을 느껴 여행을 떠난다는 내용이었습니다. 그런데 이탈리아로, 인도로, 발리로 1년이나 떠돌아다니면서 이 여자가 한 일이란 단지 먹고 기도하고 사랑하는 것이었다고 합니다. 그러고 나니 우울증이 사라지고 모든 것에 감사하는 마음이 들고 다시 인생을 헤쳐나갈 용기가 생겼다고 합니다.

우리는 날마다 먹고 기도하고 사랑합니다. 그것이 우리의 일상입니다. 매일의 육체적 고단함, 마음의 상처, 허탈과 공허함, 이것 역시 우리의 일상입니다. 그래서 우리는 날마다 먹고 마시고 사랑하면서 스스로를 위로하고 내일을 마주할 힘을 얻어야 합니다. 이게 제대로 이루어지지 않으면 정말로 영화 속의 그 여자처럼 마음의 병이 깊어져서 시간과 돈을 들여 긴 여행을 떠나야 할지도 모릅니다.

나는 인간이 미각을 가졌다는 것을 축복이라 생각합니다. 그것은 어쩌면 "생육하고 번성하여 땅에 충만하라"는〈창세기〉말씀을 실현시키기 위해 하나님이 인간에게 주신 선물일지도 모릅니다. 우리가 맛을 모른다면 먹는다는 행위가 얼마나 지겨울까요. 단지 살기 위해 먹어야 한다면 음식을 씹는 것은 노동에 가까울 것이고 어떻게든 그 노동을 줄이기 위해 애를 썼겠지요.

다행히도 우리에게는 어떤 동물과도 구별되는 미각이 있습니다. 그래서 살기 위해 먹어야 하는 다른 동물들과 달리 인간은 먹기 위해 삽니다. 그뿐만 아니라 더 맛있게 먹기 위해 머리를 짜내어 조리법을 개발합니다. 맛을 알기에 인간은 요리를 하게 되었고, 요리를 하기에 더 지능적이고 창의적인 존재가 되었습니다.

더 나아가 우리는 맛을 통해 추억을 쌓고 행복을 느끼며 사랑을 나눕니다. 아무리 대단한 일을 하는 사람이라도 이걸 제대로 못 하면 인생을 잘못 살고 있는 것입니다. 요리하는 사람으로서 나의 자부심과 책임감은 바로 여기서 나옵니다. 누군가를 맛있게 먹이는 것은 그 사람의 삶을 행복하게 만드는 일입니다. 그것은 위로하고 치유하는 것이자 건강과 생존을 책임지는 것입니다. 먹는 이를 위한 마음이 없으면 모두 의미 없는 일이기도 합니다.

바로 이러한 마음가짐으로 나는 매일 부엌으로 들어갑니다. 냉장고를 열어 오늘을 위해 준비된 재료들을 꺼내어 손질을 합니다. 쌀을 씻어 불리고 국물을 냅니다. 나물을 무치고 채소를 볶습니다. 고기와 생선을 때로는 조리고 때로는 굽고 때로는 찝니다. 늘 맛있는 김치를 먹을 수 있도록 계절마다 싱싱한 무와 배추, 해물과 견과류를 준비합니다. 나의 머릿속은 늘 오늘 요리할 것과 내일을 위해 준비할 것, 그리고 몇 주나 몇 달 후를 위해 미리 계획하고 만들 것들로 분주합니다. 물이 펄펄 끓는 소리, 기름에 재료가 지글지글 익는 냄새, 도마 위에서 칼이 춤추는 모습 가운데 썰고 굽고 밥을 푸고 간을 맞추는 행위가 마치 예술가의 춤사위처럼 조화롭습니다. 남들이 볼 때에는 요란하고 정신 없겠지만 나의 내면은 집중하여 더할 나위 없이 고요합니다.

밥 짓기, 결코 하찮은 일이 아니다

내가 젊었던 시절에는 여자들에게 그리 많은 기회가 주어지지 않았습니다. 결혼 전의 삶은 온통 시집가서 부모님 욕먹지 않도록 집안일을 배우는 데 바쳐졌고 결혼 후의 삶은 남편과 아이들을 뒷바라지하는 데 바쳐졌습니다. 처자식을 먹여 살리기 위해 밖에서 뼈 빠지게 일하는 것이 남자들의 숙명이었다면 여자들의 숙명은 살림이었습니다. 그래서 저도 살림을 했습니다. 누가 알아주지도 않았고 하찮은 일로 취급받기 일쑤였지만 그것이 내가 가야 할 유일한 길이었습니다.

그런데 세상이 여러 바퀴 돌더니 지금은 살림 잘하고 요리 잘하는 일이 결코 하찮은 일이 아니게 되었습니다. 오히려 생명과 연관된 가장 원초적이고 숭고한 일로 인정받고 있습니다. 이제 사람들은 정치나 사회에 대해 토론하는 것만큼이나 국수 면을 쫄깃하게 삶는 법, 된장국을 맛있게 끓이는 법에 대해 진지하게 이야기하기 시작했습니다. 일에서 성공을 거두는 것만큼이나 건강한 한 끼를 먹는 것을 중요하게 생각합니다. 예전에는 그저 밥장수라고 푸대접받던 사람들이 지금은 요리 연구가로, 세프로 존경을 받고 있습니다.

덩달아 나도 누구나 알아봐주고 존경까지 받는 사람이 되었습니다. 팬이라고 사인을 요청하는 사람들까지 있으니 인생 정말 재미있구나 생각합니다. 한편으로는 이러한 변화가 정말 기뽑니다. 사람들이 먹는 것에 대해 더 깊이 생각한다는 것은 앞만 보고 달리던 인생에서 벗어나 세상에 관심을 갖고, 자신의 몸과 마음을 돌보고, 일상에 맛과 멋을 끌어들이기 위해 노력하며 산다는 뜻이기 때문입니다.

물론 우리의 하루는 먹는 것보다 훨씬 긴박하고 중요한 일들, 예컨대 공부나 회사 업무, 만나야 할 사람이나 지켜야 할 약속 등으로 매우 바쁩니다. 그래서 직접 요리를 하기보다는 남에게 전담시키거나 돈으로 해결하는 편이 훨씬 간편한 것이 사실입니다. 하지만 그럼에도 불구하고 우리는 짬과 틈을 내어 부엌으로 들어가야 합니다. 귀찮은 마음을 내려놓고 정성 어린 마음을 담아야 합니다. 직접 손에 물을 묻히고 기름 냄새를 뒤집어쓰면서 요리를 해야 합니다. 왜냐하면 이런 일을 남에게 몽땅 미루다가는 자신이 뭘 먹는지, 무엇이 맛있는 요리인지, 계절이 어떻게 바뀌는지, 자연과 환경이 얼마나 소중한지, 밥상을 차려주는 사람이 얼마나 고마운 존재인지, 전혀 모르는 인간으로 변해갈 것이기 때문입니다.

주변 사람들과 딸들의 격려 덕분에 이 글을 시작했지만 나는 아직도 나처럼 오래된 사람의 이야기가 누구에게 읽힐지, 환영이나 받을지, 잘 모르겠습니다. 다만 늘 그랬던 것처럼 누군가를 위해 밥을 짓는 마음으로 열심히, 정성을 다해 썼습니다. 내가 만드는 음식과 마찬가지로 이 글도 양념이나 향이 화려하지 않습니다. 그저 좋은 재료로 정직하게 쓰려고 했습니다. 하얀 자기 그릇에 소복이 담아냅니다. 다들 맛있게 드시고 흡족했으면 합니다.

2016년 여름 심영순

〔 4장 · 고귀한 마음 〕

작은 밥상도 정성을 다해 차리면 수라상 안 부럽다

〔 5장 : 부지런한 마음 〕

매일 하던 일도 영리하게 하면 달라진다

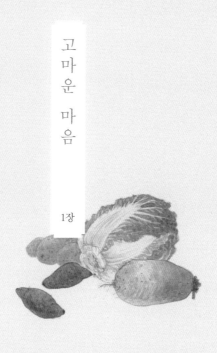

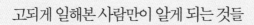

고되게 일해본 사람만이 알게 되는 것들

요리 고생은
사서 해도 즐겁다

지난가을, 자주 가는 청과물 가게의 사장 아주머니가 내게 유자를 한 박스 사라며 심하게 졸라댔습니다. 수십 박스를 들였는데 잘 팔리지 않아 다 버리게 생겼다며 우는 소리를 했습니다. 작년에 담근 유자차가 아직 좀 남아서 올해는 그냥 넘길까 했는데 전화까지 하며 징징대는 통에 두 팔을 들고 말았습니다. 남편을 시켜서 배달을 받고 보니 유자의 모양새가 그리 마음에 들지 않았습니다. 껍질이 너무 쭈글쭈글하고 군데군데 멍든 곳, 썩은 곳도 많았습니다. 나는 후유 하며 한숨을 쉬었습니다. 이걸 다 씻어서 썩은 곳을 도려내고 씨를 분리할 생각을 하니 머리가 아득했습니다. 하지만 이렇게 썩고 못생긴 유자일수록 당도가 높고 향이 진한 것도 사실입니다. 한 알을 집어

얕게 칼집을 내고 코에 대보았습니다. 톡 쏘는 향기가 코 안으로 훅 들어왔습니다. 그 순간, 나는 못 말리게도 유자와 또다시 사랑에 빠지고 말았습니다.

다른 감귤류와는 달리 유자에는 유자만의 독특함이 있습니다. 뭐랄까, 레몬이나 오렌지에 비해 훨씬 정겹고 동양적인 향, 훨씬 한국적인 맛이 납니다. 실제로 유자는 중국과 일본에서도 나지만 한국산이 가장 껍질이 두껍고 향이 진하다고 합니다. 그래서인지 유자는 한국 요리와 아주 잘 어울립니다. 부추나 쌈채소로 겉절이를 만들 때 설탕 대신 유자청을 넣어 버무리면 맛이 더욱 풍부해집니다. 이걸 고기 요리와 함께 먹으면 맛이 아주 좋습니다. 비빔면을 만들 때에도 고추장 소스에 유자청을 섞으면 독특한 향기 때문에 훨씬 맛있어집니다. 해파리냉채나 냉채족발, 수삼냉채 등 냉채 요리에도 유자가 참 잘 어울립니다. 무엇보다도 찬바람이 불어 목이 칼칼할 때 뜨거운 유자차 한 잔만 한 것이 없습니다. 이상하게도 서양의 레몬티로는 도저히 달래지지 않는 겨울의 스산함이 유자차로는 잘 달래집니다. 겨울의 문턱에 이렇게 노란 공 모양의 과실이 산더미처럼 열리는 데에는 다 자연의 이치와 섭리가 있는 모양입니다.

유자를 손질하여 청을 만드는 일은 번거로운 것이 사실입니다. 껍질째 담가야 하니 깨끗이 씻어서 잘 말려야 합니다. 그다음에는 씨를 일일이 제거하여 칼로 곱게 채를 쳐야 합니다. 제아무리 칼질에 익숙한 사람이라도 몇 시간 썰다 보면 손목이 시큰거립니다. 마트에서 만 원짜리 한 장이면 꽤 묵직한 유자차 한 병을 살 수 있으니 굳이 이렇게 사서 고생할 필요가 없습니다. 그런데도 나는 매년 11월이면 이러한 고생을 꼭 사서 합니다. 마트에서 파는 유자차로는 만족스러운 맛을 느낄 수 없기 때문입니다. 마트의 것은 그냥 대충 썰거나 기계로 다져서 만들지만 내가 만든 것은 유자를 얇게 포를 떠서 아주 곱게 채를 썰기 때문에 식감이 달라집니다. 또한 설탕이 아니라 꿀에 절이기 때문에 어지러운 단맛이 아니라 고급스러운 단맛이 납니다. 반나절 정도만 고생하면 이런 향긋하고 식감 좋은 유자차를 1년 내내 마실 수 있으니 아무리 번거로워도 포기할 수가 없습니다.

유자청 외에도 포기할 수 없는 것들이 많습니다. 6월에 담그는 매실청이 그렇고, 9월에 담그는 모과차가 그렇습니다. 9월이면 우리 집 마당의 대추나무에 대추가 주렁주렁 열리는데 그걸 따고 말려서 10월쯤 대추생강차를 담그는 것도 빼놓을 수 없습니다. 번거롭기로 따지자면 이것들도 유자 못지않습니다.

매실은 잘 씻어서 단촛물에 담가두었다가 물기를 쫙 빼야 하고 꼭지를 이쑤시개로 일일이 따줘야 합니다. 모과는 소금물에 씻어서 2등분한 다음 속을 도려내어 얇게 채를 썰어야 합니다. 말린 대추는 칫솔로 주름 사이의 먼지를 일일이 제거하며 씻어야 하고, 한 알 한 알 일일이 돌려 깎기 하여 씨를 빼내고 얇게 저며야 합니다. 큰딸까지 불러서 둘이 손가락이 시커멓게 되도록 하루 종일 씨름해도 일이 끝나지 않습니다. 해 질 무렵이 되어서야 커다란 단지로 대여섯 통의 대추차가 완성됩니다. 그걸 딸들 집에 한 통씩 보내고 요리 연구원에도 한 통 갖다놓습니다. 돈으로 따진다면 한 20만 원어치쯤 될까요? 우리 두 사람의 인건비도 안 나오는 이 일을 왜 매년 계속하고 있는지, 왜 포기할 수 없는지, 가끔은 나도 의아합니다.

감말랭이를 만드는 일은 떠올리기만 해도 "아이고" 소리가 나옵니다. 감 역시 우리 집 마당 한가운데 있는 커다란 감나무가 매년 10~11월만 되면 어김없이 주렁주렁 쏟아냅니다. 따지 않고 내버려두면 마당을 지날 때마다 툭툭 떨어져 머리에 커다란 혹을 만드니 어쩔 수 없이 다 따야 합니다. 이왕 땄으니 먹어야 하고, 먹어도 남으니 또 껍질을 다 까서 말려야 합니다. 우리 남편과 큰딸은 감이 열리는 시기가 돌아오면 감나무를 쳐다보며 한숨을 쉽니다. 그 딱딱한 감을 일일이 껍질을 깎고 잘라서 씨를 빼내는 일이 보통 일이 아니기 때문입니다. 아침부터 저녁까지 꼬박 달라붙어 있다 보면 허리는 끊어질 것 같고 손목에는 감각이 없습니다. 그런데도 겨우내 감말랭이를 쏙쏙 빼먹는 즐거움을 포기할 수 없어 그만하자는 남편과 딸의 애원을 못 들은 척합니다.

고생보다 더 짜릿한 희열이 있기에

가만히 들여다보면 나는 이 모든 과정을 좋아하는 것 같습니다. 한 해에 오직 한 번, 그때에만 구할 수 있는 식재료를 정성스럽게 손질하여 오래 두고 먹을 수 있게 하는 일. 그것은 계절의 변화를 기념하는 일이자 또 다른 한 해의 먹거리를 준비하는 일입니다. 나는 매실청을 담그며 여름이 코앞에 다가왔음을 느낍니다. 모과차와 대추차를 담그며 올해 환절기에도 감기에 걸리지 않고 무사히 보내길 기도합니다. 유자청을 만들며 겨울을 준비하고 또 한 해가 저물어가는 것을 느낍니다. 고생은 하루지만 그 보람은 수개월에서 몇 년까지 지속됩니다. 그래서 이런 일을 하나 해치우고 나면 짜릿한 성취감을 느낍니다. 내가 담근 유자청, 매실청, 대추차, 모과차가 유리단지 안에 그득 담겨 일렬종대로 늘어선 모습을 바라볼 때면 그렇게 뿌듯할 수가 없습니다.

손님이 오면 설렙니다. 무슨 차를 대접할까 들떠서 말이 많아집니다.

"이번에 담근 유자차가 딱 알맞게 숙성됐는데 드셔보시겠어요? 지난가을에 담근 모과차와 대추차도 맛이 괜찮답니다. 매실차도 지난봄에 담근 것인데 향이 아주 진하답니다……."

내 손으로 직접 만든 것이니 자부심이 흘러넘치고 맛있게 먹어주길 바라는 마음이 더 간절해집니다. 그냥 커피믹스 하나를 물에 녹여서 줄 수도 있고 뜨거운 물에 마트에서 파는 현미녹차 하나를 쓱 집어넣어 건넬 수도 있습니다. 하지만 내가 만든 것으로 대접하는 기쁨과는 비교할 수가 없습니다. 내가 만든 유자차는 나의 정성과 노동이 들어간, 어디서도 맛볼 수 없는, 세상에 단 하나뿐인 유자차이기 때문입니다.

그러니 철마다 이런 재료들과 씨름하며 손목이 시큰하도록 칼질을 하는 사람들을 미련하다고 하지는 말았으면 합니다. 이들은 직접 만드는 즐거움을 알아버린, 그래서 공장에서 대량생산된 제품으로는 타협할 수 없는 자들입니다. 계절의 끝없는 순환 궤도 위에서 잠시 쉬면서 그 변화를 기념하고자 하는 자들입니다.

이런 걸 만들 시간에 차라리 책 한 권을 더 보는 게 낫다고 생각하는 사람이라면 잠깐 걸음을 멈추고 뒤돌아봐야 합니다. 과연 책 한 권에서 얻는 지식과 정보에 비해 유자청을 직접 만드는 일이 그리 하찮은 것일까요? 아무리 많은 지식과 정보를 얻는다 한들, 아무리 큰 성공을 움켜쥔다 한들, 이런 작은 일에서 오는 즐거움과 보람을 모른다면 행복해지는 법을 모르는 것일 수도 있습니다.

인생은 생각보다 짧습니다. 나에게도 시간이 너무 더디 가서 빨리 가라, 빨리 가라, 노래를 부르던 시절이 있었지요. 하지만 인생은 산등성이 같다더니 마흔을 넘기자 비탈길 굴러떨어지듯이 시간이 무서운 속도로 흘러갔습니다. 정말 눈 한 번 끔뻑했을

뿐인데 아침이 저녁이 되어 있고, 그제가 어제인지 혹은 오늘인지도 헷갈립니다. 이렇게 아찔한 속도로 살아갈수록 나는 자연에 기대게 됩니다. 제철마다 쏟아지는 과일과 나물을 비롯해서 생선, 멍게, 해삼, 주꾸미, 꽃게 등의 해산물…… 이런 것들을 만지고 요리하고 먹으면서 내가 어디쯤 와 있는지 되새깁니다. 자연이 이렇게 열심히 열매를 맺고 번식을 하는 동안 나도 열심히 잘 살았는지, 하늘과 땅이 주는 이 고마운 혜택을 충분히 누리며 살고 있는지, 다시 나를 되돌아보는 시간을 갖습니다.

지금은 7월입니다. 시장에 가면 멜론, 자두, 참외, 수박, 복숭아가 한창입니다. 무화과도 맛있게 익었고 찰옥수수도 여름 것이 일품입니다. 서해안에서 올라오는 민어를 구해다가 탕을 해 먹어도 좋고 여름 감자를 썰어 조려 먹어도 좋을 계절입니다. 참! 여름 하면 전복을 빼놓아서는 안 되지요. 전복은 겨울에 산란하여 봄에서 여름 사이에 통통하게 살이 오릅니다. 이걸 얄팍얄팍 설어서 참기름장에 살짝 찍어 먹어도 맛있고, 고추냉이를 푼 간장에 찍어 먹어도 맛있습니다. 전복은 10월까지도 맛있으니, 초가을쯤 한 소쿠리 구입해서 전복장을 담가두면 두고두고 활용할 수 있는 요리용 소스가 됩니다. 갑작스럽게 손님이 왔을 때 고슬고슬하게 잘 지어진 쌀밥에 전복장 한 덩어리를 잘게 썰어 올리고 소스 한 술에 참기름을 약간 넣어 비비면 누구라도 맛있게 먹을 겁니다.

말이 나온 김에 시장에 가봐야겠습니다. 뭘 사야 할지 특별히 계획하지 않고 그냥 가도 좋습니다. 그저 발길 닿는 대로 헤매다가 눈에 딱 들어오는 것, 계절의 향이 물씬 풍기는 것, 그런 재료를 한 아름 사서 돌아올 생각입니다.

작고
못생긴 것도
다 생명이다

주차 때문에 어쩔 수 없이 대형 마트를 이용할 때가 많지만 사실 나는 아직도 동네 재래시장을 선호합니다. 내가 구닥다리여서일까요? 농산물에 비닐 포장이 되어 있고 그램 당 가격표가 붙어 있는 걸 보면 아직도 살짝 마음이 불편합니다. 내 마음속에는 아직도 농산물은 농사꾼이 피땀 흘려 얻어낸 수확물이지, 거대 기업에서 유통하는 상품이 되어서는 안 된다는 생각이 자리 잡고 있는 모양입니다. 냉장고에 통조림처럼 진열된 고추와 버섯, 나물 등을 보면 도무지 생산자의 고생이 떠오르지 않습니다. 카트 안에 툭툭 던져 넣고 바코드를 긁기만 하면 싱겁게 장보기가 끝납니다. 엄청 편리하긴 한데 왜 더 피곤해지는지 모르겠습니다.

재래시장은 다릅니다. 그곳에는 자신이 파는 농수산물에 자부심을 갖고 있는 상인들이 있습니다. 손으로 그날그날 대충 써놓은 가격표가 있지만 별로 중요한 것 같지는 않습니다. 손님의 얼굴 따라, 그날의 기분 따라 2000원어치가 3000원어치가 되기도 하고 덤까지 넣어주곤 합니다. 흥정을 하면서 주고받는 작은 대화도 기분을 즐겁게 합니다. 오늘 날씨가 어떻다, 올해 무슨 과일 농사가 망했다, 새로 들어온 사과가 당도가 엄청 높다 등등의 시시한 대화지만 다 세상 공부가 됩니다. 심지어 어떤 농작물의 수확량이 줄어들어 구하지 못하고 발을 동동 구를 때면 수소문하여 구해주기도 합니다. 청과물 가게 한두 곳, 건어물 가게 한두 곳, 생선 가게 한두 곳, 정육점 한두 곳, 닭집 한두 곳을 단골로 삼아두면 대형 마트보다 훨씬 싼 가격에 좋은 물건을 사시사철 구입할 수 있을뿐더러 세상을 보여주는 귀한 정보도 얻고 남들이 못 구하는 식재료까지 확보할 수 있습니다.

점포 없이 노점에서 소쿠리 몇 개를 놓고 푸성귀를 팔고 있는 할머니들도 주의 깊게 살펴야 합니다. 내놓은 물건이 초라해 보일수록 직접 산에 올라가서 캐온 것이거나 경기도 외곽의 작은 텃밭에서 직접 기른 작물일 가능성이 높습니다. 자세히 들여다보면 다른 곳에서 구하기 힘든 봄나물, 말린 나물, 호박잎 등이 있습니다. 고추, 호박, 감자, 고구마 등도 마트에서 파는 것과는 달리 모양과 크기가 들쭉날쭉합니다. 하지만 이것이 진짜배기입니다. 자연은 공장이 아니라서 똑같은 모양으로 대량생산할 수 없습니다. 작고 크고 예쁘고 못생긴 것들이 섞여 있는, 그것이 자연입니다.

시장이야말로 자연과 사람이 모이는 곳

나이가 들면서 예전처럼 재래시장에 자주 가지는 못합니다. 하지만 산책 삼아 슬슬 걸어가 보면 그때마다 바뀐 것이 눈에 띕니다. 예전에 자주 이용했던 방앗간이 호프집으로 바뀌어 있다든지, 과일 가게가 사라진 자리에 반찬 가게가 떡하니 들어서 있다든지, 비가 오나 눈이 오나 노점을 지키고 있던 할머니가 사라진 자리에 떡볶이를 파는 포장마차가 서 있다든지 하는 변화를 봅니다. 한때 참 장사가 잘되었던 건어물 가게는 젊은 총각이 운영하는 작은 카페로 변해버렸습니다. 시장이란 가공되지 않은 식재료를 파는 곳이지만 지금의 재래시장은 간식거리를 사먹고 놀며 구경하기 위해 가는 곳으로 변질되었습니다. 살아남기 위해서라고 하지만 토박이 상인들은 쫓겨나고 새로운 사업자들이 들어와 또 하나의 먹자골목을 만드는 것이 과연 재래시장을 살리는 길인지 의문이 듭니다. 단골가게가 하나씩 사라질 때마다 아쉬움이 깊어집니다.

요리 문화가 발달한 도시치고 재래시장이 없는 곳은 없습니다. 우리가 그토록 동경하는 뉴욕, 도쿄, 파리, 로마 같은 도시에도 오래된 재래시장이 있습니다. 나라마다 도시마다 파는 물건이 다르고 상인들의 상술도 다르겠지만 한 가지만은 똑같습니다. 계절마다 바뀌는 신선한 채소와 과일, 생선이 있고 상인들과 단골손님 간의 활발한 흥정, 친근한 대화가 있습니다. 한 도시의 생명력을 느끼기에 시장만 한 곳은 없을 겁니다. 왜냐하면 생명력이란 자연과 생명에서 오는 것이고 시장이야말로 모든 자연과 생명이 모여드는 곳이기 때문입니다. 고기와 생선 등 인간이 먹는 모든 생명, 땅과 하늘의 기운을 받고 자란 식물들, 그리고 그것을 먹으려는 인간들이 모두 한자리에 모입니다. 그래서인지 우리나라의 많은 시인들이 시장을 주제로 시를 썼습니다. 그 중에서도 아동문학가 윤수천이 쓴 〈시장〉의 한 구절이 기억에 남습니다.

바다를 잃은 사람은
청어, 조기, 삼치를 사 들고 가고
고향을 잃은 사람은
산나물을 한 바구니 담아간다.
(……)
허전한 사람들은
다들 모였다.

농사를
지어 보니
자연을
알게 되었다

　　　나의 남편은 공무원으로 30년 넘게 일하고 1992
년에 은퇴했습니다. 은퇴 후 뭘 하고 싶으냐고 물으니 농사를 짓
고 싶다는 마음을 슬쩍 내비쳤습니다. 못 들은 척했더니 며칠 후
봐둔 땅이 있다며 손목을 잡아끌었습니다. 어디로 가나 봤더니
경기도 시흥의 한적한 농촌에서 차를 멈추었습니다. 시흥은 남
편이 태어나서 잠시 살았던 곳. 조상의 묘지가 있고 아직도 몇몇
일가친척이 농사를 지으며 살고 있는 그의 고향입니다.

　은퇴를 했다지만 예순이면 아직 쌩쌩할 나이니 남는 힘을 농
사에 써도 나쁘지 않을 것 같았습니다. 속전속결로 땅을 매입했
습니다. 농사를 잘 아시는 사촌아주버님이 오셔서 경운기로 밭
을 갈아주었습니다. 남편에게 뭘 심을 거냐고 물으니 사과나무

를 심겠다고 합니다. 아마도 채소류를 기르는 것보다는 과실류가 쪼그려 앉을 필요도 없고 손도 덜 갈 거라는 막연한 생각이었던 것 같습니다. 하지만 그것이 생고생의 시작이 될 줄은 미처 몰랐습니다.

묘목을 심는 날, 설레는 마음으로 아침 일찍 도착했습니다. 남편과 사촌아주버님, 그리고 두세 명의 인부가 달라붙어 열심히 묘목을 심기 시작했습니다. 어린 묘목이니 금방 심겠지 하며 우습게 생각했는데, 먼저 사과나무의 지지대가 되어줄 철봉을 심는 작업부터 만만치 않았습니다. 가로 세로 4미터 2미터 간격으로 줄을 맞춰서 땅속 50센티 깊이로 꽂아야 하니 그것만 해도 체력이 고갈될 지경이었습니다. 겨우 철봉 작업이 끝나고 묘목을 심기 시작했습니다. 묘목을 하나 심을 때마다 삽으로 땅을 파고 흙을 다지고 물을 주는 작업을 끝없이 반복해야 했습니다. 나도 일하는 솜씨라면 둘째가라면 서러울 사람이지만 남자들이 나무 심는 걸 보니 끼어들 자리가 아니었습니다. 그저 흙 다지고 물을 주는 것만 돕고 중간중간 챙겨간 버너로 새참을 만들어 먹이는 것으로 일을 대신했습니다. 그런데도 돌아오는 길에 막노동이라도 한 것처럼 참 피곤했습니다. 평생 책상 앞에서 사무만 보았던 우리 남편은 그날 밤 잠을 자며 끙끙 앓는 소리를 했습니다.

다음 날부터 남편은 사과밭으로 거의 날마다 출근을 했습니다. 나도 주말이면 큰 모자와 몸뻬 바지를 챙겨서 자원봉사에 나섰습니다. 생각보다 사과는 참 까다로운 작물이었습니다. 땅에 완전히 뿌리를 내리기까지 물도 잘 주어야 하고 배수도 잘되어야 하고 묘목이 쓰러지지 않도록 기둥에 단단히 붙들어두어야 합니다. 거름도 여러 번에 걸쳐 여러 종류를 주어야 합니다. 이때 너무 많이 주어도 안 되고 너무 적게 주어도 안 되니 오로지 농사꾼의 감에 의존하여 판단해야 했습니다. 뿌리가 잘 내리면 그때부터 가지가 뻗어 나오기 시작합니다. 그런데 이걸 가만히 내버려두면 열매는 잘 안 맺히고 키만 쑥쑥 큰다고 합니다. 그래서 가지마다 동그랗게 생긴 무거운 추를 달아 가로로 뻗어나가도록 유도해야 했습니다. 그래야 햇볕을 많이 받아 꽃눈이 많이 생긴다고 합니다.

그렇게 2년을 기다려서 드디어 꽃이 피었지만 이때부터 일은 더 많아졌습니다. 사과는 꽃이 수정되어 열매가 되기 때문에 열매를 크게 만들기 위해서는 중심 꽃을 제외한 잔꽃을 모두 솎아주어야 합니다. 그런데 잔꽃을 따내는 작업이 결코 만만치 않았습니다. 검지와 중지를 지렛대 삼아 엄지손톱으로 눌러 따다 보니 손톱이 살을 파고들어 피가 났습니다. 그래도 일을 멈출 수가 없으니 반창고를 친친 감고 계속 작업을 했습니다.

10월이 되어 드디어 열매가 맺혔는데 그동안의 고생이 무색하게도 참으로 초라했습니다. 드문드문 열린 데다 시장에서 파는 사과와는 달리 크기가 작고 모양도 울퉁불퉁했습니다. 원래

: 35

사과 농사가 그렇다는 걸 그때야 실감했습니다. 사과나무는 5년은 키워야 제대로 열매가 맺히고 수확성이 좋으려면 10년 넘게 키워야 하는, 참으로 인내심이 요구되는 작물이었습니다. 처음부터 이 얘기를 들었음에도 왜 내 사과나무에는 열매가 주렁주렁 달리길 기대했을까요. 생각보다 나도 참 욕심이 많은 사람이었구나, 농부들은 이런 욕심을 버리고 그 긴 시간을 기다리는구나, 새삼 깨달았습니다.

결국 우리의 사과 농사는 망했습니다. 약을 최대한 치지 않고 버텼더니 벌레도 먹고 가뭄에 고사해버린 나무가 늘어갔습니다. 결국 다 엎어버리고 다른 작물을 심기로 했습니다. 남편과 나는 이 경험에서 값진 교훈을 얻었습니다. 농사는 아무나 하는 게 아니구나. 우리처럼 빨리 결과를 얻기 바라는 사람들은 감당할 수 없는 일이구나. 소꿉놀이 농사도 이렇게 힘든데 업으로 하는 사람들은 보통 내공이 아니겠구나. 돈만 있으면 얼마든지 살 수 있는 게 사과라면서 그 사과를 기르기 위해 얼마나 많은 땀이 필요한지 잊고 있었던 것이 부끄러웠습니다.

농사는 고되고 정직한 일

우리 부부는 이때부터 마음을 비웠습니다. 긴 기다림이 필요한 작물보다는 그해 씨를 뿌려서 그해 거두어들이는 생장성이 좋은 작물을 키우기로 했습니다. 그래서 구획을 나누어 배추, 무, 옥수수, 고추, 감자, 고구마, 들깨 등을 심었습니다. 이번에는 그나마 수확이 좀 되었지요. 하지만 판로가 있는 것도 아니고 어디에 좌판을 깔고 직접 팔 수도 없으니 식구끼리 친척끼리 나눠 먹고 끝냈습니다.

어느 해에는 땅콩을 심기로 했습니다. 땅콩을 심으려면 높게 두둑을 만들어야 했습니다. 아주머니 네 명을 부르면 하루에 다 끝낼 수 있다지만 거기서 나오는 땅콩을 다 뽑아 팔아도 그 일당이 안 나올 것 같았습니다. 까짓것, 내가 혼자 해버리자고 생각했습니다. 새벽같이 도착해서 호미질을 시작했습니다. 오늘 안에 다 끝내야 한다는 생각에 점심도 저녁도 굶고 밭을 갈았습니다. 그렇게 혼자서 몇백 평의 밭을 다 매고 그제야 일어나 정신을 차려보니 깊은 밤 달빛 아래 머리는 산발을 하고 흙투성이가 된 내 모습이 눈에 들어오더군요. 누가 봤으면 실성한 여자라고 생각했겠지요. 그날 밤부터 꼬박 일주일을 앓았습니다. 일당 아끼려다 몸살을 앓고 요리 수업까지 못 했으니 손해가 이만저만이 아니었습니다.

결국 남편도 나도 농사를 포기하기로 했습니다. 농사는 참 정직한 일입니다. 자주 가서 물과 비료를 주고 잡풀을 열심히 뽑으면 그만큼 수확이 늘지만 며칠 게으름을 피우면 그새를 참지 못하고 작물이 말라비틀어집니다. 남편이 아무리 은퇴를 했다고 해도 나를 위해 장도 봐줘야 하고 운전도 해야 하고 은행 업무도 보아야 하니 농사에 전적으로 매달릴 수 없었습니다. 그렇게 조금씩 열정이 사라지고 게을러지면서 남편의 야무졌던 농사꾼 되기 계획은 흐지부지되고 말았습니다.

하지만 농사를 지어본 경험은 요리를 가르치는 나에게 큰 자산으로 남았습니다. 감자를 어떻게 파종하는지, 옥수수와 땅콩은 어떻게 심는지, 배추가 어떤 모양으로 자라는지, 일반 농사와 친환경, 유기농의 차이는 무엇인지, 직접 경험해보았으니 식재료를 보는 눈이 완전히 달라졌습니다. 사람들은 농사를 자연이라 생각합니다. 하지만 내가 농사를 지어보니 농사는 자연이 아니라 반(反)자연이었습니다. 더 크고 굵은 열매와 뿌리를 만들기 위해 자연의 법칙과 싸워가며 물을 주고 비료를 뿌리고 가지를 치고 품종을 개량하는 것이 농사였습니다.

농사가 없으면 요리도 없다

요리와 마찬가지로 농사 역시 인간의 지능과 지혜로 자연을 넘어서려는 노력을 통해 발전해온 기술이었습니다. 그리고 무엇보다 그 중심에는 노동이 있었습니다. 농사를 지은 이후로 식탁에 올라오는 어떤 재료도 당연하게 볼 수 없었습니다. 모든 농산물이 가뭄, 홍수, 태풍, 추위, 더위와의 사투 끝에 탄생하기 때문입니다. 땀 흘려 농사짓는 사람들이 없다면 우리는 먹을 수가 없습니다. 아니, 생존할 수 없습니다. 농사가 없으면 요리도 없는 것이니 나처럼 요리를 업으로 하는 사람들은 농민들에게 엄청난 빚을 지며 사는 셈입니다.

지금은 사촌아주버님에게 땅을 맡기고 100평 정도만 따로 떼어서 자급자족 농사만 짓고 있습니다. 거름도 물도 주지 않고 그냥 자연에만 맡기는 될 대로 되라는 식의 농사입니다. 한동안은 여기서 나오는 배추로 김장을 했습니다. 300포기가 나오면 300포기를 담그고, 500포기가 나오면 500포기를 담갔습니다. 양이 어마어마하니 배추를 수확하여 배달받는 데에도 일꾼을 사야하고, 김장을 하는 데에도 네 명의 딸을 소환하는 것도 모자라 대여섯 명의 아주머니까지 불러야 하니 인건비만 100여만 원이 들었습니다. 여기에 고춧가루, 무, 마늘, 생강, 밤, 잣, 수삼, 청각, 연근, 청고추, 홍고추 등을 최상급으로 구입하고 새우젓, 갈치젓, 조기젓, 꼴뚜기젓, 까나리 액젓을 늘 거래해온 할머니들에게 수고비까지 드리며 주문 제작해야 하니 양념 값으로 만만치 않은 돈이 홀랑 날아가 버리기 일쑤였습니다. 남편과 나, 단둘이 먹을 것만 담그면 배추 값을 포함해도 몇십만 원이면 충분했겠지요. 그런데 이놈의 농사 때문에 돈은 돈대로 쓰고 딸들은 물론 남편과 사위들까지 혹사시키니 가족들의 원성이 이만저만이 아니었습니다. 그렇게 담근 500포기의 김치를 마당의 독 안에 가득 채우고, 목사님과 딸들에게도 여러 통씩 나눠주고도 처치 곤란할 정도로 남아서 지인들에게 죄다 나눠주는 인심을 베풀었습니다. 더 이상은 그만하자 하다가도 김장 겉절이에 돼지수육을 먹는 재미, 배추된장국에 밥 말아 먹는 재미를 기다리는 손주들을 위해서라도 이렇게 벌이는 한판 축제를 포기하지 못했습니다.

이제 나이도 들고 딸들이 하도 만류해서 2년 전부터 배추 농사를 접었습니다. 지금은 감자, 깻잎, 고추, 땅콩만 나오는 대로 갖다먹고 있습니다. 올해는 깻잎 농사가 잘되었다고 하니 깻잎 장아찌를 담가 골고루 나눠 먹어야겠습니다.

닭 모가지를
비틀고 얻은 깨달음

 마장동이나 영등포 같은 큰 축산물 시장에 가면 아직 부위별로 해체되지 않은 소와 돼지가 정육점 천장에 걸려 있는 풍경을 볼 수 있습니다. 그런데 그 앞을 지나가는 젊은 아줌마들은 얼굴을 찌푸리고 아이의 눈을 손으로 가리곤 합니다. 죽은 동물을 진열해놓은 모습이 혐오스러워서 아이에게 보여주기 싫은 것이지요. 하지만 바로 그 죽은 동물이 날마다 우리 식탁에 오르는 돼지고기와 쇠고기라는 것을 아이에게 잘 설명해주는 엄마는 드문 것 같습니다.

내가 어렸던 오래전에는 부모들이 굳이 설명해주지 않아도 아이들은 우리가 생명을 먹는다는 것을 경험을 통해 배웠습니다. 지방에서는 집에서 기르던 닭, 개, 돼지, 소 등을 잡아먹는 일이 흔했고 서울에서도 시내 중심부를 벗어나면 한두 마리씩 닭을 기르는 집들이 있었습니다. 손님이 오면 직접 닭 모가지를 비틀고 털을 뽑아 백숙을 끓여 대접하는 경우가 드물지 않았습니다. 아이들은 어제까지 마당에서 함께 뛰어놀던 닭이 밥상에 오르는 모습을 덤덤히 받아들여야 했지요.

나도 그런 경험을 했습니다. 오랜만에 먼 친척 아주머니가 우리 집에 오시면서 닭 한 마리를 살아 있는 채로 가져오셨습니다. 땅에 내려놓자마자 닭은 시끄럽게 울어대며 마당을 휘저었습니다. 나는 신이 나서 닭 꽁무니를 쫓아다니며 깔깔댔었죠. 그런데 얼마 후 어머니가 가마솥에 물을 끓이고 칼을 가시더니 닭을 휙 낚아챘습니다. 그러고는 나 죽는다며 괴성을 지르는 닭의 모가지를 가차 없이 비틀었습니다. 곧바로 털을 뽑고 피를 빼고 배를 갈라 내장을 빼냈습니다. 방금 전까지 나와 함께 마당에서 뛰어놀던 동물이 하나의 고깃덩어리가 되는 모습을 나는 생생히 보았습니다.

그날 어머니의 백숙 맛은 유난히 좋았습니다. 그전에도 시장에서 닭을 사다가 여러 번 백숙을 해주셨지만 그날의 백숙은 내게 특별하게 다가왔습니다. 그 깊고 구수한 국물 맛과 연하고 쫄깃한 살이 얼마 전까지 내 눈앞에서 펄펄 뛰어다녔던 하나의 생명이었다는 생각을 떨칠 수가 없었습니다. 그동안 내가 숱하게 먹었던 돼지고기와 쇠고기, 생선도 이런 생명이었다는 깨달음이 밀려왔습니다. 인간은 이렇게 많은 생명에 기대어 살아가는 존재구나, 생명이 주는 맛은 이렇게 소중하구나, 깨달은 날이었습니다.

어머니는 그날 닭을 잡으면서 별 말씀이 없으셨지만 한마디는 생생히 기억납니다. 작은 목소리로 "죽일 때는 단번에……"라고 말씀하셨지요. 훗날 내가 직접 칼을 잡고 생선, 새우, 꽃게, 장어 등을 죽이게 되었을 때 이 말씀을 명심하여 단호하게 행동했습니다. 생명을 죽일 때에는 고통의 순간을 짧게 하는 게 배려 아닐까 싶었기 때문입니다.

도시화가 진행되고 인구가 증가하고 축산업이 거대 산업이 되면서 이제 우리는 도축을 전문 기업과 업자들에게 전가하고 마음 편히 고기를 먹게 되었습니다. 돼지고기와 쇠고기는 부위별로 잘 해체되어 용도에 맞게 다양한 크기로 썰린 다음 팩으로 포장됩니다. 생선 역시 머리와 꼬리를 잘라내고 내장을 다 빼내어 몸통만 예쁘게 포장하여 팝니다. 참으로 깨끗하고 편리합니다. 이런 편리함에 길들여지면서 사람들은 우리가 먹는 게 생명이라는 사실을 곧잘 잊어버립니다. 그러니 팩으로 포장된 고기에는 입맛을 다시면서 해체되지 않은 돼지에는 혐오감을 느끼는 것이지요. 우리가 먹는 것이 생명이라는 사실이 적나라하게 드러나는 순간, 그 사실을 마주하기가 그토록 불편한 걸까요?

돈보다 생명, 맛보다 땀

우리는 음식을 먹으면서 맛에만 집중하는 경향이 있습니다. 간이 맞다, 짜다, 달다, 내 입맛에 맞다, 맛있다, 이 정도의 생각만 하지요. 일단 맛을 본 후에는 한 5분 정도만이라도 그 요리가 어떻게 만들어졌는지 생각해보는 훈련이 필요합니다. 전화 한 통화면 먹을 수 있는 치킨이, 5000만 국민이 사랑하는 점심 메뉴인 돈가스가 어떻게 만들어지는지 생각해봐야 합니다. 이런 훈련을 하지 않으면 우리는 치킨이 밀식 상태의 양계장에서 채 30~40일밖에 살지 못하고 도살된 닭이라는 사실을, 돈가스가 돼지고기의 살점으로 만들어진다는 사실을 외면하게 됩니다. 그럴수록 사람들은 자연을 소홀히 여기며 아무 거나 먹고 아무렇게나 살아가게 됩니다.

나는 요리를 업으로 하는 사람인지라 먹거리에 대해 많은 생각을 하며 살았습니다. 지난 수십 년 동안 식품과 관련하여 참으로 많은 사건이 있었습니다. 구제역과 조류독감은 이제 너무 빈번해져서 떠안고 살아가는 법을 받아들였지요. 모두 먹거리가 생명에서 온다는 사실을 잊어버리면서 발생한 문제입니다. 사람은 소비자가 되고 먹거리는 상품이 되어버리면서 이제 먹거리 산업은 사람을 건강하게 먹이는 것이 아니라 더 많은 이윤을 내는 것을 목적으로 하게 되었습니다. 최소의 비용으로 최대를 생산하려다 보니 첨가물로 맛을 내고 보존제로 유통기한을 늘리고 동물에 항생주사를 놓아가며 밀식 상태로 키웁니다.

그 결과는 결국 인간의 생명에 대한 위협으로 돌아옵니다. 인간은 자연과 생명을 먹어야 살 수 있는 존재인데, 그것들을 믿고 먹을 수 없는 세상이 되어가는 것입니다. 어린아이가 비만과 당뇨에 시달리고 성인은 고혈압과 암으로 고통받기도 합니다. 식생활로 인한 이러한 병에 걸려도 누구 탓을 할 수 없습니다.

먹거리를 바로 세우는 일은 몇몇 기업만이 할 수 없고 정부의 정책만으로도 할 수 없습니다. 하루아침에 되는 일도 아닙니다. 이제는 '먹는다'는 것의 의미를 다시 생각해야 합니다. 사람은 생명이고 우리가 먹는 것 역시 모두 생명입니다. 이것을 잘 이해한다면 내 몸에 집어넣는 모든 음식에 스스로 책임을 저야 합니다. 원칙을 가져야 하고 선택의 기준을 갖춰야 합니다. 스스로 요리하여 스스로를 먹일 줄도 알아야 합니다. 먹거리를 언제든 마트에 가서 대충 고를 수 있는 상품으로 생각한다면 내 몸에 뭐가 들어가는지, 어떤 과정을 거쳐 만들어졌는지, 전혀 모르고 먹게 됩니다. 그리고 일부 탐욕스러운 자들은 그것을 이용하여 큰돈을 벌려고 덤빕니다.

먹거리를 대하는 기본자세는 '감사'입니다. 제아무리 초라한 밥상이라도 고마워하며 먹어야 합니다. 산나물을 채취한 할머니들의 수고, 농민들의 땀, 고단한 어부들의 일상, 전문적인 도축업자들의 노고가 없다면 밥상은 차려질 수 없습니다. 어떤 음식을 어떤 마음으로 먹느냐가 그 사람의 인간됨입니다. 생명의 소중함, 밥상의 감사함을 아는 사람이 많아져야 우리의 먹거리를 지킬 수 있습니다.

50년째 레시피는 계속 바뀌고

요즘 방송 출연이 많아서인지 나를 방송에 나오는 요리사로 기억하는 분이 많습니다. 하지만 나의 본업은 예나 지금이나 요리를 가르치는 선생입니다. 70년대 초반에 요리 선생이 되었고 1988년 옥수동에 '심영순 요리 연구원'을 개원하여 지금까지 운영하고 있습니다. 햇수로 따지자면 45~46년쯤 되었습니다.

처음에 요리 선생을 시작했을 때에는 한식뿐만 아니라 중식, 양식, 제과 제빵도 모두 가르쳤습니다. 그러다가 하나만 하기에도 벅차다는 것을 깨달았고 우리 식생활의 기본이 되는 한식으로 한 우물을 팠습니다. 사람들은 50년 가깝게 요리 연구를 했으면 안 해본 요리가 없을 것이고 어떤 요리든 척척 해낼 것이라고 생각하는 모양입니다. 하지만 요리는 하면 할수록 어렵습니다. 특히 한식은 거의 요리계의 늪이라고 생각됩니다. 일단 발을 들이면 그 매력에서 헤어 나올 수가 없고, 헤엄을 치다 보면 어느새 어깨까지 잠겨버립니다. 이제 좀 알겠다 싶다가도 알쏭달쏭한 것이 너무 많아 허우적거립니다. 꼴깍꼴깍 겨우 숨을 쉬며 버티고 있습니다.

한식은 왜 이리 어려울까요? 첫 번째 이유는 음식에 너무 많은 것이 얽혀 있기 때문입니다. 조선시대, 일제강점기, 근현대, 산업화 시기, 글로벌 시대 등 짧은 기간 안에 너무 많은 변화를 겪으면서 혼돈의 상태가 되었습니다. 일본, 중국, 미국, 유럽의 식문화가 정신없이 밀려들더니 그들의 것도 바뀌고 우리 것도 바뀌어서 어디서부터 어디까지가 한식이고 무엇이 한식이 아닌지도 정확히 구별하기 어렵게 되었습니다. 이런 혼란 속에서 질서를 찾고 체계를 만드는 작업을 하고 있으니 어려울 수밖에 없습니다.

또 다른 이유는 너무 익숙한 재료, 익숙한 음식이기 때문입니다. 늘 접하는 재료이고 늘 하던 요리라서 똑같이 하려는 습성이 굳어져 있습니다. 요리는 인간의 창의력을 바탕으로 발전하는 법입니다. 그런데 고정관념이 꽉 붙들고 있으니 앞으로 나아가기가 쉽지 않습니다. 좋은 요리 연구가가 되기 위해서는 이미 알고 있던 것도 의심하고 와르르 무너뜨렸다가 다시 재구성하는 집요함이 필요합니다.

또한 너무 익숙한 음식이라서 한식으로 감동을 주기가 쉽지 않습니다. 감동은 추억에서도 나오고 향수에서도 나오지만 새로움, 낯섦, 파격 등에서 나오기도 합니다. 아직까지 한식은 추억과 향수에만 기대고 있습니다. 한편으로 우리는 질보다 양으로 감동을 주려는 버릇도 버리지 못하고 있습니다. 한식의 메뉴를 더욱 새롭고 고급스럽게 가다듬어 다른 무엇이 아니라 맛과 기품으로 감동을 주는 것이 나의 목표입니다.

그래서 나는 우리에게 익숙한 메뉴, 누구나 흔히 먹는 메뉴를 골똘히 연구합니다. 듣지도 보지도 못한 새로운 메뉴를 개발하는 것이 요리사의 능력이라고 생각하는 사람들이 있는데 내 생각은 다릅니다. 요리는 요리사의 능력을 보여주기 위해서 존재하는 것이 아니라 사람들을 먹이기 위해 존재합니다. 따라서 평범한 사람들과는 동떨어진 화려하고 어려운 음식이 아니라 사람들이 많이 먹는 음식, 늘 먹는 일상의 음식을 요리하는 법을 알려주어야 합니다. 그래서 내가 연구하고 가르치는 요리는 특별한 것이 없습니다. 두부조림, 해물파전, 감자찌개, 김치밥, 미역국 등 지극히 뻔한 요리를 가르칩니다. 하지만 그 조리법만큼은 결코 뻔하지 않고 누구의 것과도 차별화되는, 맛과 정성과 건강이 있는 요리를 지향합니다.

얼마 전에 TV를 통해 새로 만든 나의 된장찌개 레시피가 소개

되었습니다. 된장찌개는 주부라면 누구나 끓일 수 있는 국민 찌개이고 만드는 법도 다 비슷비슷해서 새로울 것도 없을지 모릅니다. 그런데 나는 된장찌개 레시피만 수십 가지가 있습니다. 여러 방법으로 끓여보았지만 된장찌개는 역시 육수에 차돌박이를 넣은 것이 가장 맛있습니다. 건더기로는 애호박, 두부, 팽이버섯, 고추 등의 평범한 재료가 가장 잘 어울립니다. 국물뿐만 아니라 건더기까지 다 맛있게 먹으려면 끓이기 전에 재료마다 밑간을 하는 것이 좋습니다. 이번에 소개한 레시피에는 황태(노란콩) 빻은 것을 몇 숟갈 넣었습니다. 황태를 물에 불려 껍질을 깐 후 절구에 약간 거칠게 빻아서 된장찌개에 넣는 것입니다. 이렇게 하면 입안에서 콩이 부드럽게 씹혀서 찌개의 식감이 완전히 달라집니다. 아주 근소한 차이지만 엄청난 맛의 차이를 만듭니다.

나는 최근에 감자볶음의 레시피도 다시 썼습니다. 감자볶음이야 그냥 채를 썰어서 기름에 달달 볶기만 하면 되는데 무슨 레시피가 필요할까 생각할 수도 있습니다. 하지만 이런 평범한 재료도 조리법을 바꾸면 엄청나게 고급스러운 요리가 됩니다. 우선 감자를 굵직하게 깍둑 썰어 끓는 소금물에 반만 익힙니다. 소금이 스며들어 밑간이 되고 팬에서 감자를 익히는 시간도 줄어듭니다. 반쯤 익으면 감자를 건져서 물기가 마를 정도로 살짝 식힌 후 팬에 기름과 들기름을 두르고 노릇노릇하게 굽습니다. 거의 익으면 내가 개발한 향신즙, 향신장에 물엿을 조금 넣어 홍고추채, 풋고추채, 통깨 등을 뿌려 살짝 볶아 마무리합니다. 이렇게 해도 무척 맛있지만 나는 감자를 구울 때에는 그냥 기름 대신 향신기름을 쓰기 때문에 풍미가 더 살아납니다. 어디서도 먹어보지 못한 새로운 감자볶음이 됩니다(향신즙, 향신장, 향신기름에 대해서는 뒤에 자세히 쓰겠습니다).

파면 팔수록 새로운 것, 그게 바로 한식

요리 연구는 끝이 없습니다. 흔한 재료, 흔한 메뉴만으로도 연구할 것이 너무 많습니다. 나는 한식을 널리 알리고 사람들이 계속 먹게 하려면 반드시 시장에서 쉽게 구할 수 있는 흔한 재료와 익숙한 메뉴를 바탕으로 해야 한다고 생각합니다. 우리 땅, 우리 바다에서 나오는 제철 나물과 채소, 해산물, 농축산물을 바탕으로 국과 찌개, 찜과 조림, 구이와 볶음, 전과 적, 무침과 밑반찬, 젓갈과 장아찌 등을 연구하는 것이 나의 평생의 과제입니다.

올해로 10년째, 매년 김장철이 다가오면 김치 특강을 열고 있습니다. 이날만큼은 회원이 아니더라도 발 빠르게 신청만 하면 나의 강의를 들을 수 있습니다. 그런데 10년째 하고 있는데도 지금까지 기본 김치를 빼놓고 메뉴가 겹친 적이 없습니다. 달래김치, 전복김치, 더덕김치, 해물겉절이, 파프리카김치 등 매년 새로운 메뉴가 나옵니다. 한 번 들었던 사람들은 다 아는 것이겠

거니 마음 놓고 있다가 메뉴를 확인하고는 부랴부랴 수강 신청을 합니다. "어떻게 이렇게 계속 새로운 게 나오나요? 김치가 이렇게 무궁무진한가요?"라고 묻는 사람들에게 나는 대답합니다. "파고들면 파고들수록 자꾸 나오지요. 그게 한식이랍니다."

이런 노력이 통했는지, 처음 요리 선생이 되었을 때에는 한 오십까지 할 수 있을까 생각했는데, 육십을 넘어 칠십, 거의 팔십을 바라보는 지금까지도 계속 선생 노릇을 하고 있습니다. 젊은 나이에 인연을 맺어서 25년이 넘도록 나를 따라다니며 머리가 하얗게 변해버린 제자들도 꽤 됩니다. 감사하는 마음으로, 내게 허락된 그날까지 계속 요리와 함께 걸어갈 생각입니다.

단
단
한
마
음

2장

모질고 혹독했던 내 어머니가 남긴 유산

구박받던
계집아이가
자라서

　　　　내 최초의 기억은 시큼한 동치미 냄새에서 시작합니다. 나는 훌쩍거리며 동치미 독 옆에 쪼그리고 앉아 있었습니다. 아마도 어머니에게 심하게 혼난 후 동치미를 떠오라는 심부름을 받고 마당으로 내몰렸던 모양입니다. 바람이 매서웠고 어머니의 꾸지람은 더 매서웠습니다. 춥고 서러워서 눈물이 줄줄 흐르는데, 독 뚜껑을 여는 순간 시큼한 동치미 냄새에 홀려버렸습니다. 나는 무 한 조각을 덥석 집어 베어 물었습니다. 아그작! 아그작! 귀를 울리는 소리와 함께 입속 가득 시큼 달콤한 즙이 퍼졌습니다. 잘게 부술 때마다 터지는 알싸하면서 향긋한 액체! 아삭거리는 식감! 아, 이게 동치미 맛이구나. 아, 살 것 같다. 서러움이 순식간에 사라지고 행복감에 휩싸였습니다.

그 후로도 이와 비슷한 기억이 참 많습니다. 어머니의 호된 꾸지람을 받고는 서럽고 억울한 기분으로 뭔가를 해야 했었지요. 때로는 콩나물시루에 물을 주는 일이었고 때로는 나물이나 채소를 씻고 다듬는 일이었습니다. 눈물이 방울방울 떨어지려 할 때마다 나를 위로해준 것은 누군가의 따뜻한 품이 아니라 음식의 맛이었습니다. 잘 익은 김칫국물의 새콤한 맛, 손가락으로 찢어 먹었던 배추김치의 폭삭한 식감, 오독오독 씹는 재미를 알려준 전복무침의 맛, 속을 뻥 뚫어주었던 시원한 식혜의 맛…….

그런데 나를 이렇게 위로해준 음식들이 나를 그토록 울게 만든 어머니의 음식이라는 점이 묘한 아이러니입니다. 어머니는 감히 다가갈 수 없는 무서운 존재였지만 그런 어머니가 만들어준 음식은 내게 위안이자 구원이자 행복이었습니다.

어쩌면 내 인생은 거기서부터 절반쯤 정해져버렸는지도 모릅니다. 어머니는 평생 나를 혼내고 욕하고 야단쳤지만 나는 어머니를 보내는 마지막 날까지 당신을 좋아하고 그리워했습니다. 마치 아무리 떠밀어도 어미의 젖 맛을 잊지 못해 돌아오는 송아지처럼, 나는 그렇게 어머니와 어머니의 요리를 좋아했습니다.

어머니의 딸인 것이 좋았다

우리 어머니는 나를 예뻐해주신 적이 없습니다. 제 새끼를 예뻐하지 않는 어미는 없다고 하지만 우리 어머니는 정말로 나를 예뻐하지 않으셨습니다. 특히 어리광을 용납하지 않으셨지요. 혹시라도 내가 잠을 자다가 어머니 품으로 파고들면 어머니는 나를 발로 차서 밀어내거나 팔다리를 눈물이 쏙 빠질 정도로 아프게 꼬집으셨습니다. 나를 그렇게 싫어하시니 내가 친딸이 아닌 모양이라고 생각했습니다. 아마도 내가 업둥이거나 아버지가 딴 데서 낳아온 자식인가 보다, 그렇게 생각했습니다.

그렇다고 어머니에게 거리감을 느꼈다거나 어머니를 원망했던 것은 아닙니다. 그러기에는 우리 어머니가 너무 멋진 분이었습니다. 어머니는 외모가 멋졌습니다. 아담하지만 단정한 몸매를 지녔고 이목구비가 소박한 조선 여인의 얼굴이었지요. 늘 깔끔하게 쪽찐 머리를 하고 계셨는데 옆에서 보면 이마에서 턱까지 이어지는 선이 매끈하고 고왔습니다. 늘 한복을 입으셨는데 봄과 여름에는 하얀 세모시나 세삼배 적삼을, 가을과 겨울에는 분홍 속적삼 위에 비단 누빔 저고리를 입으셨습니다. 항아리 모양으로 퍼지는 옥색 치마저고리에 명주 앞치마를 두르고 장독을 반질반질 닦고 계시는 어머니의 모습은 말로 표현할 수 없이 아름다웠습니다. 하늘에서 선녀가 내려오면 바로 그런 모습일까 생각했었지요.

더 멋진 것은 어머니의 목소리였습니다. 맑고 청아한 여자의 목소리였지만 그 안에는 품위와 권위가 담겨 있었습니다. 어머니는 말 속에 듣는 사람을 존중하는 예의를 담되, 거역할 수 없는 힘도 담았습니다. 어머니가 말을 하면 사람들은 귀를 기울였고 신뢰와 존경을 보냈습니다. 덕분에 그 작은 체구로 한꺼번에 여러 명의 일꾼도 거뜬히 부리셨지요.

어느 잔칫날, 어머니가 마당 한가운데 집채만 한 민어를 놓고 해체하신 기억이 납니다. 내 몸집보다도 더 큰 민어였지요. 동네 사람들이 모두 구경하는 가운데 어머니는 능숙하게 비늘을 제거하고 칼로 머리를 잘랐습니다. 배를 가르자 고불고불한 내장과 곤이가 한가득 쏟아졌지요. 어머니의 칼질이 바빠졌습니다. 일꾼들이 대야를 서너 개 가져오자 어머니는 머리, 내장, 곤이, 몸통, 뼈 등을 분류해서 순식간에 해체 작업을 끝냈습니다. 동네 사람들이 박수를 쳤습니다.

나는 사람들이 어머니를 달리 본다는 걸 눈치챘습니다. 여자들은 부러움의 눈빛으로 보았고, 남자들은 경외의 눈빛으로 보았지요. 나는 어머니가 자랑스러웠습니다. 비록 내가 친딸은 아닌 모양이지만, 어쨌든 어머니의 딸로 살 수 있다는 게 좋았습니다. 나에게는 종종 단호한 어투로 험한 말을 하셨지만 우아한 몸가짐에 어디서도 존경받고 최고의 음식을 만드는 어머니는 나의 자랑이었습니다.

호된 살림 수업이 시작되다

당시 나의 목표는 하나뿐이었습니다. 어떻게든 어머니 마음에 들어 어머니의 사랑을 받자! 그러려면 시키는 일을 완벽하게 잘해내야 했습니다. 어머니는 서너 살 때부터 나에게 집안일을 시켰습니다. 콩나물시루에 물을 주고 김치 양념에 고춧가루를 뿌리는 일부터 시작했지요. 다섯 살부터 멸치를 다듬었고 마늘을 깠고 찬물에 맨손으로 콩나물과 배추를 씻었습니다. 어머니는 일하는 아줌마가 있는데도 나를 시켰습니다. 방을 닦아라, 빨래를 개라, 설거지를 해라, 마당을 쓸어라……. 동짓날에도 날더러 마당에 나가 김치를 꺼내오라고 하셨습니다. 지금 생각해보면 대여섯 살밖에 안 된 아기를 홑겹 저고리를 입혀 마당으로 내몬 것이니 참으로 독한 어미가 아니었나 싶습니다.

일곱 살 정도 되면서부터는 칼질도 하고 불도 다루게 되었습니다. 늘 어머니 곁에서 상차림을 도우면서 볶으라고 하면 볶고, 썰라고 하면 썰고, 간을 맞추라고 하면 간을 맞추었습니다. 그러니 요리는 의식하지도 못하는 사이에 나의 삶이 되었습니다.

하지만 그 이후로 더 큰 구박이 시작되었습니다.

"나물은 덜 볶았고 고기는 너무 익었다. 이렇게 맛없는 건 너나 먹어라."

"간이 틀렸다. 갖다 버려라."

"마음에 드는 게 하나도 없구나. 다시 해 와라."

어머니는 마음에 들지 않을 때마다 접시를 저만치 밀어놓으셨습니다. 생선을 구워 드리면 젓가락으로 꾹꾹 눌러보고는 "개나 줘버려라!" 하며 치우셨습니다. 양은냄비에 검댕이 눌어붙어 있거나 놋그릇의 색이 조금이라도 변해 있으면 제대로 닦지 않았다며 마당으로 내던지셨지요. 그러면 기왓장 가루를 짚으로 비벼서 반짝이도록 닦아야 했습니다.

"어머니, 잘못했습니다. 제가 더 잘하겠습니다."

내가 한참을 빌어야 어머니의 화가 누그러졌습니다.

"뭐든 완벽하게, 제대로 해야 해. 살림을 못 하면 시집을 못 가는 거야."

어머니의 결론은 언제나 같았습니다. 시집가려면 제대로 배워야 한다. 너처럼 하다가는 쫓겨난다. 여자는 살림을 잘해야 한다. 살림할 줄 모르는 여자는 결혼할 자격이 없다…….

지금 같으면 어린아이에게 너무 가혹한 엄마라고 비난을 받겠지만 당시의 엄마들은 어느 정도는 다 이랬습니다. 아들은 자라서 부모를 봉양해주고 대도 이어주지만 딸들은 아무짝에도 쓸모없다고 생각했었지요. 딸이라면 그저 스무 살 무렵 시집이나 잘 가서 시댁에서 끝까지 쫓겨나지 않고 사는 것이 효도였습니다. 그러니 시집보내기 전까지는 호되게 부리며 살림하는 법을 가르치는 것이 엄마의 사명이었지요.

어머니는 1999년 98세의 나이로 돌아가셨습니다. 강산이 여러 번 바뀔 정도로 긴 인생을 사셨지만 돌아가시는 그날까지도 손녀들을 왜 대학에 보내야 하는지, 왜 비싼 교육비를 들여가며 음악을 시켜야 하는지, 이해하지 못하셨습니다.

하지만 적어도 한 가지는 옳았습니다. 나는 어머니 덕분에 살림을 잘하는 여자가 되어 스물두 살에 나 좋다는 남자를 만나 무난히 시집을 갔습니다. 그리고 시댁에서 단 한 번도 살림이나 요리 때문에 흠을 잡힌 적이 없습니다. 아들은 낳지 못했지만 쫓겨나지 않고 지금껏 잘 살았습니다. 게다가 어머니에게 기초부터 탄탄하게 배운 요리 솜씨가 뿌리가 되어 요리 선생이라는 명예까지 얻었으니, 아무리 생각해도 내 인생이 잘 풀린 건 어머니 덕분이라는 걸 인정하지 않을 수 없습니다.

부엌이라는
실험실에서

어머니에겐 나를 못마땅해할 오만가지 이유가 있었습니다. 어머니는 유교 사상을 철저히 주입받으며 자란 분이라 여자라면 시집을 가서 반드시 아들을 낳아야 한다고 생각하셨습니다. 처음에는 잘 풀렸습니다. 첫째는 딸을 낳았지만 곧바로 아들을 낳았고, 또 딸을 낳고 다시 또 아들을 낳았습니다. 딸도 둘이지만 아들도 둘! 어머니는 먹지 않아도 배가 불렀을 겁니다. 그런데 어느 해 홍역이 돌더니 애지중지하던 두 아들이 한 달 사이에 모두 죽어버렸습니다. 어머니는 정신이 반쯤 나갔습니다. 마침 그때가 다섯째로 딸을 출산했을 때였는데 아들 둘이 모두 죽은 마당이니 딸에게 젖을 물릴 마음조차 들지 않았지요. 며칠 후에 그 핏덩어리마저 홍역으로 죽었습니다.

어머니는 얼마 후 다시 임신을 했습니다. 마흔하나의 늦은 나이에 가진 아이니 마지막 희망이었지요. 지금까지 딸을 낳은 후에는 아들을 낳았으니 이번에도 반드시 아들이 나올 거라고 어머니는 철석같이 믿었습니다. 그런데 내가 태어났습니다. 그날이 어머니에겐 하늘이 무너진 날이었지요. 화가 난 어머니는 꼬물거리는 아기를 차가운 윗목에 엎어놓았습니다. 큰언니가 놀라서 "엄마, 왜 아기를 엎어놨어?"라고 묻자 어머니는 "그까짓 것, 죽이지 살려서 뭐해?"라고 대답했다고 합니다. 그렇게 한참을 엎어놓았는데도 아기는 앵앵 울어대며 용케 죽지 않고 버텼다고 합니다.

결국 어머니는 젖을 물렸지요. 아무리 독해도 배고프다고 우는 새끼를 외면하지는 못하셨던 겁니다. 대신 어머니는 나를 볼 때마다 화가 났습니다. 죽은 두 아들 생각이 더 간절해졌던 것이지요.

어느 해, 서울 하늘에 큰 구멍이 뚫렸습니다. 마을 일대가 다 잠겨서 지붕만 보일 정도였습니다. 급하게 세간을 챙겨서 다 뛰어나왔는데, 내가 보이지 않았다고 합니다. 둘째언니가 "엄마, 아기!"라고 소리를 질렀더니 어머니가 이렇게 내뱉었다고 합니다. "됐다. 그냥 이불이나 하나 더 건져 와라."

둘째언니는 이 이야기를 나에게 여러 번 들려주었습니다. "엄마가 이불이나 건져 오라는 걸 내가 너를 건졌어. 물에 둥둥 떠서 버둥거리는 걸 내가 건졌어. 그러니까 내가 네 생명의 은인이지."

맞습니다. 그때 언니가 나를 건지지 않았다면 나는 죽었겠지요. 그래서 나는 언니를 생명의 은인으로 생각했습니다.

칭찬에 대한 목마름이 요리 욕심으로

아주 어린 나이부터 나는 내 존재 자체가 어머니에게 고통이라는 걸 알았습니다. 그러나 어머니는 나의 하늘이고 세상에서 가장 멋진 분이시니 어떻게든 당신 마음에 들고 싶었습니다. 그래서 매사에 철두철미한 아이가 되어 어머니가 시키는 일이라면 최선을 다해 잘해내려고 노력했습니다.

"이것 봐라. 생선은 이렇게 구워야 하는 거다. 젓가락으로 눌렀을 때 노릇노릇하게 탄력이 있어야 한다."

"가지는 그냥 요리하면 수분이 다 빠져서 맛이 없다. 찌거나 볶기 전에 반드시 전분을 묻혀야 촉촉한 법이지."

"콩나물은 중지 길이 정도로 자랐을 때가 제일 맛있다. 그 이상 자라면 비린내가 나니까 때를 잘 맞춰서 거둬야 한다."

열심히 듣고 따랐습니다. 날마다 혼났지만 날마다 배웠습니다. 꾸중이 아무리 심해도 어머니가 나를 미워한다고 생각하기보다는 내가 너무 못해서 화가 나셨구나, 더 잘하자라고 생각했습니다.

그렇게 혼나다가 어느 순간 어머니가 이렇게 말씀하실 때가 있었습니다.

"그래, 잘했구나."

칭찬치고는 너무나 무심한 한마디. 그러나 그 한마디로 나의 세상은 천국이 되었습니다. 그런 천국을 또 맛보기 위해 나는 정말 열심히 배웠습니다.

그렇게 어린 시절을 보내고 소녀에서 숙녀로 점점 성장해갔습니다. 스무 살이 가까워질 무렵, 나는 못 하는 게 없게 되었지요. 요리, 청소, 빨래, 다듬이질, 홍두깨질, 바느질, 뜨개질……. 할 줄 아는 요리의 종류도 일반적인 국, 찌개, 고기와 생선 요리, 나물 반찬은 기본이고 탕, 전, 한과와 같은 잔치 음식도 거뜬히 할 수 있었습니다. 우리 집이 워낙 제사가 많은 데다 절기마다 음식을 준비했기 때문에 늘 새로운 요리, 진귀한 식재료에 도전하고 훈련할 기회가 많았습니다.

나이가 들면서 나는 살림을 진심으로 좋아하고 잘해내고 싶었습니다. 왜 그랬는지는 모르겠습니다. 어릴 때에는 어머니에게 칭찬을 받겠다는 일념으로 열심히 했지만 십대에 들어서면서부터는 그 이상의 호기심과 자부심이 자랐던 것 같습니다. 그저 어머니가 시켜서 하는 일이 아니라 내가 해야 할 일이라는 주인의식이 자리 잡은 것이지요.

나는 밥상을 내 작품이라고 생각했습니다. 부엌에서 나가는 모든 음식에 내 마음과 책임을 단단하게 담았습니다. 요리해서 맛을 보고, 내 스스로 평가하고, 어머니와 언니들의 평가를 들었습니다. 그리고 무엇을 개선해야 할지, 어떻게 하면 더 맛있는 음식이 될지 궁리하기 시작했습니다.

사실 맛이라는 건 단순합니다. 배고픈 사람들은 간만 맞으면 맛있다고 말하지요. 기름에 익힌 재료들, 거기에 적당한 짠맛과 감칠맛, 단맛 등이 조화를 이루면 그럭저럭 맛있게 먹을 수 있습니다. 하지만 내가 생각하는 맛은 그것만으로는 부족했습니다. 잘된 요리는 싱겁지도 짜지도 않은 딱 알맞은 양념에 재료 고유의 식감과 향이 살아 있어야 하고 보기에도 먹기에도 깔끔해야 합니다. 이런 기준을 갖고 있으니 내가 하는 요리는 늘 몇 프로 부족하게 느껴졌습니다.

때로는 어머니 요리에서도 결점이 보였습니다. 어머니가 콩나물밥을 지으셨는데 밥은 질컥거리고 콩나물은 너무 익어서 실 가닥처럼 가늘어졌습니다. 양념장을 비벼 먹으면 그럭저럭 먹을 만하지만 그건 양념 맛이지 콩나물밥 맛이 아니지요. 이걸 어떻게 바꿔야 할까 고민에 빠졌습니다. 콩나물의 아삭거리는 식감을 살리면서 밥에 콩나물향이 고스란히 배어 나오는 그런 얌전한 콩나물밥을 만드는 방법은 없을까 연구했습니다.

궁리 끝에 멸치와 다시마로 육수를 내고 거기에 콩나물을 살짝 데쳐 밥물을 만들었습니다. 여기에 참기름과 소금을 약간 넣고 밥을 했더니 밥에 윤기가 좔좔 흐르면서 콩나물향이 진동했습니다. 살짝 무친 콩나물을 밥 위에 얹은 다음 뚜껑을 덮고 뜸을 들였습니다.

이런 방법으로 콩나물밥을 해드리니 어머니께서 맛있게 잘 드셨습니다. 언니들도 이런 콩나물밥은 처음이라며 칭찬을 해주었지요.

나만의 조리법을 찾기 시작하다

나는 계속해서 나만의 깔끔한 조리법을 추구하기 시작했습니다. 그런데 깔끔하고 맛깔스러운 요리를 추구하면 추구할수록 조리법은 번거롭고 복잡해졌습니다. 생선은 굽기 전에 포를 떠서 식초물이나 청주에 담가두어야 하고 쇠고기나 돼지고기 역시 핏물을 빼고 마늘과 생강즙을 발라서 숙성시키는 과정이 있어야 했습니다. 국 하나를 끓일 때에도 모든 재료를 따로따로 간을 해야 했습니다. 너무 번거로워서 생략하고 싶어도 맛에서 확 차이가 나니 그럴 수가 없었습니다. 음식의 맛은 정성에 비례한다는 것, 요리에는 타협이 있을 수 없다는 것을 어린 나이에 깨우쳤습니다.

지금도 내 눈에는 늘 뭔가를 끓이고 볶느라 분주하던 나의 친정집 부엌이 떠오릅니다. 까맣게 길들인 가마솥이 아궁이에 네 개나 묻혀 있던 그 부엌은 어머니의 성역이자 나의 실험실이었습니다. 어머니는 여전히 엄하고 냉정하셨지만 요리만큼은 마음껏 실험하도록 내버려두셨습니다. 기특해하거나 대견해하신 것은 결코 아닙니다. 그저 열심히 배우고 훈련해서 시집가서 잘 써먹었으면 하셨을 겁니다. 하긴 나도 그때는 그저 좋아서 했을 뿐, 내 요리가 어떻게 써먹힐지 잘 몰랐습니다.

전쟁이
알려준
맛의 세계

　　　　　열 살 무렵의 어느 날, 작은언니가 함께 강원도에 가자고 했습니다. 서울에서 하숙을 하는 언니의 친구가 시골집에 곡식과 먹을 것을 가지러 가는데 함께 가자는 것이었습니다. 먼 여행은 처음이라 나는 신나게 따라나섰습니다.

　도착하자마자 보따리에 쌀, 보리, 콩, 깨 등을 열심히 담았습니다. 표고버섯, 가지, 호박, 취나물, 곤드레, 시래기 등 말린 나물도 한가득 쌌습니다. 그렇게 짐을 싸고 나니 오후 2시쯤 되었습니다. 언니들이 속닥속닥하더니 자기들은 먼저 서울로 가겠다고 하더군요. 내일 그 집 할머니가 서울로 올라갈 것이니 그때 함께 올라오라며 언니들은 먼저 떠났습니다. 그렇게 낯선 시골집에서 낯선 사람들과 하루를 묵게 되었습니다.

그날 새벽, 할머니와 그 집의 어린 손녀와 함께 큰방에서 잠을 자고 있는데 별안간 엄청난 소리가 들렸습니다. 왁왁왁왁! 지축을 흔들며 걸어오는 발소리였습니다. 먼 곳에서 "인민공화국 만세!" 하는 소리도 들려왔습니다. 할머니가 벌떡 일어나셨습니다. "큰일 났다. 이게 무슨 소리야! 다들 일어나라. 일어나라."

할머니는 민첩하게 움직이셨습니다. 이불을 다 뜯더니 태극기와 아들의 장교복을 솜 속에 넣고는 감쪽같이 꿰매셨습니다. 시계와 보석 같은 귀중품들도 어딘가에 숨기고 돈을 종이에 꽁꽁 싸서 저고리 소매와 버선 속에 감추셨습니다. 그렇게 허둥지둥 준비를 하고 나니, 인민군이 들이닥쳤습니다.

"어마이 동무! 협조하시오!"

한꺼번에 들이닥친 열댓 명의 인민군이 곡식이 한가득 들어 있던 곳간 문을 열고는 쌀 등 먹을 것을 닥치는 대로 꺼내기 시작했습니다. 그 집 머슴이 말리려 하자 목에 창을 대고 위협했습니다. 할머니는 아무 소리도 내지 말고 가만히 있으라며 손녀딸과 내 손을 잡아주셨습니다. 인민군들은 마당 한가운데서 가마솥에 한바탕 밥을 지어 먹고는 그제야 사라졌습니다.

할머니는 곧바로 피난 준비를 하셨습니다. 소달구지에 숨겨 두었던 쌀, 잡곡, 이불, 태극기, 아들의 장교복, 세간 등을 싣고 떠날 준비를 했습니다. 시골에 아는 이가 있는데 거기는 두메산골이라 인민군이 찾아오지 않을 거라며 그리로 피신하자고 하셨습니다.

그렇게 할머니와 그 집 손녀딸과 함께 몇 달을 영월에서 보냈습니다. 할머니는 매일 밤 달빛 아래에 나가 대야에 물을 떠놓고는 그 위에 비친 달의 모양새를 물끄러미 바라보셨습니다.

"태극기가 비치는구나. 우리나라가 이긴다. 우리나라가 이길 거다……."

밤에는 폭격 소리가 가까이서 들려왔습니다. 아군과 적군이 교전을 하는지 이쪽에서 쾅 하면 저쪽에서 쾅 하고 응답을 했습니다. 어느 날 밤에는 무슨 시설이 폭파되었는지 파편이 방 안으로 날아 들어왔습니다. 할머니가 급하게 두터운 목화솜 이불을 뒤집어씌워주셨습니다. 폭격이 끝나고 보니 파편이 이불 곳곳에 박혀 있었습니다.

언니들은 어디에 있을까. 어머니는 나를 찾고 계실까. 홀로 전쟁을 겪으며 생판 모르는 사람들과 함께 지내고 있으니 천애 고아가 된 기분이었습니다. 어서 빨리 전쟁이 끝나 어머니를 만나게 되기를 빌고 또 빌었습니다.

마침내 서울이 수복되었다며 할머니가 서울로 가자고 하셨습니다. 짐을 바리바리 싸들고 산을 넘고 들을 지나 겨우겨우 서울에 도착했습니다. 곧바로 집으로 달려갔지만 집은 사라지고 모두 군부대가 되어버린 상태였습니다.

수소문을 해보았지만 어머니가 어디로 가셨는지 알 수 없었습니다. 다시 할머니가 손을 잡아주셨습니다. 전쟁이 끝나면 어머니를 찾을 수 있을 테니 그때까지는 같이 있자며 나를 다독여주셨습니다.

몇 개월 후에는 1.4후퇴가 시작되었습니다. 엄동설한에 짐을 챙겨 또다시 피난길에 나섰습니다. 매일 산을 넘고 강을 건너며 남쪽을 향해 100리(약 39킬로미터)씩 걸었습니다. 걷다가 걷다가 마을에 도착하면 아무 집에나 들어가 밥을 지어 먹었습니다. 찬하나 없이 먹는 밥이었지만 허기지고 지친 몸에는 그마저도 꿀맛이었습니다. 방에 들어가서 피난민들 틈에 끼어 자고 있으면 바닥이 뜨거워서 미칠 지경이었습니다. 피난민들이 계속 들어와서 밥을 지어 먹으니 아궁이 불길이 너무 강했던 것이지요. 그런 밤에는 몰래 방을 빠져나와 마당의 짚더미 속에 들어가 잠을 청하곤 했습니다.

마침내 안동에 도착하여 할머니의 아드님과 연락이 닿았습니다. 그분은 높은 계급의 군인이라 아주 커다란 한옥에 자리 잡을 수 있었습니다.

할머니가 잘해주시고 밥도 잘 얻어먹었지만 음식과 빨래 등 허드렛일을 도와야 했고 할머니께 순종해야 했기에 어머니와 언니들이 그리운 마음은 더해갔습니다. 나는 군부대란 군부대는 모조리 쫓아다니며 군인들에게 매달렸습니다.

"서울 가세요? 서울 가면 우리 엄마 좀 찾아줄래요? 우리 엄마한테 내가 여기 있다고 전해줄래요?" "우리 형부도 군인이에요. 대전 6광구 사령부에서 근무하세요. 우리 형부한테 제가 여기 있다고 전해주실 수 없나요?"

군인들이 고개를 절레절레 저을 때마다 풀이 죽어서 집으로 돌아오곤 했습니다.

피난길에서 새로운 맛을 만나다

그렇다고 마냥 슬퍼만 하며 지낸 것은 아닙니다. 안동은 산이 병풍처럼 둘러져 있고 낙동강의 지류를 따라 평야가 발달해 있어서 쌀, 콩, 보리 등이 많이 나고 감자와 고구마도 풍부했습니다. 밭에는 참깨, 고추, 호박 등이 지천이었지요. 나는 이리저리 쏘다니며 농부들의 일을 거들기도 하고 농작물이 자라는 신기한 모습을 관찰하기도 했습니다. 봄에는 산에서 바구니 가득 산나물을 따와 나물 반찬을 만들어 내놓기도 했습니다.

할머니가 장군 어머니라는 소문이 나자 마을 사람들이 참 잘해주었습니다. 거의 날마다 사람들이 찾아와 음식을 나눠주었습니다. 안동의 명물인 간고등어, 찜닭, 풍산김치, 헛제삿밥을 그때 모두 먹어보았습니다.

가장 인상적이었던 음식은 안동 식혜였습니다. 서울 식혜에만 익숙했던 내게는 그 빨갛고 걸쭉한 음료가 이해되지 않았습니다. 어머니가 만들어주셨던 식혜는 밥알이 동동 뜨는 말갛고 하얗고 약간 달콤한 음료였는데 이곳의 식혜는 고춧가루가 들어가서 매운 데다가 무와 생강을 넣어 톡 쏘는 맛이 강했습니다. 게다가 훨씬 달고 걸쭉했습니다. 아마도 매워진 만큼 설탕도 더 많이 넣는 것 같았습니다.

머릿속으로 어머니가 이걸 드시면 뭐라고 하실지 훤히 떠올랐습니다. "식혜가 왜 이 모양이냐. 시골 음식이라 품위가 없구나"라고 하실 것이 분명했습니다. 하지만 그곳 사람들이 식혜를 먹는 모습을 보니 왜 그리 먹는지 이해가 갔습니다. 서울 사람들은 후식으로 생각한 식혜를 입가심 혹은 소화제로 먹었지만 안동 사람들은 끼니로도 가능한 음식으로 식혜를 먹었습니다. 그래서 그렇게 푹 끓여서 전분을 우려내어 걸쭉하게 만들고 당도를 강하게 했던 것이지요. 음식이란 사람이 살아가는 모습을 담아내는 것이고, 어느 하나 우연이 없는 삶의 선택이라는 걸, 어린 나이지만 어렴풋이 느꼈지요.

이후로도 나는 할머니를 따라 경주로 김해로 피난을 다녔습니다. 경주에서는 울산이 가까워서 해산물을 원 없이 먹을 수 있었습니다. 바닷장어, 전복, 새우가 지천이었습니다. 그곳 사람들은 미역국을 끓일 때에도 생선을 텀벙텀벙 손질해서 대가리와 뼈까지 통째로 넣곤 하더군요. 국물이 뿌옇고 해물 맛이 진국이었습니다.

어느 날은 누군가 귀하디귀한 고래고기를 가져와서 한 입 맛본 적도 있습니다. 입안 가득 고소한 기름이 들어오더니 샤르르 녹아내렸습니다. 세상에, 이런 고기 맛이 있다니! 서울에서는 먹어본 적이 없는 맛이어서 깜짝 놀랐습니다.

전쟁은 좀처럼 끝날 기미가 없고 어머니를 찾을 수 있을지 불안한 마음이 커졌지만 날마다 접하는 새로운 식재료들이 고난의 시간을 달래주는 작은 위로가 되었습니다. 어쩌면 전쟁 때문에 어쩔 수 없이 지방을 떠돌았던 이 시기가 내게는 미각을 개발하고 탐험하는 시간이었는지도 모릅니다. 그래서 그런지 내게 6.25는 어머니를 잃고 고아가 된 아픈 전쟁의 기억이기보다는 산으로 들로 말괄량이처럼 뛰어다니며 세상을 몸소 겪은 배움의 기억으로 남아 있습니다. 그저 손녀 친구의 동생일 뿐인 나를 끝까지 버리지 않고 챙겨준 그 할머니의 은혜도 잊을 수가 없습니다.

어머니,
나의 영원한 스승

　　김해로 옮겨간 후에도 나는 근처 군부대
에 날마다 가서 군인들을 붙잡고 어머니를 찾아달라고 애원했
습니다. 하루는 군부대 담벼락을 붙잡고 눈물을 글썽이는데 사
병이 다가와서 말을 걸었습니다. 휴가를 받아서 서울에 가는데
시간이 나면 우리 동네에 들러보겠다는 것이었습니다. 나는 주
소는 물론이고 아버지와 어머니의 성함, 언니와 형부의 이름까
지 다 적어서 사병에게 건네주었습니다.

　　그리고 한 달쯤 흘렀을까요? 어머니가 오셨습니다. 쪽찐 머리
에 한복을 곱게 입고 양손에 보따리를 들고 걸어오시는데, 멀리
서 보아도 어머니가 분명했습니다.

　　"어머니, 어머니!"

나는 그동안의 그리움을 토해내며 어머니를 향해 달려갔습니다. 그리고 두 팔을 벌려 어머니의 허리춤을 와락 끌어안았습니다. 성격대로라면 분명히 나를 밀쳐내셨을 어머니도 그날만큼은 가만히 서서 내 머리를 쓰다듬어주셨습니다.

어머니는 나를 돌봐주신 할머니에게 큰절을 하고 가져온 보따리를 풀었습니다. 전, 더덕구이, 도라지무침, 약식 등이 정갈하게 담겨 있었습니다. 오랜만에 어머니의 음식 냄새를 맡자 너무 반가워 눈물이 줄줄 흘렀습니다. 꿈이면 어떡하나 걱정이 되어 어머니 옆에 착 달라붙어 떨어지지 않았습니다.

할머니와 어머니가 나누는 이야기로 그동안의 사정을 들을 수 있었습니다. 전쟁이 나고 어머니는 집을 잃었습니다. 한동안 어머니와 작은언니 둘이서 거리를 떠돌며 거의 굶어 죽을 뻔했다고 합니다. 천신만고 끝에 대전에 당도하여 큰언니 부부를 만나면서 사정이 풀렸다고 합니다. 그사이 작은언니는 결혼을 했고, 전쟁이 끝날 때까지 나는 고아 신세나 다름없는 시간을 보냈습니다.

서울로 가는 버스 안에서 어머니가 어떻게 나를 찾아올 수 있었는지 줄줄이 말씀해주셨습니다. 나에게 주소와 이름을 받아간 사병이 그곳 국회의원에게 문의를 하였고, 그 국회의원의 아버지가 마침 우리 아버지의 친구여서 어찌어찌 연락이 닿았다고 합니다. 말씀은 없었지만 어머니는 내 소식을 듣자마자 하던 일을 중단하고 부리나케 달려오신 것 같았습니다.

어머니의 수완으로 힘든 시간을 견디다

집도 사라지고 남편도 죽었지만 어머니는 여전히 강한 여자였습니다. 형부의 도움으로 혜화동에 다시 집을 구한 뒤 한동안 조개탄 장사를 하며 사셨다고 합니다. 도매상에게 조개탄을 사서 작은 점포에서 파셨다는데 장사가 꽤 잘되었답니다. 그런데 알고 보니 도매상에게 산 조개탄이 모두 장물이어서 어머니는 일주일 동안 경찰서에 잡혀 있으셨다고 합니다. 그 후 점포가 도둑에게 모두 털리기도 하고 깡패들이 자꾸 찾아와 행패를 부리기도 해서 어머니는 장사를 하면 안 되겠구나, 장사를 하면 팔자가 사나워지는구나, 깨닫고 조개탄 장사를 접었다고 합니다.

이때의 경험으로 어머니는 나에게 절대로 장사하지 말라는 말씀을 늘 하셨습니다. 내가 요리 선생으로만 50년 가까운 세월을 보내는 동안 얼마나 많은 사람이 음식점을 내자, 동업을 하자고 권유했는지 모릅니다. 그 유혹을 다 물리칠 수 있었던 건 어머니의 영향이 큽니다. 잠깐 장사를 해볼까 생각한 적도 있었지만 그때마다 성사되지 않은 걸 보면 내 팔자에 장사는 없는 모양입니다. 또한 만약 장사를 했다면 재료비를 너무 많이 써서 십중팔구 망했을 것입니다.

그때부터 어머니는 목돈이 생길 때마다 집을 하나씩 지어서 임대업을 하셨습니다. 나는 임대 사업을 한 어머니 덕분에 전후(戰後) 50년대의 가난한 시기를 비교적 윤택하게 보낼 수 있었습니다. 나는 어린 나이였지만 내가 참으로 큰 혜택을 받은 사람이라는 걸 알고 있었습니다. 집에서 몇 발짝만 걸어나가면 거지들이 구걸하고 코흘리개 전쟁고아들이 미군을 좇으며 "기브 미 초콜릿!"을 외치던 시절이었으니까요. 시장에 가면 전쟁으로 과부가 된 아낙들이 악을 쓰며 채소와 생선을 팔고 있고 가난한 노동자들이 국수 한 그릇, 팥죽 한 그릇으로 끼니를 때우고 있었습니다. 먹고살기 위해서는 거리에 버려진 담배꽁초나 깡통이라도 주워서 팔아야 했던 시절, 여자라면 술집에서 웃음이라도 팔아야 했던 시절……. 그런 시절을 어머니 덕분에 맛있는 것도 풍족하게 먹으며 편히 살았으니, 나는 갚아야 할 빚이 참 많은 사람이라고 생각했습니다.

나의 영원한 스승, 어머니에게서 어떠한 상황에도 굴하지 않고 일어서는 삶의 지혜를 배웠습니다. 이 때문에 하루하루 매사에 더 열정을 쏟고 시간이 아깝지 않도록 열심히 살았는지도 모릅니다. 여자 혼자 아이를 키운다고 혹여나 무시를 당할까 일부러 담배를 물게 되셨다는 어머니께 지금도 감사를 드립니다.

가슴속에 들어온 더 큰 사랑

전쟁이 끝나고 얼마 후부터 나에게 큰 즐거움이 생겼습니다. 바로 교회에 다니기 시작한 것입니다.

처음에는 그저 사탕 하나, 공책 한 권을 준다기에 호기심으로 따라갔습니다. 그런데 갈 때마다 기분이 좋아지고 마음이 따뜻해지니 점점 교회 가는 날을 손꼽아 기다리게 되었습니다.

내게는 기독교의 모든 이야기가 신기했습니다. 하나님이 6일 동안 세상의 모든 동물과 인간을 창조하시고 7일째에 쉬셨다는 이야기, 최초의 인간인 아담과 하와가 낙원에서 살다가 사탄의 꾐에 빠져 선악과를 먹고 쫓겨났다는 이야기, 이스라엘 민족을 애굽에서 탈출시킨 모세의 이야기, 다윗과 골리앗과 요셉의 이야기 등등 모두 그때까지 전혀 들어본 적이 없는 신기한 이야기였습니다.

모든 이야기 중에도 나는 예수님 이야기가 가장 좋았습니다. 어떻게 하나님의 성령으로 태어난 분이 그토록 많은 기적을 행하고도 십자가에 못 박혀 죽어야 했을까요. 온갖 모함과 위험을 겪으면서도 어떻게 "네 이웃을 네 몸같이 사랑하라", "원수를 사랑하라"는 말씀을 할 수 있었을까요. 나는 예수님처럼 모든 사람을 사랑하고 섬기겠다는 마음을 품게 되었습니다. 내 가족과 이웃은 물론이고 내가 속한 사회, 국가, 세상…… 들에 핀 작은 꽃과 떨어지는 낙엽까지 사랑하리라 마음먹었습니다.

내가 교회를 다니니 집에서는 난리가 났습니다. 어머니는 유교를 신봉하며 살아온 데다 절에 다니는 걸 좋아하는 분이라서 교회를 극도로 싫어하셨습니다. 예수쟁이들은 조상님 모실 줄도 모르고 제사도 안 지낸다며 비난을 하셨습니다. 언니들도 집에 올 때마다 나에게 교회에 다니지 말라고 압력을 넣었습니다.

하지만 그럴수록 하나님에 대한 나의 사랑은 커져만 갔습니다. 자꾸만 일을 시켜서 교회에 못 가게 하는 어머니도, 다리를 부러뜨리겠다며 으름장을 놓는 언니들도 내게는 오히려 불쌍하게 여겨졌습니다. 하나님을 알게 되면 얼마나 좋은데, 알지도 못하면서 나쁘다고만 하고 좁은 시야에 갇혀 사는 가족들이 참으로 안됐다고 생각했습니다.

일요일에 목사님 설교를 듣고 있으면 무릎을 탁 칠 만한 좋은 말씀이 너무나 많았습니다. 하나님이 "부모에게 효도하는 사람은 장수한다"면서 "부모를 더 사랑하고 섬기라"고 하셨으니, 이것은 효를 강조한 유교 사상과도 일치하는 것이었습니다. 부처님이 "집착을 초월하라", "욕심을 버려라" 하신 것은 "마음이 가난한 자는 복이 있나니"라는 예수님의 말씀과 같은 뜻이었습니다. 이런 말을 들은 날은 가슴이 쿵덕쿵덕 뛰었습니다. 집으로 돌아오자마자 어머니를 붙잡고 설교 내용을 한바탕 전하고서야 설렘을 진정시킬 수 있었습니다.

어떤 역경도 두려운 일 없어라

나는 점점 교회에서 많은 일을 맡았습니다. 주일학교 성가대, 청년회, 대학생 모임, 어린이부 교사 등등 하는 일이 정말 많았습니다. 그런데 어머니는 내가 교회에 나가려고만 하면 이불 빨래와 다듬이질에 홍두깨질까지 시키면서 못 나가게 막았습니다. 어머니 말씀을 거역할 수 없으니 그야말로 초스피드로 일을 해치우고 나가야 했습니다. 내가 지금도 손이 굉장히 빨라서 남들보다 일을 두세 배 많이 할 수 있는 것은 그때 익힌 일 감각 덕분입니다.

어느 날, 어머니 심부름으로 언니네 집에 가야 했습니다. 저녁에 버스를 타고 출발했는데, 이놈의 버스가 100미터마다 엔진

이 꺼졌습니다. 버스는 가다 서고 가다 서고를 반복하다가 결국 길 한가운데서 퍼져버렸습니다. 하는 수 없이 걸어서 언니 집으로 가야 했습니다. 그때만 해도 서울은 도심만 벗어나면 다 시골이라서 가로등 하나 없이 칠흑같이 껌껌한 데다 사람도 전혀 안 보였습니다. 무악재 고개를 넘어가는데 여우 소리, 늑대 소리가 우우우 들려왔습니다.

나는 박수를 치며 노래를 불렀습니다. 하나님이 곁에 있으니 무슨 일이 생기더라도 나는 담대히 받아들이리라 생각했습니다. 그렇게 계속 노래를 부르며 기쁜 마음으로 밤새 걷고 걸었습니다. 새벽에야 언니 집에 도착하니 언니가 깜짝 놀랐습니다. 언니는 늑대가 나오는 그 고개를 무슨 생각으로 걸어 왔냐며 소리를 막 질렀습니다. "언니, 걱정 마세요. 나는 하나도 안 무서웠어요." 내가 쌩긋 웃으며 말하자 언니는 뭐 이런 애가 있냐는 표정으로 기막혀 했습니다.

내 마음은 지금도 그때와 같습니다. 캄캄한 밤에 아무것도 안 보이는 길을 걸어가지만 하늘에 별이 있고 나를 굽어보는 하나님이 있으니 두려울 게 없습니다. 세상살이가 아무리 힘들어도, 사람들과의 관계에 아무리 지쳐도 하나님과 같은 큰 사랑만 있으면 어떤 역경도 헤쳐나갈 수 있습니다.

어린 시절 나는 어머니로부터 심한 구박을 당했고 전쟁 때에는 고아처럼 지냈습니다. 아버지도 일찍 여의어서 얼굴도 잘 모릅니다. 그럼에도 마음속에 상처나 슬픔이 없는 것은 이미 내 안에 큰 사랑이 있기에, 그 사랑은 내가 어떤 역경을 맞이해도 변함이 없기에, 그래서 언제나 밝고 당당할 수 있었습니다.

그래서인지 내가 구박을 당하며 자랐다고 말하면 사람들이 믿지 않습니다. 내 얼굴 어디에도 그늘이 없기 때문입니다. 젊었을 때에는 귀족처럼 도도해 보인다는 말을 많이 들었고, 중년이 되면서부터는 영부인 얼굴이라는 소리를 늘 듣고 살았습니다. 재벌가와 정치인의 부인들, 딸들, 며느리들은 물론이고 교수, 연예인 등 대한민국에서 제일 잘나가는 여자들을 그렇게 만나고 다녀도 전혀 기죽지 않았습니다.

이런 마음은 나의 요리에도 영향을 주었습니다. 나는 솜씨를 뽐내기 위한 요리를 별로 좋아하지 않습니다. 온갖 기교를 부려 맛을 내고 화려하게 치장한 요리는 어딘지 나와 맞지 않습니다. 정성과 사랑이 담긴 맛과 정갈한 담음새에서 상대방이 그 마음을 느낄 수 있다면 그것으로 된 것이라 생각하기 때문입니다.

요리할 때 나는 무엇을 만들든, 누가 먹을 음식이든, 내가 할 수 있는 최고의 정성을 기울입니다. 모든 음식이 내가 먹는 음식, 내 가족이 먹는 음식, 그리고 하나님을 위한 음식이라는 마음으로 만듭니다.

의 연 한 마 음

3장

고수의 일엔 타협이 없다

포기할 수 없는
원칙을 배우다

　　어머니에게 요리를 배우면서 나만의 실험을
계속하다 보니 문득 전문 요리 선생들은 어떤 요리를 가르치나
궁금해졌습니다. 1950년대 말에는 요리 학원이 그리 많지 않았
습니다. 한희순 선생이 궁중 음식 기능보유자로 황혜성 선생을
비롯하여 여러 제자를 두고 있었고, 방신영 선생과 강인희 선생
이 대학에서 한국 요리를 가르치고 있었습니다. 양갓집 규수들
이 주로 배우는 학원으로는 하선정 선생이 1954년에 세운 '수도
가정요리 학원'과 김제옥 선생이 운영하는 '김제옥 요리 학원'
이 있었습니다. 나는 '김제옥 요리 학원'의 문을 두드렸습니다.
　당시는 요리 학원들이 한식보다도 양식, 중식, 일식 등을 더
중요하게 가르치던 시대였습니다. 이것은 이승만 대통령과 무

관하지 않습니다. 50년대 중반에 이승만 대통령이 요리 선생들을 경무대(景武臺 · 청와대의 옛 이름)로 불러다가 지침을 내렸다고 합니다. 그 내용은 외국인들이 보기에 부끄럽지 않은 요리를 만들어달라는 것이었습니다. 아마도 미국 생활을 오래했던 대통령의 눈에는 차림새가 투박하고 양만 많은 한식이 탐탁지 않았던 모양입니다. 한국이 아무리 가난하고 전쟁을 치른 지 얼마 안 되었더라도 요리만큼은 개성과 품위를 갖추었으면 하는 것이 대통령의 바람이었습니다. 마지막에 그는 한마디 덧붙였습니다.

"일본 요리는 맛뿐만 아니라 아름다움까지 갖춰서 세계적으로 인정받고 있습니다. 모두 일본 요리를 본받아 분발해주시기 바랍니다."

그때부터 요리계에 화려한 장식이 등장했습니다. 내가 학원에 등록했을 때 이미 요리 수업은 당근을 꽃 모양으로 오리는 법, 소시지를 문어 모양으로 칼집 내는 법, 오징어를 빨갛고 노랗게 물들이는 법 등을 가르치고 있었습니다. 물을 들이기 위해서 식용 색소도 과감하게 쓰고 있었습니다.

사실 내가 기대한 것은 어머니에게서 배운 한식을 더 고급스럽게 심화시키는 것이었습니다. 그러나 당시 요리 학원들은 한식도 다루긴 했지만 전통 방식에서 다소 벗어나 있었기에 내 기대에는 못 미쳤습니다. 어머니의 생각도 그러셨던 것 같습니다.

어느 날 학원에서 배운 요리를 어머니께 해드렸습니다. 어머니가 한 입 맛보시더니 "이게 어느 나라 음식이냐?"고 물으셨지요.

"저도 모르겠어요. 학원에서 오늘 배운 건데 일본 요리하고 중국 요리를 많이 가르쳐서 그런지 한식도 좀 다르게 하는 것 같아요."

어머니는 "우리 것도 아니고 남의 것도 아닌 음식을 배울 필요는 없을 것 같구나. 나는 네가 한국 음식을 제대로 배웠으면 했다. 여기는 그만 다녀라"라고 말씀하셨지요. 결국 어머니는 다음 달 학원 등록비를 주지 않으셨습니다.

그런데 어머니의 이 말씀은 70년 나의 요리 인생에서 절대 포기할 수 없는 원칙이 되었습니다. 한 나라의 요리는 언어나 관습과 마찬가지로 그 나라 사람들의 정체성이라 말할 수 있지요. 요리 문화를 잃어버린다는 것은 정체성을 잃어버리는 것과 같습니다. 고작 먹는 것 가지고 뭘 그렇게까지 생각하냐고 할 수도 있지만, 한국 사람들이 나물을 즐겨 먹고 국물을 좋아하고 김치 없이 밥을 못 먹고 된장, 간장, 젓갈 등의 발효 양념을 먹는 것은 우리의 역사와 기질, DNA와 다 연결됩니다. 어머니는 DNA가 뭔지 모르셨지만 이런 연결고리를 매우 중하게 여기셨던 것이지요.

어머니는 한일병탄 이후에 태어나서 어린 시절 창씨개명도

당하고 황국신민화 교육도 받고 자라면서 나라 잃은 설움이 무엇인지 누구보다도 잘 아셨습니다. 그래서 남자의 직업 중에 군인과 공무원을 최고로 치셨지요. 가장 존경하는 분도 독립운동가인 김구 선생이었습니다. 어머니는 마루에 김구 선생의 사진을 걸어둘 정도로 그를 존경했습니다. 1949년 김구 선생이 암살당했을 때에는 장례식이 열린 서울 운동장에 삼베옷을 입고 찾아가 대성통곡을 하셨습니다. 그때 어머니가 하도 서럽게 우셔서 나는 김구 선생이 우리 친척인 줄 알았습니다.

이러한 영향으로 나는 처음부터 퓨전 요리는 내가 갈 방향이 아니라고 생각했습니다. 나라와 나라가 교역을 하다 보면 요리가 뒤섞이는 건 어쩔 수 없는 운명입니다. 하지만 섞는 사람이 있다면 지키는 사람도 반드시 필요합니다. 나는 지키는 사람이 되어 한식을 더 고급스럽고 깊이 있는 음식으로 발전시켜야겠다고 결심했습니다.

물론 50년대 후반에 요리 선생들이 이런 고민을 할 여유는 없었겠지요. 대통령의 지령이 떨어진 이상 빨리 뭔가를 보여주어야 하니, 우리 것을 개발하기보다는 바깥 것을 베끼는 것이 더 빠른 길이었을 것입니다. 나는 이 또한 필요한 과정이었다고 생각합니다.

궁중 음식으로 한식의 기본을 배우다

그렇게 한식에 대해 고민하던 즈음에 조선왕조 궁중음식 2대 기능보유자인 황혜성 선생이 매달 자택에서 여는 연구회에 참여할 기회를 얻게 되었습니다. 풀지 못한 한식의 실마리를 여기서 찾을 수 있지 않을까 큰 기대를 안고 연구회를 찾아갔지요.

장소는 황 선생이 마련한 종로의 한 아파트였습니다. 작은 아파트 부엌을 크게 만들어서 선생은 시연을 하고 네다섯 명의 수강생들이 빙 둘러서서 관찰을 했습니다. 신선로, 구절판, 화양적, 너비아니 등의 화려한 궁중 음식이 하나씩 만들어질 때마다 우리는 기록을 하고 탄성을 질렀습니다.

요리는 화려함에 비해 맛은 좀 밋밋했습니다. 더 맛있게 할 수도 있는데 애써 그 방법을 쓰지 않는 것 같기도 했습니다. 왜 그런 걸까 의아해하던 나는 세 번쯤 갔을 때에야 그 이유를 알 수 있었습니다. 궁중 음식은 최고의 맛을 내기 위한 음식이 아니고 그 시대 왕족이 먹었던 음식을 그대로 재현한 음식이었기 때문입니다.

신선로를 예로 들어보겠습니다. 신선로는 간단히 말해서 쇠고기 육수에다 생선전, 쇠고기완자, 천엽, 미나리, 표고버섯, 무 등을 넣어 뭉근하게 끓여 먹는 탕입니다. 그런데 나는 아무리 생각해도 천엽보다는 편육이 더 어울릴 것 같았습니다. 천엽은 내장이라 국물에 고소한 맛이 더해지긴 하지만 자칫 누린내가 날 수 있습니다. 또한 완자와 생선전을 소금과 후춧가루로만 간을 하는 대신 무즙, 배즙, 생강즙, 마늘즙 등을 조금씩 넣어 간을 하면 맛이 훨씬 좋을 것 같았습니다.

하지만 황혜성 선생이 만드는 신선로는 배운 그대로를 재현하는 성격이 강하기 때문인지 공식에 맞춰 만들어나가는 과정을 강조했습니다. 그래서 완성된 후 맛을 보면 궁중 음식에서 기대했던 화려하고 폭발적인 맛은 느낄 수 없었던 것입니다.

이 점은 상당히 중요한 가르침이기도 했습니다. 궁중 음식은 정부가 무형문화재로 지정한 문화유산입니다. 그것은 맛을 떠나서 기록하고 보존해야 할 역사입니다. 황 선생의 요리는 고종과 순종의 음식을 만들었던 조선의 마지막 주방상궁 한희순 선생으로부터 전수받은 것이고, 또 황 선생이 생존한 상궁들을 직접 인터뷰해서 당시 궁에서 먹던 음식을 조사하여 재현해낸 것들입니다. 맛이 있고 없고를 떠나서 요리하는 사람이라면 반드시 알아두어야 합니다. 특히 나처럼 한식을 연구하는 사람이라면 마치 의상 디자이너가 기본 패턴을 배우는 것처럼 틀림없이 배워두어야 합니다. 패턴 없이는 옷을 만들 수 없는 것처럼 기본 없이는 요리를 할 수 없기 때문입니다.

그래서 나는 이 연구회를 즐거운 마음으로 열심히 다녔습니다. 황혜성 선생은 열린 마음의 따뜻한 분이었습니다. 새파랗게 어린 내가 감히 끼어들어 "이렇게 하면 더 좋겠어요", "그건 이렇게 하는 게 어떨까요?"라고 말해도 언짢은 기색 한 번 없이 "그거 아주 좋은 생각이네", "그렇게 하면 더 맛있겠네" 하며 내 아이디어를 받아주셨습니다.

궁중 음식을 배우면서 《규합총서(閨閤叢書)》, 《수운잡방(需雲雜方)》과 같은 요리 고문서도 알게 되었고 조선시대뿐 아니라 삼국시대의 역사를 배우면서 지역별 음식의 역사도 알게 되었습니다. 한 나라의 먹거리에는 지리와 생태도 들어 있고, 역사와 국제관계도 들어 있고, 지역 사람들의 기질과 관습도 들어 있다는 것을 깨달으면서 요리 공부가 어쩌면 진정한 인문학일지도 모른다는 생각이 들었습니다.

그렇다고 궁중 음식에서 한식의 미래를 찾을 수는 없었습니다. 왕족이 먹던 음식이어서인지 꾸밈이 과하고 생활 음식으로서의 매력이 부족했습니다. 무엇보다도 우리 국민의 일상과 너무 동떨어진 음식이었습니다. 가정에서 도무지 해 먹지 않는 신선로보다는 차라리 된장찌개, 김치찌개에서 한식의 미래를 찾는 것이 맞지 않을까 하는 생각이 들었습니다.

곰곰이 생각해보면 아무리 왕이라도 이런 음식을 날마다 먹었을 것 같지는 않습니다. 신선로는 연회에나 나왔을 음식이고 평상시에는 때마다 첩수는 달랐겠지만 양반들처럼 밥, 국, 김치에 고기와 나물이 있는 일반적인 반상을 더 좋아하시지 않았을까 추측합니다. 또한 조선왕조 500여 년에 걸쳐 태조부터 순종까지 똑같은 음식만 먹고 살았을 리도 없습니다. 시대별로 새로운 작물이 들어오고 새로운 조리법이 생겨나면서 요리도 계속 변했을 것입니다.

이후 나는 한식의 미래는 역사책이나 박물관에 있는 것이 아니라 현재 우리나라 각 가정에서 가족들이 빙 둘러앉아 먹는 생활 음식에 있다고 생각하게 되었습니다. 물론 오늘날 우리의 밥상은 한국적인 것뿐만 아니라 미국에서 건너온 것, 중국과 일본에서 건너온 것, 유럽과 동남아에서 건너온 것들이 구분하기 힘들 정도로 복잡하게 섞여 있지요. 한식은 여기서 한국의 식재료를 바탕으로 한 것, 한국인만의 삶의 이야기가 녹아 있는 것, 우리다운 재료와 조리법이 살아 있는 것을 뜻합니다. 그래서 나 같은 연구가는 물론이고 각 가정의 주부들과 그 가치를 알아주는 가족들 모두가 한식의 미래에 대해 조금 더 생각해보면 좋지 않을까 하는 생각이 시작되었습니다.

평범한 주부가
요리 선생이 된 사연

결혼을 했습니다. 상대는 일곱 살 연상의 육군 중위였습니다. 집안이 좋거나 인물이 훤칠한 남자는 아니었지만 대화가 잘 통했고 장교복을 입은 모습이 멋있었습니다. 무엇보다 날마다 집으로 찾아와서 "심 양을 주십시오. 밥을 절대로 안 굶기겠습니다"라고 졸라대니 그 패기에 내가 먼저 넘어갔습니다. 내 나이 스물이었습니다.

결혼식 날, 나는 전쟁이 터진 줄 알았습니다. 군용 트럭 한 대와 지프차들이 굉음을 내며 우리 집 앞으로 밀려왔습니다. 장교부터 사병까지 일개 중대가 결혼식 하객으로 온 것이었지요. 어머니는 소와 돼지를 잡고 생선을 산더미처럼 다듬었습니다. 강원도에 사는 큰언니에게는 쌀과 나물과 각종 진귀한 식재료를 한가득 가져오게 했습니다. 어머니는 장교들은 따로 마루로 모셔 대접하고 사병들은 마당에 커다란 천막을 쳐서 고기와 술과 떡과 전을 한없이 제공했습니다. 그 많은 군인들이 거의 하루 종일 웃고 떠들며 놀았습니다. 그다음 날엔 동네 관공서 사람들에게 잔치를 배풀었고, 3일째 되던 날엔 동네 어르신들께, 4일째 되던 날엔 온 동네 거지들에게까지 음식을 차렸습니다. 그렇게 성대한 잔치는 내 평생 처음이었지요. 그제야 나는 내가 어머니의 친딸이 아닐 거라는 오해를 풀었습니다.

결혼하고 1년 정도는 남편의 발령지인 강원도 황지에서 보냈습니다. 그 후 남편이 전역을 하게 되어 다시 서울로 올라왔습니다. 남편은 공무원 시험을 치르고 서울시 사무관이 되었습니다.

세월이 쏜살같이 흘렀습니다. 남편은 일에 미쳤고 아이들은 줄줄이 태어났습니다. 나는 가정주부로 평범한 나날을 보냈습니다. 새벽 일찍 일어나 아침밥을 차리고, 아이들의 도시락을 싸고, 남편을 출근시키고, 아이들을 등교시키는 보통 주부였습니다. 가장의 직업이 박봉의 공무원이니 어떻게든 아끼며 살아야 했습니다. 그래도 손수 재봉질해서 딸들에게 예쁜 원피스를 만들어 입히고, 시장에서 사 온 싱싱한 식재료로 반찬을 해 먹이며 소소한 재미를 느꼈습니다.

특히 아이들 도시락에 정성을 기울였습니다. 당시 소시지 구이 같은 것이 도시락 반찬으로 인기가 많았는데 나는 그런 가공식품을 먹이고 싶지 않았습니다. 평범한 메뉴라도 엄마의 정성과 사랑이 듬뿍 담긴 도시락을 싸주고 싶었습니다. 아이들이 가장 좋아한 반찬은 달걀말이였습니다. 나의 달걀말이는 달걀을 다시마 우린 물에 푼 후 채에 여러 번 곱게 걸러내는 것이 특징이었습니다. 이렇게 하면 달걀의 엉김이 다 끊어져서 마치 푸딩을 먹는 것처럼 부드러운 식감을 살려낼 수 있습니다. 소금과 후추로 간을 하고 파만 조금 썰어 넣으면 훌륭한 반찬이 됩니다. 콩자반도 좋아했는데 그냥 간장에 설탕을 넣고 조리는 것이 아니라 진간장에 깻잎과 생강, 물엿 등을 넣어 향을 살려주었습니다. 김치도 꼭 싸주었는데 그냥 싸주면 국물이 흐르고 냄새가 심하니까 쫑쫑 썰어 국물을 꼭 짜고 들기름에 볶아주었지요. 밥은 반드시 잡곡밥으로 지었고 한쪽 구석에 장조림이나 불고기를 쿡 박아 넣었습니다. 여기에 집에서 구운 김 몇 장을 알루미늄 포일에 싸주면 다들 밥 한 톨 남기지 않고 싹 비워 왔습니다.

소풍날은 엄마들의 소리 없는 요리 대결이 벌어지는 날이었지요. 모두 자존심을 걸고 최고의 김밥을 준비했습니다. 나는 기본으로 네 가지 김밥을 만들었습니다. 단촛물에 비빈 초밥불고기 김밥, 참기름과 깨소금과 소금을 섞어 만든 깨소금 김밥, 유부말이 김밥, 주먹밥에 달걀말이를 입힌 달걀말이 밥도 만들었지요. 달걀, 당근, 시금치를 넣어 태극 소용돌이 모양으로 만든 태극 김밥도 있었습니다. 이렇게 여러 종류의 김밥을 사각의 도시락통에 보기 좋게 담아 보내면 뚜껑을 여는 순간 모든 이목이 집중될 게 분명했지요. 아이들이 돌아와서 우리 엄마 김밥이 제일 예쁘고 제일 맛있었다고, 친구들이 자기 김밥은 안 먹고 내걸 다 뺏어 먹었다고 말할 때가 가장 행복했습니다.

나는 똑같은 도시락을 선생님들에게도 보냈습니다. 다들 맛있다며 아이 편으로 감사의 편지를 보내기도 하고 전화를 걸어오기도 했습니다.

느닷없이 요리 선생이 되다

이렇게 몇 년을 했더니 어느새 내 음식 솜씨가 소문이 난 모양이었습니다. 어느 날 셋째가 다니는 유치원 원장님에게서 전화가 왔습니다. 뜬금없이 어머니 모임에 나와서 반찬 만드는 법을 강의해달라고 하시더군요.

"강의라니요? 저는 평범한 주부인데 강의를 할 수 있나요?"

"무슨 말씀이세요? 어머니 요리는 정말 특별합니다. 제가 지난 몇 년간 어머님 도시락을 계속 먹어봤는데 전문 요리사 못지않은 실력을 갖고 계세요. 사양 말고 집에서 요리하는 법 그대로 어머니들에게 가르쳐주세요."

간곡한 부탁에 덜컥 승낙을 했습니다. 그런데 막상 승낙을 하자 이왕이면 잘 가르쳐야겠다는 생각이 들었습니다. 소정의 강의료도 준다는데 돈값을 하려면 가르치는 것이 확실히 있어야 했습니다. 고민하다가 엄마들이 가장 성가셔하는 도시락 반찬 만드는 법을 가르치기로 했습니다. 나물 세 가지, 두부와 달걀 요리 두세 가지, 장아찌 두 가지, 볶음류 두세 가지, 조림류 두세 가지를 해서 바리바리 싸 들고 강의 장소로 갔습니다. 30~40여 명의 어머니들이 눈을 반짝이며 나를 기다리고 있더군요. 문을 열 때까지도 굉장히 떨렸는데, 막상 교단에 서자 거짓말처럼 담대해졌습니다. 아마도 결혼 전 교회 활동을 하면서 지도자로 일해본 경험이 나를 결정적인 순간에 침착하게 만들어준 것 같습니다.

나는 어머니에게 배웠던 시절을 떠올리며 기초부터 쉽게 설명했습니다. 설명하면서 내가 만들어간 밑반찬을 보여주고 어머니들에게 맛을 보게 했습니다. 나물을 무치는 기본 방법, 두부와 달걀의 다양한 활용법, 장아찌를 맛있게 담그는 팁, 손쉽게 만드는 볶음과 조림 요리 등 나만의 비법을 털어놓았지요.

강의가 끝나자 질문이 쏟아졌습니다.

"콩나물은 어떻게 무쳐야 맛있나요?"

"꼬리를 떼고 살짝 데친 후에 마늘즙, 참기름, 소금, 후춧가루로 양념해서 기름에 볶아 먹는 게 맛있지요."

"달걀 장조림은 늘 실패해요. 좋은 방법이 없을까요?"

"삶아서 조리지 말고 생달걀 그대로 껍질째 장아찌를 담그세요. 그걸 한 개씩 꺼내 먹을 때마다 삶아 먹으면 탱탱하고 맛있답니다."

"국수는 어떻게 삶아야 쫄깃쫄깃한가요?"

"삶을 때 젓가락으로 붙지 않게 휘젓고 우르르 끓어오르면 찬물을 붓고 또 우르르 끓어오르면 찬물을 부어주세요. 세 번째 끓어오를 때 소쿠리에 쏟아서 찬물에 비벼 빨아줘야 해요."

강의를 마치자 어머니들이 다가와 인사를 했습니다. 너무너무 좋았다고, 정말 유용한 강의였다고, 저마다 칭찬을 해주었습니다. 나는 몸 둘 바를 몰랐습니다. 오히려 가정주부인 나를 강사로 초대해서 필기까지 해가며 열심히 들어준 그들이 너무나 고마웠습니다.

그렇게 강의를 해주고 왔는데 며칠 후에 원장 선생님이 또 전화를 하셨습니다.

"어머님들이 강의를 더 해달라고 난리가 났습니다."

이번에는 도시락이 아니라 남편을 위한 요리를 가르쳐달라고 했답니다. 그래서 우리 남편이 입맛 없을 때 잘 먹는 순두부찌개와 대구탕, 육개장 등을 준비해서 가져갔습니다.

여기서 끝나지 않았습니다. 그다음에는 손님 상차림을, 그다음에는 술상을, 그다음에는 제사 음식을 가르쳐달라며 계속 신청이 들어왔습니다. 강의 듣는 어머니들도 20명 가까이 불어났습니다.

이것은 나한테도 아주 신기한 일이었습니다. 그때까지 나는 내 집 살림만 신경 썼지 다른 집들이 어떻게 먹고 사는지는 잘 몰랐습니다. 아이들이 친구들 집에서 밥을 먹고 와서는 "엄마, 왜 다른 집에선 밥이 맛이 없어?"라고 물어도 그저 입맛이 달라서 그런가 보다라고만 생각했습니다. 나는 어릴 적부터 어머니로부터 호되게 요리 훈련을 받았고 한 가지 요리를 해도 늘 더 맛있게 하는 법을 연구하며 살았기에 다른 엄마들도 당연히 그렇게 사는 줄 알았습니다. 그런데 실제로는 다들 요리 때문에 엄청나게 스트레스를 받고 있었고 어디 물어볼 데도 없어서 끙끙 앓고 있었던 것이지요.

강의를 몇 번 해주고 엄마들과 친해지자 이제 전화통에 불이 났습니다.

"내일 손님이 열 명 넘게 오시는데 뭘 어떻게 해야 할지 모르겠어요. 도와주세요."

"아귀찜을 해야 하는데 어떻게 하죠?"

"갈비찜 하는 법 좀 가르쳐주세요."

간단한 것은 전화로 가르쳐주고 때로는 집에 불려가서 몇 시간씩 도와주고 오기도 했습니다. 엄마들의 네트워크는 대단합니다. 얼마나 빠르게 소문이 났던지 이제 서울 반대편에서도 전화가 왔습니다. 유치원 원장님 소개로 다른 학교에서도 전화가 왔고, 첫째가 다니는 초등학교, 이웃집 아이가 다니는 중학교와 고등학교에서도 전화가 왔습니다.

"선생님, 내일 우리 학교에 와서 가르쳐주세요."

"선생님, 김장철이니 김치 특강을 해주세요."

"선생님, 저희 어머니 칠순 잔치를 어떻게 해야 할까요?"

어느덧 내가 선생님이라는 호칭으로 불리게 되었습니다. 살림만 하다가 선생님이라 불리니 처음에는 어색하고 민망했습니다. 하지만 자리가 사람을 만든다고 했던가요. 큰 책임감이 밀려왔습니다. 내 요리를 배운 사람들은 그것으로 남편과 아이들을 먹일 것입니다. 건강하게 제대로 만들어야 한다는 사명감이 생겼습니다.

1~2년 정도가 지나자 나를 불러주는 곳이 꽤 많아졌습니다. 다 다닐 수가 없어 학교 강의는 사양하고 대여섯 명 정도의 소규모 강의에 집중하기로 했습니다. 아는 엄마들끼리 대여섯 명이 모여서 팀을 만들면 내가 그녀들의 집으로 가서 강의를 하는 식이었습니다. 아마 모르긴 몰라도 이런 방식으로 요리를 가르친 것은 내가 대한민국 최초가 아니었을까 생각합니다.

이렇게 느닷없이 요리 선생이 되었습니다. 일을 도와줄 조역 아주머니도 구해야 했고 스케줄도 관리해야 했습니다. 무엇보다 잘 가르치려면 한식에 대해 더 깊이 연구해야 하니 책도 보고 메뉴도 개발해야 했습니다. 하루 24시간이 모자랐지요. 평범한 주부였던 내 삶이 갑자기 분주해지기 시작했습니다.

숨어 있는
고수들을
찾아 나서다

가정주부로서 요리를 잘하는 것과 요리 선생이 되는 것에는 하늘과 땅 같은 차이가 있었습니다. 가정주부는 일상 음식에 명절 음식 정도만 할 줄 알아도 충분하지만 요리 선생을 하려면 생신, 혼례, 장례 등의 경조사 음식은 물론이고 각 지방의 향토 음식, 전통 음식, 술, 한과 등에 대해 두루 알아야 했습니다. 실기도 중요하지만 이론 역시 제대로 갖춰야 했습니다.

나는 한식을 서울 지역 반가 음식, 지방의 종가 음식, 각 지방의 토속 음식과 민가 음식 등으로 분류하여 조리법을 체계화하는 작업을 시작했습니다. 당시에는 지금처럼 인터넷이 있었던 것도 아니고 서점에 요리 관련 책이 흘러넘쳤던 것도 아니었습니다. 전통 식문화에 대한 연구 작업이 70년대 중반이 넘어서야 시작되었으니 거의 자료가 전무하다시피 했습니다. 도서관에서 황혜성, 방신영, 김제옥, 강인희 선생이 저술한 요리책들을 구할 수 있었습니다. 그중에서 강인희 선생이 1978년 삼영사에서 펴낸《한국식생활사》가 이론적으로 도움이 되었습니다. 1966년 〈동아일보〉에 연재된 '내 고장 식도락'이라는 기사도 각 지역의 향토 음식을 소개해주어 큰 도움이 되었습니다.

이렇게 이론을 갖추다 보니 실기에 대한 갈증이 더 커졌습니다. 내게 필요했던 건 진짜 향토 음식을 먹고 살아온 사람의 증언, 지금도 그 음식을 만드는 사람들의 생생한 경험담이었습니다. 그것은 결코 책에서 얻을 수 없고 지역 곳곳에 살고 있는 요리 고수들의 부엌을 들여다봐야 알 수 있는 일이었습니다.

고수들의 부엌엔 어떤 비법이 있었나

그때부터 나는 음식 솜씨로 소문난 여인네들을 찾아다니기 시작했습니다. 어느 종갓집 며느리가 식혜를 잘한다고 하면 한걸음에 달려갔습니다. 어느 가문 4대 독자의 며느리가 장을 기가 막히게 담근다기에 거기에도 달려갔습니다. 가보니 간장독 안에 날 쇠고기가 덩어리째 들어 있더군요. 또 몰락했지만 뼈대 있는 가문의 며느리는 시장에서 젓갈 장사를 하고 있었는데 그 맛이 아주 얌전하다고 소문이 자자했습니다. 비결은 젓갈을 담그기 전에 배즙과 무즙에 어패류를 반나절 동안 절이는 것이었습니다. 장아찌를 기가 막히게 담그는 할머니도 만났는데 절임장으로 멸치육수와 쇠고기육수를 사용하고 있었습니다. 말린 북어를 잘게 뜯어서 고추장에 박아버리는 전라도 아주머니도 있었습니다.

경주에서는 광어를 넣고 미역국을 끓이는 법을 배웠습니다. 굉장한 부잣집이었는데 광어를 푹 고아서 굵은 체에 밭치고 또 고운 체에도 밭쳐서 뿌연 국물만 받아냈습니다. 그러고는 미역을 참기름에 볶은 다음 그 국물을 넣고 끓였습니다. 광어는 나중에 살만 토막 내어서 미역국이 다 끓은 후에 얹어 냈습니다. 이렇게 하니 생선살이 부스러지지 않고 국물도 깨끗해서 시각적으로도 보기 좋았습니다. 서울 사람들은 미역국에 생선을 넣는다고 하면 무조건 비려서 못 먹을 거라고 생각하지만 사실은 전혀 비리지 않고 오히려 개운했습니다.

같은 집에서 장어구이도 배웠습니다. 장어 배를 갈라서 뼈를 다 빼내고 소금물에 깨끗이 씻은 후 광주리에 펼쳐서 이틀 정도 꾸덕꾸덕 말리는 게 포인트였습니다. 이렇게 꾸덕꾸덕 반건조하는 것을 경상도 사람들은 '다린다'고 표현했습니다. 이렇게 다리고 나면 감칠맛이 증폭되어서 막 잡은 생선보다 훨씬 더 맛있어집니다. 장어는 석쇠에 굽습니다. 처음에는 그냥 굽다가 웬만큼 익었을 때 고추장 양념을 발라야 타지 않습니다.

이 여인네들이 모두 나에게 호의적이었던 것은 아니었습니다. 장사를 하는 사람들은 내가 비법을 훔치러 온 줄 알고 문전박대했고, 반가나 종갓집 여인네들도 수십 년에 걸쳐 터득한 비법을 쉽게 내놓으려 하지 않았습니다. 나는 떡도 해 가고 전도 부쳐 가며 정성을 보였습니다. 다행히 마음을 열지 않던 사람도 내 음식을 한 입 맛보고 나면 표정이 부드러워졌습니다. 음식에 대해 이런저런 얘기를 나누다 보면 어느새 비법이 술술 터져 나왔지요.

신촌시장에서 기주떡을 팔던 아낙은 정말 고집불통이었습니다. 나를 스파이 취급하면서 말도 못 하게 경계했습니다. 세 번 찾아가고 네 번 찾아가도 요지부동이었습니다. 마지막으로 한 번만 더 졸라보려고 다섯 번째 찾아갔더니 그제야 상대를 해주더군요. 기주떡은 누룩을 넣어 발효시킨 떡으로 증편이라고도 하고 술떡이라고도 합니다. 기주떡은 보통 술 냄새가 심하게 나지만 그 집의 기주떡은 은은한 술 향에 풍미가 좋으면서 폭신폭신한 식감이 아주 좋았습니다. 한참 그 아낙의 비위를 맞춘 후에야 비법을 알아낼 수 있었습니다. 비밀은 누룩의 '씨'였습니다. 처음 만든 누룩으로 떡을 만들면 술 냄새가 강하게 납니다. 하지만 누룩을 여러 번 새끼를 쳐서 그것으로 떡을 만들면 술 냄새가 은은해집니다. 아낙이 사용하는 씨는 시어머니로부터 물려받은 것으로 무려 반세기가 넘은 것이라고 했습니다.

이렇게 나는 우리 음식의 흩어진 조각들을 모아서 조금씩 이어 붙였습니다. 그것은 전쟁과 가난을 이겨내고 고속성장의 가파른 변화에도 살아남은 귀한 유산이었습니다. 한편으로는 곧 사라져버릴 가여운 유산이기도 했습니다. 이런 걸 국가가 모아서 빨리 데이터베이스를 만들어야 하는 것이 아닐까 안타까운 마음이 들었습니다. 하지만 당시는 오직 근대화와 산업화만 보며 달리던 시기이니 정부가 한식에까지 관심을 가질 여유가 없었습니다. 한식은 물론 우리의 전통 음악, 미술, 공예, 복식 등이 모두 소외받던 시기였지요. 이 시기에 반드시 기록하고 복원해야 할 것들을 놓쳤기 때문에 수십 년이 지난 지금도 한식의 큰 그림에서 빠진 조각들이 너무 많습니다.

명망가의
독선생이 되다

요리 선생으로 소문이 나면서 이곳저곳에서 나를 불러주었습니다. 그중에는 이름만 들으면 다 아는 유명한 집안의 여인네들이 많았습니다.

사실 나는 정치와 경제에는 큰 관심을 두지 않아서 이들이 얼마나 대단한 사람들인지 별 개념이 없었습니다. 고급 승용차를 보내주면 그런가 보다 했고, 집이 크면 또 그런가 보다 했습니다. 대문부터 현관까지 100여 미터를 걸을 때면 오히려 정원이 커서 불편하겠다는 생각을 했습니다.

넓은 집과 좋은 가구, 오래된 도자기와 그림보다도 내 눈길을 더 사로잡은 것은 여인네들의 차림새와 행동거지였습니다. 보통 이런 집안의 여인네들은 콧대가 높고 거만할 것이라 여겨지기 쉽지만 절대 그렇지 않았습니다. 그들은 내가 도착하기 전부터 머리를 깨끗이 묶고 앞치마를 허리에 두른 채 준비를 하고 있었습니다. 내가 도착하면 안주인이 며느리들을 모두 데리고 나와서 인사를 했습니다.

"오시느라 수고 많으셨습니다, 선생님. 오늘 잘 부탁드립니다, 선생님." 그러고는 며느리나 딸들을 한 명 한 명 나에게 소개하고 인사를 시켰습니다.

안내를 받아 거실에 들어서니 예닐곱 명의 여인들이 모두 일어나 인사를 했습니다. 그런데 며느리들이 광목으로 얼기설기 손바느질해서 만든 앞치마를 똑같이 두르고 있었습니다. 옷차림도 다들 수수하기 짝이 없었습니다. 그렇게 대단한 부잣집에서 검소하게 사는 모습을 보고 적잖이 놀랐습니다.

이날 나에게 요리를 배운 인연으로 그 집안의 며느리들이 다들 나의 제자가 되었습니다. 처음에는 내가 그들의 집으로 찾아가서 가르치다가 옥수동에 요리 연구원을 차린 후부터는 이들이 나를 찾아왔습니다.

나는 그들에게 기본부터 엄하게 가르쳤습니다. 칼을 잘못 쥐면 손을 베일 수 있고 불을 잘못 다루면 화상이나 화재 등의 사고가 날 수 있으니 철저히 주의를 주어야 했습니다. 내가 혼을 내면 그들은 쩔쩔맸습니다.

"잘못했습니다, 선생님."

어떤 며느리도 나에게 기분 나빠하지 않았습니다. 너무 민망할 정도로 혼을 내서 다음에 안 오는 게 아닐까 했지만 다음 강의 때면 그들은 어김없이 웃는 얼굴로 자리에 앉아 있었습니다.

요리를 가르치다 보면 성격도 알게 되고 가정사도 알게 될 때가 많습니다. 대단한 집의 며느리라고 다 행복한 것만은 아니더군요. 집안끼리 정한 혼사라서 남편과의 사이가 소원한 경우도 있고, 또 반대를 무릅쓰고 결혼했다가 시댁에서 구박을 받는 경우도 종종 있었습니다.

어느 재력가 집안의 며느리가 있었습니다. 용케 결혼을 하긴 했지만 친정이 가난하고 서울대 출신이 아니라는 이유로 푸대접을 받았습니다. 나에게 요리를 배우러 왔을 때에는 지푸라기라도 잡는 심정이었을 겁니다. 그런데 한참 요리를 배우던 어느 날, 시아버지가 70명이 넘는 손님을 초대한다며 잔칫상을 차리라고 했답니다. 그녀가 어떡하느냐며 사색이 되어 전화를 했기에 내가 안심을 시켰습니다.

"걱정 마세요. 메뉴 구성부터 요리까지 내가 다 도와줄게요."

그날 요리는 내가 다 해주었습니다. 물론 시댁 사람들이 보기에는 나는 그냥 일하는 사람이고 며느리가 요리하는 것으로 꾸몄습니다. 음식이 다 맛있다며 손님들이 입에 침이 마르게 칭찬을 하자 시댁 어른들의 입이 귀까지 찢어졌습니다. 그날 이후로 시아버지의 태도가 완전히 바뀌어서 며느리를 끔찍이 아끼기 시작했답니다. 시아버지가 사랑해주니 며느리의 입지도 좋아져서 어느 누구도 감히 구박하지 못했다고 합니다. 물론 그녀는 나한테 요리를 계속 배워서 수준급 요리사가 되었고 지금까지도 남편의 사랑을 받으며 잘살고 있습니다.

요리도 인생도 노력하면 답이 보인다

또 다른 재벌가의 며느리는 집안끼리 얘기가 되어 결혼을 했는데 도무지 남편과의 거리가 좁혀지지 않아 힘들어하고 있었습니다. 아무리 사업처럼 이루어진 혼인이라 해도 일단 부부의 연을 맺었으면 서로 가까워지려고 노력해야 하는데 남편이 자신을 거들떠도 안 본다는 것이었습니다. 나는 요리로 다가가보라고 조언했습니다. 남자치고 맛있는 음식을 거부하는 사람은 본 적이 없습니다. 특히 밥을 차려주는 여자에게는 친밀한 감정을 가질 수밖에 없지요. 아침마다 직접 요리해서 상을 차려주면 마음이 달라질 것이고, 맛있고 특별한 요리를 해주면 더욱 감동할 것이라고 귀띔해주었습니다.

얼마 후 그녀의 얼굴이 밝아졌습니다.

"선생님 말씀이 맞았어요."

매일 아침밥을 차려주었더니 남편이 정말 좋아했답니다. 평소에 말도 안 걸던 사람이 자신을 바라보며 실실 웃기도 하고 낮에 전화까지 한다더군요. 특히 나에게 배운 대로 간장게장을 만들어주었더니 밥을 두 공기나 뚝딱 비우고 나갔다며 신기해했습니다.

이처럼 나는 요리로 만난 사람들과 좋은 인연을 맺고 친구처럼 가족처럼 지냈습니다. 그 세월이 벌써 50년이 가까우니 어린 새댁은 노인이 되었고 일부는 세상을 떠나기도 했습니다. 그러나 여전히 가까운 사이로 막역하게 지내는 이들이 있습니다. 음식만 배운 것이 아니고 인생살이에 대해서도 많은 이야기를 나눈 덕이겠지요.

가끔은 그 대단한 사람들 앞에서 기죽지 않았던 내 자신이 신기할 때도 있습니다. 아마도 으리으리한 집에 들어서도 어쨌건 요리 실력은 남부끄럽지 않다는 제 신념 때문이리라 생각합니다. 우리 어머니로부터 받은 기질 덕도 있을 겁니다. 어머니는 늘 깍듯하고 예의 바르되, 우아함과 기품을 잃지 않는 분이셨습니다. 남을 높이되, 필요할 때에는 엄하고 당당하고 매사에 분명했던 기질을 구박데기 막내딸이 고스란히 물려받았던 것이지요.

조금씩 세간에 나에 대한 소문이 나기 시작했습니다. 권력가와 재벌가를 들락거리면서 요리를 가르치는 여자가 있는데 보통 여자가 아니라는 소문이었지요. 그 여자가 대통령 가족도 가르치고 청와대 경호실 아내들도 가르치고 모 대기업 집안의 여자들도 가르쳤다더라, 아무나 가르치지 않는다더라, 이런 얘기들이 나도 모르는 사이에 퍼져나갔습니다. '재벌가 요리 독선생 (獨先生)'이라는 별명까지 생겼다고 합니다. 독선생은 오래전 사대부 집에 기거하며 아이들을 전담해서 가르쳤던 선생을 부르는 말인데 나는 요리를 가르치니 '요리 독선생'이라 부른 것이지요. 그런데 내가 '독선생'이라 불린 한 가지 이유가 더 있었습니다. 그 대단한 집안의 여자들을 등짝을 때려가며 가르칠 정도로 엄하고 독하다고 해서 '독선생'이라 불렀을지도 모릅니다.

천국의 맛을 위해
고생 좀 하면 어때

'독선생' 말고도 내게 또 다른 별명이 생겼습니다. 바로 '즙선생'입니다. 한식을 연구하면 연구할수록 그 맛의 핵심은 양념에 있다는 확신이 들었습니다.

모든 식재료에는 자체의 염분과 당분, 신맛, 쓴맛, 감칠맛이 있지만 인간의 미각을 자극하기에는 이것만으로 부족하지요. 그래서 소금이 필요하고 설탕이 필요합니다. 여기에 우리 선조들은 콩으로 된장과 간장을 만들어서 감칠맛을 추가했습니다. 발효를 시켜서 신맛도 추가하고 고춧가루와 고추장으로 쾌감을 주는 매운맛까지 추가했습니다.

양념은 재료 자체로는 부족한 짠맛, 단맛, 감칠맛, 신맛, 매운맛을 부여하여 우리가 좋아하는 '맛'을 만들어냅니다. 또한 재료에 골고루 스며들어 누린내와 비린내를 잡는 동시에 좋은 향과 식감을 증폭시키는 역할을 합니다.

나는 한식의 '갖은 양념'에 집중했습니다. '갖은'이란 '골고루 다 갖춘', '여러 가지'라는 뜻입니다. 굉장히 모호한 표현이지만 사실 한국 사람이라면 어떤 양념을 말하는지 대충 다 알지요. 간장, 된장, 고추장 등의 장류를 기본으로 하여 여기에 마늘과 파, 깨, 참기름, 식초, 생강, 후추, 고춧가루, 설탕 등이 첨가되는 것을 말합니다. 우리 음식 특유의 맛은 바로 이 '갖은 양념'이 만들어냅니다.

그런데 나는 이 '갖은 양념'에 만족할 수가 없었습니다. 늘 먹는 맛에서 더 이상 발전이 없는 이유가 갖은 양념의 한계가 아닐까 생각했습니다. 한식이 발전하려면 양념도 함께 발전해야 하는데, 어떻게 하면 원형을 보존하면서 맛을 확장시킬 수 있을까 고민을 거듭했습니다.

향신즙의 탄생 비화

그러다 생각해낸 것이 즙입니다. 여러 가지 채소와 과일의 즙을 짜서 갖은 양념과 함께 활용하는 것입니다. 모든 식물의 즙에는 그 식물이 가진 영양분과 향, 산, 염분, 당분이 고스란히 녹아 있습니다. 그야말로 천연 양념이라 말할 수 있습니다. 흔히 생각할 수 있는 마늘, 양파, 생강은 물론이고 무, 배, 사과, 당근, 오이, 토마토, 파인애플 등으로 수십 가지 즙을 만들 수 있습니다.

즙은 반드시 맑은 액체 상태여야 합니다. 강판이나 믹서에 갈아서 거즈에 밭쳐 걸러내야 하지요. 번거롭지만 이렇게 하는 데에는 세 가지 이유가 있습니다. 맑은 액체여야 재료 깊숙이 맛과 향이 배어들고, 재료가 타지 않으며, 국물이 탁하지 않습니다. 그래서 거즈에 밭쳐서 꾹 짜내어 오직 투명하고 맑은 즙만 사용해야 합니다.

나는 수없이 실험을 했습니다. 과일과 채소를 닥치는 대로 즙을 내어 양념을 만들었습니다. 결과는 놀라웠습니다. 지금까지와는 차원이 다른 맛이 나왔습니다. 채소와 과일에서 나온 다양한 성분이 재료와 조화를 이루어 당도와 감칠맛이 올라가며 미각을 자극했습니다.

이후로 내 조리법은 더욱 복잡해졌습니다. 본 요리보다도 양념을 만드는 데에 더 긴 시간이 걸렸습니다. 즙은 냉장 보관을 한다 해도 며칠밖에 쓰지 못합니다. 냉동을 하면 보관 기간을 늘릴 수 있지만 수분이 날아가서 맛이 없어지지요. 그러니 며칠에 한 번씩 즙을 짜는 것이 보통 일이 아니었습니다.

그렇다고 포기할 수는 없었습니다. 몇 시간 고생하면 날마다 천국의 맛을 볼 수 있는데 힘들다고 생략해버릴 수는 없는 노릇이었습니다. 음식은 정성과 노력입니다. 모든 맛있는 음식은 정성과 노력의 결과입니다. 그걸 빼면 음식은 그냥 허기를 채우기 위한 에너지 섭취 수단에 불과합니다.

내가 이렇게 즙을 강조하게 되자 나에게 요리를 배우는 회원들도 덩달아 따라오게 되었습니다. 처음에는 귀찮았지만 음식의 맛이 달라지니 안 할 수가 없었던 거지요.

하지만 이렇게 많은 종류의 즙을 짜다가는 우리 주부들이 지쳐갈 것이 분명했습니다. 요리는 맛도 중요하지만 효율성도 무시할 수 없습니다. 아무리 복잡한 요리라도 냉장고 안에 기본 재료가 착착 준비되어 있어 20~30분 안에 뚝딱 해치울 수 있어야 하지요. 그러기 위해서는 즙의 종류를 줄여서 단순화하는 작업이 필요했습니다.

그래서 한식에 기본으로 필요한 배, 무, 양파, 마늘, 생강의 다섯 가지로 추렸습니다. 이걸 생강만 10분의 1로 하고 나머지는 모두 같은 양으로 즙을 내어 섞어서 유리병에 담아놓거나 얼음 케이스에 얼려놓으면 간편하게 쓸 수 있습니다. 특히 고기나 생선을 밑간할 때는 이것 몇 숟가락에 소금과 진간장, 참기름 몇 방울이면 잡내가 싹 가시고 식감이 연해집니다. 이걸 먼저 넣고 필요에 따라 간장, 마늘, 소금, 고춧가루, 후춧가루 등을 첨가하면 양념이 완성됩니다.

이렇게 즙을 개발하고 나니 사람들이 이름을 지어주자고 했습니다. 그냥 '즙'이라고 부르면 다른 즙과 혼동되었기 때문입니다. 처음에는 '심영순의 맛즙'이라고 불렀는데 입에 달라붙지 않았습니다. 그러다가 누군가가 '향신즙'이라 부르자는 아이디어를 내놓았습니다. 맵거나 향기로운 맛을 더하는 것을 '향신료'라고 하니 이 즙에는 '향신즙'이라는 이름이 어울린다는 얘기였습니다. 이후로 나는 '향신장'과 '향신기름'도 만들었습니다(얼마 전 방송된 〈옥수동 수제자〉에서는 박수진 씨와 유재환 씨가 '심미즙', '심미장'이라는 고운 이름을 지어주기도 했습니다). 슈퍼마켓에서 파는 간장과 기름으로 어떻게 하면 더 좋은 맛을 낼까 고민하다가 여기에도 향과 맛을 내는 다양한 재료를 첨가하여 끓이는 법을 개발한 것입니다.

향신장과 향신기름도 만들다

간장에는 짠맛, 단맛, 신맛, 그리고 약간의 감칠맛밖에 없습니다. 나는 여기에 백포도주, 말린 고추, 깻잎, 향신즙, 후춧가루, 설탕, 물엿, 생강 등을 넣고 은근하게 끓인 다음 쇠고기와 꿀을 넣고 조렸습니다. 이렇게 하면 향긋한 향이 더해지고 감칠맛이 증폭되어 깔끔한 맛의 간장이 만들어집니다. 나물 하나를 무쳐도 그냥 간장에 무치는 것과 향신장에 무치는 것은 천지 차이입니다. 흔히 집에서 먹고 남은 불고기 양념을 활용해 반찬을 하면 훨씬 맛이 좋은 것과 마찬가지입니다.

향신기름 역시 기름에 향과 함께 더 깨끗하고 깔끔한 맛을 주기 위해 개발했습니다. 이탈리아 요리나 중국 요리도 즉석에서 야채를 볶아 향을 우려낸 기름을 베이스로 사용하는 경우가 많습니다. 원래 한식에선 기름이 무쳐 먹는 데 주로 쓰이지만, 볶음 요리가 많이 늘어나면서 기름에 한식 재료의 기본향이 배어나도록 한 것이지요.

내가 개발한 향신기름도 같은 원리입니다. 만드는 법도 쉽습니다. 기름은 콩기름이나 포도씨기름이 좋고 카놀라유도 괜찮습니다. 여기에 마늘, 빨간 고추, 생강, 대파, 깻잎, 양파 등을 넣고 은은한 불에 우려낸 후 채소가 누렇게 변하면(익어서 수분이 나오면) 체에 밭쳐 기름만 걸러냅니다. 이걸 식혀서 병에 담아두고 사용하면 기름만 둘러도 모든 음식이 향기로워집니다. 다양한 볶음 요리와 전 요리는 물론이고, 간단한 달걀 프라이조차 이 기름으로 만들면 맛이 다르지요.

과학적으로 어떤 원리로 기름이 이렇게 맛있어지는지 우리 회사 식품연구소에 물어보았습니다. 채소를 기름에 튀기면 그 성분이 수분과 함께 녹아나오면서 기름 속에 수많은 물방울이 형성된다고 합니다. 이 물방울이 상온에서는 기름 속에 고체 상태로 있다가 요리 중에 열을 받으면 다시 기름과 섞여 향과 맛을 마구 쏟아낸다는 것입니다.

놀랍게도 이렇게 기름을 만들었더니 특유의 기름 냄새가 사라지고 산화 속도가 느려졌습니다. 보통 식용유는 몇 개월 사용하면 전내가 나는데 향신기름은 마지막 한 방울까지도 향긋함이 이루 말할 수가 없습니다. 마늘, 생강, 대파 등 한국인의 체질에 딱 맞는 채소 성분이 다 우러나왔으니 우리 몸에도 더할 나위 없이 좋습니다. 향신즙, 향신장, 향신기름 삼총사를 양념으로 쓰면 날마다 무, 마늘, 생강, 양파, 대파를 듬뿍 먹는 것이기 때문에 따로 보약을 먹을 필요도 없어집니다.

이때부터 나에게 요리를 배우는 사람은 일단 향신즙, 향신장, 향신기름 만드는 법부터 배워야 했습니다. 이렇게 양념과 기름을 따로 만드는 것은 당시 어느 곳에서도 가르쳐주지 않았고 어떤 요리사도 하지 않는 일이었기에 점점 나의 트레이드마크가 되었습니다. 그래서 나에게는 '재벌가 독선생'이라는 별명 외에 '즙선생'이라는 별명이 또 하나 생기게 되었습니다. 1988년 내가 옥수동에 '심영순 요리 연구원'을 개원하면서부터 나의 별명은 '옥수동 즙선생'이 되었습니다. 아마 당시 주부들 사이에 내 이름 '심영순'은 몰라도 '옥수동 즙선생'을 들어본 사람은 꽤 많았을 겁니다. 아마도 살아생전 보약 한 첩 안 드셨던 두 어머니가 장수하신 비결은 이 삼총사 양념을 매일 드신 것이 아니었을까 짐작해보기도 합니다.

옥수동 연구원 30년 차

　　70년대 초에 요리 선생이 되어 줄곧 가정 방문으로 요리를 가르치다가 요리 연구원을 낸 데에는 여러 가지 이유가 있었습니다. 무엇보다 가정 방문은 이동에 너무 많은 시간이 소요된다는 문제가 있었습니다. 강습이 많은 날은 길바닥에서 발을 동동 구르기 일쑤였습니다. 또한 가정에서 강습을 진행하려면 요리 재료와 도구를 회원들이 직접 준비해주어야 하는데, 내가 아무리 꼼꼼히 목록을 적어주어도 실수와 오류가 생길 수밖에 없었습니다. 그래서 벼르고 벼르다가 마침 집 가까운 곳에 마땅한 장소를 발견하여 서둘러 연구원을 열게 되었습니다.

　　그때 옥수동에 자리 잡은 후 지금까지 거의 30년을 버티고 있습니다. 요즘 요리 학원들을 보면 최신식 건물에 인테리어가 세련된 곳이 참 많습니다. 하지만 나의 연구원이 들어선 건물은 출입구 앞으로 재래시장이 있고 엘리베이터가 툭하면 고장 나는 노후한 건물입니다. 이런 열악한 환경에도 불구하고 어떤 회원도 불평을 하지 않았다는 게 지금 생각하면 참 신기합니다.

나는 지금도 요리 연구원 인테리어에 큰돈을 들이지 않습니다. 내 사무실에는 개원 당시 샀던 고가구들이 그대로 있지요. 80년대 유행하던 가구라서 지금 젊은 사람들이 보기에는 어쩔 수 없이 노티가 나겠지만 나는 상관하지 않습니다. 수업이 이루어지는 주방은 지금까지 여러 번 개조했습니다. 하지만 번쩍번쩍한 싱크대를 들이는 것은 아니고 몇 년 쓰다가 고장 나면 수리하고 영 맛이 가면 그때 웬만한 것으로 교체하는 식입니다. 사람들은 한식의 대가가 쓰는 부엌은 뭔가 대단할 줄 알지만 사실 일반 가정집의 부엌과 비슷합니다.

요리사들 중에는 그릇, 식기, 레인지, 오븐, 칼 등에 큰 관심을 품고 신제품이 나올 때마다 바꾸고 싶어 하는 사람들이 꽤 많더군요. 나는 아궁이를 떼서 밥을 지어 먹었고 연탄 화로며 곤로를 썼던 사람인지라 가스레인지에 감지덕지합니다. 칼도 무쇠 칼이 무게가 있어서 선호하긴 하지만 일반적인 식칼로도 충분합니다. 한식을 하기 때문에 오븐은 거의 필요가 없고 전자레인지는 재료의 식감을 망치기 때문에 거의 쓰지 않아 구석에 밀어놓았지요. 유일하게 애착을 가지는 도구가 있다면 통원목 도마와 믹서, 밥을 짓는 곱돌솥 정도입니다. 깨끗하게 오래 쓰기 위해 도마는 수시로 불에 그슬려 소독을 하고 믹서와 곱돌솥은 사용 후에 깨끗이 씻어서 잘 말립니다. 이렇게 잘 관리해서인지 모두 10년이 넘도록 잘 쓰고 있습니다.

나는 좋은 요리는 근사한 부엌이나 최첨단 조리 도구에서 나오는 것이 아니라고 생각합니다. 배우려는 자세, 먹이고 싶은 사람에 대한 사랑과 정성, 그것이면 충분하지요.

좋은 것은
널리 퍼지게

몇 년 동안 요리책을 내자며 나를 심하게 졸라대는 출판사가 있었습니다. 나는 한사코 사양했습니다. 책을 낸다는 것이 보통 시간과 노력이 들어가는 일이 아닐 텐데 가르치면서 책을 쓸 엄두가 나지 않았습니다. 하지만 내가 출판을 사양한 더 큰 이유는 따로 있었습니다. 책을 쓴다는 건 내가 가진 정보를 만천하에 공개하는 것입니다. 내가 수십 년간 연구해서 개발해낸 조리법을 그렇게 다 공개해버리면 그다음은 어떻게 될까요? 내 요리를 배우겠다며 지방에서도 해외에서도 적지 않은 돈을 내고 찾아오는데, 그걸 책으로 다 알려주면 그 사람들이 계속 나를 찾아줄까요?

한편으로는 내 책을 통해 더 많은 가정이 내 조리법대로 요리를 해 먹고 그것이 국민의 건강과 한식의 발전으로 이어지면 좋겠다는 바람도 있었습니다. 나는 이 두 가지 상반된 마음 사이에서 갈등했습니다. 혼자서 생각하니 답이 나오지 않았습니다. 그래서 내가 다니는 교회의 목사님께 여쭤보기로 했습니다. 일요일 예배가 끝나고 목사님을 찾아가니 다른 사람과 면담 중이시더군요. 대기실에서 기다려야 했습니다.

반갑게도 대기실에는 김사무엘 선교사님이 계셨습니다. 중동 지역에서 선교 활동을 열심히 해온 분으로 이라크에 교회까지 지으셨지요. 반가움에 인사를 나누고 나니 선교사님이 무슨 일로 목사님을 찾아왔냐고 물으셨습니다.

"어떤 출판사가 책을 내자고 하는데 그거 냈다가 연구원 문을 닫게 되는 것이 아닐까 걱정이 됩니다."

내 말을 듣고는 선교사님이 껄껄 웃으셨습니다.

"그런 고민을 하셨어요?"

그러면서 내 인생에 두고두고 기억에 남을 귀한 말씀을 해주셨습니다.

"걱정 말고 그냥 다 공개하세요. 하늘 아래에는 새것이 없습니다. 모든 새것은 다 알려지고 널리 사용되어 헌것이 되지요. 그래야 또 새로운 것이 등장합니다. 물을 고이게 하면 썩은 물이 되지만 흐르게 하면 맑은 샘물이 계속 솟아납니다. 심 선생님에게 흐르게 할 뭔가가 있다는 건 축복입니다. 세상에 나눠주면 그것이 복의 시작입니다."

이 말을 듣자 정신이 맑아졌습니다. 이렇게 분명한 일을 왜 고민했을까요. 목사님을 뵐 필요도 없었습니다. 나는 선교사님께 고맙다는 말을 수십 번 하고 집으로 돌아왔습니다. 그리고 다음 날 출판사에 전화를 하여 책을 내겠다고 말했습니다.

이후로는 이 문제에 대해 전혀 고민하지 않았습니다. 뭐든 다 공개했습니다. 내 요리의 핵심인 향신즙, 향신장, 향신기름의 레시피를 다 공개했지요. 뒤이어 개발한 겨자초장, 고추기름, 고운 소금 만드는 비법까지 다 썼습니다. 나는 시중에서 파는 고운 소금을 쓰지 않습니다. 굵은 소금에 물을 부어 재빨리 물기를 뺀 뒤 팬에 볶고 절구에 빻아 체에 내려서 쓰지요. 이 방법을 쓰면 소금의 쌉쌀한 맛이 사라지고 짠맛이 훨씬 부드러워집니다. 정말 힘들게 알아낸 비법인데 나는 가차 없이 공개해버렸습니다.

우여곡절 끝에 요리책을 펴내다

하지만 책을 만드는 과정은 피가 마를 정도로 험난했습니다. 원래부터 하얘진 머리카락이지만 책을 쓰는 사이에 진정한 백발이 되었습니다. 죽·밥·면, 전채·냉채, 국·찌개·전골, 찜·조림, 구이·볶음, 전·적, 무침·밑반찬, 김치, 젓갈·장아찌, 떡·음료 등 한식 전반을 다 다루어야 하니 범위가 어마어마했습니다. 추리고 또 추렸지만 가짓수가 200개에 육박하더군요. 그걸 다 레시피를 정리하고, 직접 만들고, 그릇에 담고, 사진을 찍고, 먹고, 남은 것은 싸고, 나누고, 치워야 하니 보통 일이 아니었습니다.

물론 내 고집 때문에 더 힘든 면도 있었지요. 나는 뭐 하나 대충 넘어갈 수가 없었습니다. 아무리 책이라 해도 정석으로 만들고 정직하게 보여주어야 하니까요. 대충 사진만 잘 나오면 된다지만 그건 독자를 속이는 것입니다. 재료도 좋은 걸로 구해야 하고 맛도 제대로 나와야 했습니다. 맛이 제대로 나오지 않으면 그건 내 레시피가 부족하다는 뜻이므로 다시 수정해야 했습니다.

사진작가와 의견을 달리하기도 했습니다. 원래 사진을 찍으려면 요리 중간에 동작을 멈춰야 하고, 더 맛있게 보이기 위해 음식에 물과 기름을 뿌리는 모양입니다. 나는 이게 용납이 되지 않았습니다. 요리는 타이밍입니다. 그러니 사진을 찍겠다고 뜸을 들이면 다 망치게 됩니다. 더구나 단지 때깔을 위해서 요리에 물을 뿌리고 기름을 뿌린다니, 있을 수 없는 일이었습니다. 불필요한 꾸밈은 요리가 아니라 장식이지요.

그릇을 쓰는 문제도 힘들었습니다. 이 책에 공을 들이던 출판사는 질그릇에서 나무그릇까지, 또 원형에서 사각형 그릇까지 다양한 그릇을 준비해 왔는데 나에게 한식은 반드시 곡선을 이루는 우리 그릇에 담아야 한다는 고집이 있었습니다. 그러니 그 과정에서 많은 우여곡절이 있었던 것이지요. 이 힘든 작업을 어떻게 끝낼까, 과연 끝낼 수는 있을까, 앞길이 구만리 같았지만 모든 일은 시작이 있으면 끝이 있기 마련인가 봅니다. 하나씩 하나씩 차곡차곡 쌓여 결국에는 끝이 났습니다. 총 197가지의 요리가 완성되었습니다.

책이 출간된 후 놀라운 일이 벌어졌습니다. 3일에 5000권씩 주문이 들어오더니 순식간에 10만 권이 팔린 것입니다. 요리책은 잘 팔려봤자 1~2만 권이라고 들었는데 10만 권이라니, 그것도 서양 요리책이 아닌 한식 책이 10만 권이나 팔렸다는 건 이례적인 일이었습니다. 이 일은 KBS 뉴스에도 보도되었습니다. 기자들이 보기에도 놀라운 일이었나 봅니다.

이후로도 이 책은 계속 놀라운 일을 벌였습니다. 한식집의 메뉴가 눈에 띄게 달라지기 시작했습니다. 잘한다는 유명한 집에 갔더니 내 책에 소개한 녹두전찌개와 도토리전이 그대로 나왔습니다. 호박죽이나 해파리냉채, 동치미 같은 기본 요리도 내 조리법을 토대로 했다는 걸 눈치챌 수 있었습니다.

가장 기뻤던 건 한식집들이 드디어 양념의 중요성에 대해 새롭게 인식했다는 점입니다. 많은 한식집들이 대기업에서 대량으로 납품하는 영업용 간장과 식초, 고추장과 된장을 그대로 쓰고 있었습니다. 운영의 효율성을 위해 어쩔 수 없겠지만 그런 식으로는 깊고 다양한 맛을 낼 수 없습니다. 집집마다 맛이 다른 이유는 집집마다 만든 양념이 다르기 때문이지요. 내 책을 읽고 한식집마다 자체적으로 양념을 개발하기 시작한 것은 대단한 수확이었습니다.

책은 해외로도 나갔습니다. 우리 딸이 호주에 여행을 가서 한정식집에 들어갔더니 내 책이 떡하니 꽂혀 있었다고 합니다. 내 딸이 반가워서 "제가 이분 딸이에요"라고 인사를 하자 주인이 딸의 손을 덥석 잡으며 말했다고 합니다.

"이 책이 아니었으면 제가 한정식집을 열지 못했을 거예요. 저에겐 은인 같은 책이랍니다."

또 다른 변화는 내가 TV에 출연하기 시작했다는 것입니다. 책이 나오고 얼마 후 EBS로부터 요리 프로에 출연해달라는 제안을 받았습니다. 그래서 〈심영순의 자연 양념장을 이용한 음식〉 시리즈를 몇 편 찍었고 몇 개월 후에는 〈최고의 요리비결〉도 하게 되었습니다. 이것을 인연으로 〈최고의 요리비결〉에는 근래까지도 꾸준히 출연했습니다.

원래 나의 이미지에는 아는 사람만 아는 요리 선생 또는 명문가, 재력가, 연예인만 골라서 가르치는 선생이라는 신비스러운 면이 있었습니다. 그런데 책을 내면서 내 얼굴이 방송으로 다 나가고 조리법도 다 공개되어 신비주의가 무너졌습니다. 아마 다들 "대단한 사람인 줄 알았는데 그냥 머리 하얀 할머니네"라고 생각했겠지요.

선교사님의 말씀이 옳았습니다. 책이 나왔지만 연구원은 아무 문제가 없었습니다. 오히려 배우겠다는 문의가 더 늘어났지요. 다만 대여섯 명의 팀 단위로만 신청할 수 있는 데다 내가 시간이 나고 체력이 되어야 가르칠 수 있으니 대기 신청자만 늘었을 뿐입니다. 그때부터 지금까지 대기 신청자는 줄어든 적이 없습니다. 벌써 16년이 흘렀습니다. 책을 낼 때 내 나이가 딱 육십이었는데 지금은 77세가 되었습니다. 개정판을 내야 한다는 말이 나온 지 수년째인데 아직까지 엄두를 못 내고 있습니다. 내가 죽기 전에 완성하면 좋겠지만 못 해도 어쩔 수 없다고 생각합니다. 남은 것은 나의 후계자인 큰딸 장나겸이 완성해줄 것이라 믿습니다.

최고의 요리만이
내 갈 길이다

요즘 TV를 보면 요리사들이 나와서 쉽고 간단한 요리를 가르쳐줍니다. 전문 요리사만 할 수 있는 어려운 요리가 아니라 누구나 따라 할 수 있는 쉬운 요리를 가르쳐주니 사람들이 더 좋아합니다. 그래서 나에게도 유행에 맞춰 쉬운 요리를 가르치라고 조언하는 사람이 많습니다. 요리책들도 '30분이면 뚝딱' 혹은 '10분 완성' 같은 말이 들어가야 잘 팔린다고 하니 대중이 원하는 방향도 그러하겠지요. 나 또한 그 필요성을 모르는 것이 아닙니다.

사실 내 요리는 번거로운 과정을 감내해야 하는, 어렵다면 어려운 방식이긴 합니다. 실제로 나에게 오래 배운 사람들조차 어렵다는 말을 많이 합니다. 재료를 세심하게 손질하고, 모든 재료를 따로따로 밑간을 하고, 따로따로 익히는 경우가 많기 때문입니다. 그래서인지 내 요리는 레시피를 쓰는 것도 어렵고 레시피를 읽고 이해하기도 어렵습니다. 요리하는 단계가 하도 많으니 옆에서 보면서도 뭐가 어떻게 돌아가는지 헷갈려 합니다.

쉽게 요리하면 시간이 단축되니 좋겠지요. 하지만 맛을 생각하면 쉽게 하는 요리를 용납할 수가 없습니다. 건너뛰는 단계가 많은 만큼 맛에서 놓치는 것이 많을 수밖에 없기 때문입니다. 쉽게 하는 요리와 정석으로 하는 요리는 완성도에서 큰 차이가 납니다. 사람마다 자기가 필요한 자리가 있다면, 나는 복잡해도 정석대로 하는 요리를 지키는 것이 내 자리라고 생각해왔습니다. 그 복잡함에는 번거로움을 뛰어넘는 우리 조상들의 지혜와 삶과 문화가 녹아 있다고 보기 때문입니다.

이렇게 말하면 오해의 소지가 있을 수도 있겠지만 나는 개인적으로 한식이 결코 만만한 요리가 되어서는 안 된다고 생각합니다. 만만하면 처음에는 쉬워서 좋아하지만 시간이 흐르고 세대가 바뀐 후에 한식 자체의 깊이가 얕아질 것이고 그것이 한식의 위상을 흔들까봐 염려도 됩니다. 서양에선 슬로 푸드가 각광받는 시대에 먹는 이의 건강을 배려하는, 진정한 슬로 푸드인 한식의 보전과 발전을 위해서라도 나처럼 제대로 된 요리를 가르치는 사람이 반드시 필요합니다. 최고의 요리를 지향하는 것, 그것이 내가 죽는 날까지 추구해야 할 내 신념이자 목표입니다.

그런 의미에서 나는 집에서 요리를 하는 사람들도 쉬운 요리에만 안주하지 말고 가끔은 복잡하고 어려운 요리에 도전해보길 권합니다. 우리 연구원의 회원들 가운데 초보의 실력을 가진 사람들도 한두 가지 어려운 요리를 완성하고 나면 실력이 일취월장하곤 했습니다. 늘 하던 방식대로 하던 메뉴만을 요리했다면 가끔은 어려운 재료에도 도전하고 정성이 많이 들어가는 복잡한 요리도 시도해보기 바랍니다. 물론 각자의 수준과 형편에 맞추면 될 일입니다. 그것이 한 달에 한 번이든 두 달에 한 번이든 분명 자신의 실력이 차츰 성장하는 경험을 하게 될 것입니다. 또한 그 경험이 요리에 재미를 붙이는 계기도 될 것입니다.

고귀한 마음

4장

작은 밥상도 정성을 다해 차리면
수라상 안 부럽다

요리 잘하는
며느리는
시어머니도
어려워한다

　　결혼을 결심했을 때 내가 시집살이를 하게 될 줄은 몰랐습니다. 군인과 결혼했으니 당연히 남편이 배치되는 대로 떠돌아다닐 각오를 했지요. 서울을 떠나는 게 서운하긴 했지만 시집살이를 안 해도 된다는 건 내심 반가웠답니다.

　그런데 남편이 진급이 안 되면서 갑작스럽게 전역을 하게 되었습니다. 나는 당시 남편의 근무지였던 강원도 황지에 웬만하면 눌러살고 싶었습니다. 그동안 정도 많이 들었고 또 군부대가 가까이 있어 남편은 정비소를 하고 나는 작은 식당을 하면 살아갈 수 있을 것 같았습니다.

　하지만 남편의 생각은 달랐습니다. 온통 서울로 돌아가서 부모님 모실 생각뿐이었습니다. 10년 동안의 장교 생활로 받은 연금 8만 원도 몽땅 부모님께 드리겠다고 결정해버렸습니다. 좁은 집에 시부모님과 시동생 둘, 시누이 둘. 게다가 당시 나는 첫째를 임신 중이었습니다. 콧구멍만 한 방 한 칸에서 애를 키우며 맏며느리 노릇을 할 생각을 하니 눈앞이 캄캄했습니다.

빌고 또 빌었지만 남편의 고집을 꺾을 수는 없었습니다. 장남이라서 부모님과 동생들을 책임져야 한다는 책임감이 대단하더군요. 연금 8만 원도 나는 구경도 못 해보고 고스란히 시어머니 주머니로 들어갔습니다. 어머님은 그걸 냉큼 아는 분에게 빌려주셨다가 돌려받지도 못하고 홀랑 날려버렸습니다.

그때부터 남편은 공무원 시험 준비로 바쁘고 만삭인 나 혼자 여덟 식구의 살림을 도맡게 되었습니다. 시댁 식구에게 며느리는 공짜로 부려먹는 도우미나 마찬가지이더군요. 아침부터 밥상을 차리는데, 이 집 식구들은 도무지 모여서 밥을 먹지 않았습니다. 시아버지 밥상, 시어머니 밥상, 시누이와 시동생의 밥상, 남편의 밥상을 다 따로 차리다 보니, 하루 대여섯 번씩 밥상을 차리는 것은 예삿일이었습니다.

한번은 이것저것 가리며 잔소리하는 시누이에게 곧은 소리를 하기도 했습니다.

"아가씨, 내가 누군 줄 알고 함부로 말합니까? 나 아가씨 오빠의 아내예요. 아가씨보다 손윗사람이에요. 세상에 이런 법도는 없습니다. 나는 그렇게 안 배웠습니다."

시부모님도 시누이도 당연히 놀랄 수밖에 없었습니다. 하지만 지금도 내가 틀린 말을 한 것은 아니라고 생각합니다. 그렇게 시간이 흐르자 차츰 나를 존중하는 식구들의 변화가 느껴졌습니다. 심지어 시어머니도 조금씩 나를 어려워하기 시작했습니다. 요리면 요리, 바느질이면 바느질, 살림이면 살림, 도무지 못하는 것이 없으니 잔소리할 것도 없고 오히려 당신이 며느리에게 물어보아야 할 판이었습니다. 집안 대소사와 생신상을 차리는 일, 절기별 음식을 만드는 일도 내가 법도에 맞게 야무지게 해내니 그러실 만도 했지요.

나의 시집살이는 몸은 엄청 고됐지만 정신적으로는 자유로운 편이었습니다. 명절 때 집안 여자들이 모두 출동하여 요리를 할 때면 시어머니부터 시누이까지 모두 내가 짜놓은 순서대로 일사불란하게 움직였습니다. (돌이켜보면, 이렇게 능숙하게 살림하는 것을 당연하게 여긴 나로 인해 시누이와 동서들이 받았을 상처도 많았을 겁니다. 미안함과 아쉬움이 교차합니다.) 몸은 힘들지만 정신적으로는 꽤나 위풍당당한 시집살이를 하면서 새삼 내 어머니가 왜 그렇게 나를 몰아붙이며 음식과 살림살이를 가르치셨는지 이해하게 되었습니다.

어머니는 늘 이렇게 말씀하셨습니다.

"요리와 바느질, 살림살이, 이 세 가지를 할 줄 모르면 시집을 가서는 안 된다."

어릴 적에는 지나친 과장이 아닐까, 부잣집에 시집가면 그마저도 안 하고 살 수 있는 것이 아닌가 생각한 적이 많았습니다. 하지만 어머니의 말씀은 그저 딸자식에게 겁을 주려고 하신 말이 아니었습니다. 가정교육이 엉망이라는 욕을 먹을까봐 그런 것만도 아니었습니다.

"요리할 줄 모르면 남편과 아이들을 어떻게 먹일 것이고, 바느질할 줄 모르면 남편과 아이들을 어떻게 입힐 것이냐? 살림할 줄도 모르면서 시집을 가는 건 무책임한 일이다."

어머니는 한 가정의 아내이자 어머니가 될 여자로서의 책임에 대해 말씀하셨던 것입니다.

그래서 우리 어머니는 학교 공부보다 이런 공부를 더 중요시하셨습니다. 공부 때문에 집안일을 면제해준다는 건 우리 집에서는 있을 수 없는 일이었습니다. 학교에 갔다가 조금이라도 늦게 오면 난리가 났습니다. 특히 장을 담그는 날과 김장을 하는 날에는 세 딸 중에 누구도 빠지면 안 되었지요. 메주, 된장, 청국장, 간장, 고추장……. 청소, 정리, 빨래, 다듬이질, 바느질, 뜨개질……. 하나부터 열까지 다 배워야 했습니다.

시대가 변해도 변하지 말아야 할 것이 있다

시대가 많이 달라졌지만 나도 아이들을 키울 때에는 집안일을 엄하게 가르쳤습니다. 엄마가 되어보니 더욱 분명하게 알겠더군요. 집안일을 가르치는 것은 꼭 시집을 잘 보내기 위해서가 아니었습니다. 그걸 배우는 것 자체가 어른이 되는 과정이었습니다. 어릴 때는 부모가 궂은일을 다 해주지만 자라면 자기 힘으로 해야 합니다. 부모는 아이가 자라서 혼자 자기 인생을 책임질 수 있도록 생활에 필요한 모든 기술을 가르쳐야 합니다. 뒤치다꺼리를 모두 해주는 것이 사랑은 아닙니다. 진짜 사랑은 아이가 성인으로 살아갈 수 있도록 가르치는 것입니다.

또한 집안일을 시키는 것은 그 자체로 예의범절 교육입니다. 저녁을 먹은 후에 엄마는 땀을 뻘뻘 흘리면서 설거지를 하는데 다 큰 아이들이 TV를 보면서 낄낄대고 있다면 그것은 엄마가 희생하는 것이 아니라 아이들을 버릇없는 아이로 키우는 것입니다. 은연중에 엄마가 일할 때 아이는 놀아도 된다고 가르치는 것입니다. 진짜 사랑한다면 아이를 옆으로 불러서 설거지를 시켜야 합니다.

아이들이 어느 정도 자라면서부터 나는 집에서 설거지를 절대로 안 했습니다. 아이가 넷씩이나 있는 집에서 엄마가 왜 설거지를 하나요. 집안일도 빨래 개기, 쓰레기통 비우기, 방 청소, 신발 정리 등으로 나누어서 아이들에게 각자 책임지게 했습니다. 물론 공부도 열심히 하라고 말했지만 공부 때문에 이런 일을 소홀히 하는 건 있을 수 없는 일이었습니다. 공부가 벼슬도 아닌데 엄마 앞에서 공부로 위세를 떤다는 건 말이 되지 않습니다.

　나도 우리 딸들이 공부를 잘해서 큰 사람이 되길 바라면서 원하는 대로 바이올린도 가르치고 첼로도 가르치고 유학도 보냈습니다. 하지만 그런 와중에도 밥을 짓고, 나물을 손질하고, 된장찌개와 김치찌개를 끓이고, 청소를 하고, 빨래를 개는 법 등등 안 가르친 것이 없습니다. 명절이나 추도날, 김장철에는 설사 시험 기간이라 해도 내 옆에서 음식 준비를 돕는 것이 당연했습니다. 이런 기본적인 것을 하지 않는다면 공부가 무슨 소용이고 유학이 무슨 소용일까요.

　시대가 아무리 변해도 변하지 말아야 할 것들이 분명히 있습니다. 살림살이 교육을 통한 가정교육, 밥상머리 교육을 통한 예의범절 교육은 버려서는 안 되는 중요한 한국적 가치입니다. 젊은 엄마들 중에는 아이에게 집안일을 시키느니 그 시간에 영어 단어 하나라도 더 외우게 하는 게 낫다고 생각하는 이들도 있는 모양입니다. 하지만 세상사는 영어로 굴러가지 않습니다. 진짜 기본은 생활 능력입니다. 청소, 요리, 빨래 등에 그 사람의 인품과 기질이 다 들어 있습니다. 영어 단어보다도 이것이 우선입니다. 자기소비와 자기희생이 없는 삶은, 엄연히 말해 진짜 인생이 아니라고 생각합니다. 내 어머니와 나의 삶, 그리고 이어진 내 딸들의 삶에서 그걸 다시 한 번 배웠습니다.

밥해주는
사람이
제일 좋지

　　강원도 황지에서 우리 부부가 얻은 신혼집은 작은 부엌이 딸려 있는 단칸방이었습니다. 낡은 나무창틀 틈새로 겨울바람이 숭숭 들어오고 주인집 내외가 다투는 소리가 생생하게 들려오는 집. 지금은 나처럼 나이 든 사람들의 추억 속에나 들어 있는 옛날식 셋방이었습니다.

　　하지만 그곳에서의 1년이 나에겐 너무나 행복한 기억으로 남아 있습니다. 남편이 달콤하게 잘해줬다거나 신혼 생활이 깨가 쏟아져서 그런 것은 아닙니다. 처음으로 내 살림을 하는 즐거움, 내 손으로 지은 밥을 남편에게 먹이는 즐거움이 그렇게 클 수 없었습니다.

　　아침에 일어나면 우선 연탄 화덕에 밥부터 안쳤습니다. 밥이

부글부글 끓는 동안 전날 불려두었던 고사리, 곤드레, 시래기 등을 삶아 무치고 호박과 두부를 송송 썰어 찌개를 끓였습니다. 고등어나 갈치를 사 와서 무와 함께 조려 먹기도 하고 돼지고기로 김치찌개를 끓이기도 했지요. '깡촌'이라 서울처럼 세련된 먹거리는 없었지만 철마다 싱싱한 나물과 채소를 싼 값에 구할 수 있었기에 밥상은 언제나 풍성했습니다. 그렇게 한껏 준비해서 소반에 올려주면 남편은 밥알 한 톨 남기지 않고 싹 비우고 출근했습니다.

남편이 없는 동안에는 청소와 빨래를 했습니다. 단출한 살림이지만 궁색해 보이고 싶지는 않아서 광목으로 커튼을 만들어 달고 뜨개질로 예쁜 레이스 덮개를 짜서 자개장 위를 덮었습니다. 티끌 하나 없이 깨끗이 방을 청소하고 옷가지와 이불을 하얗게 빨아 마당 한가운데 널어놓으면 기분이 날아갈 듯 개운했지요. 남편이 돌아올 시간이 가까워지면 장바구니를 챙겨 들고 시장으로 향했습니다. 오늘 저녁에는 뭘 먹일까, 뭘 해주면 맛있게 먹을까, 이런 궁리를 하는 시간이 가장 행복했습니다.

가끔 낮에 남편의 심부름을 하는 연락병이 찾아오곤 했습니다. 잊은 물건을 가지러 오거나 저녁에 손님을 데려온다거나 무슨 물건을 구해놓으라는 간단한 메시지를 전하기 위해서였습니다. 그래도 손님인데 그냥 돌려보낼 수는 없는 노릇이었습니다. "밥 먹었어요? 배고프면 밥 먹고 가요"라고 말하면 거절하는 법이 없었습니다. 후딱 상을 차려 평상에 내놓으면 다들 게 눈 감추듯 먹어치웠지요. 어린 나이에 집을 떠나 군대에 있으니 집밥이 얼마나 그리웠을까요.

한 번 밥을 얻어먹은 연락병은 다음에 절대 빈손으로 오지 않았습니다. "사모님!" 하면서 건빵 한 봉지라도 들고 오더군요. 나중에는 남편이 심부름을 시키지 않았는데도 두세 명이 함께 몰래 찾아왔습니다. 당연히 나는 또 밥을 차려주었지요. 나에게 "사모님 밥맛은 왜 이렇게 꿀맛입니까?", "우리 어머니 밥처럼 맛있습니다" 하며 너스레도 잘 떨더군요. 허겁지겁 먹는 어린 군인들을 보면 내가 어머니라도 된 것처럼 뿌듯했습니다. 다만 남편에게 건빵 봉지를 들키는 날에는 쓸데없는 짓을 한다고 핀잔을 들을 각오를 해야 했습니다.

저녁에는 손님이 찾아오는 날이 많았습니다. 남편이 동료 장교들과 술을 마시다가 갈 곳이 없어지면 집으로 데려왔지요. 나는 돼지고기를 볶기도 하고 도토리묵을 무치기도 해서 열심히 대접했습니다. 원래는 여러 집에 돌아다니면서 술을 마셨는데 내가 하도 잘해주니 다들 우리 집으로 오기 시작했습니다. 남편과 같은 계급의 중위들은 물론 대위들과 대대장까지 모두 내 요리를 좋아해주었습니다.

황지 생활이 익어가면서 장교들의 부인들과도 친해졌습니다. 일주일에 한 번 모여서 친목의 시간을 가질 때면 내가 직접 만든 대추차, 유자차, 생강차 등으로 칭찬을 받았습니다. 강정, 유과, 찐빵, 단팥죽 등을 만들어 가면 부인네들이 감탄을 하며 먹는 모습이 그렇게 기분 좋을 수가 없었습니다. 내 요리 솜씨가 소문나자 그때부터는 넓고 좋은 집을 마다하고 다들 우리 집으로 몰려왔습니다. 부인들과의 친목 모임도, 부부 동반 파티도 모두 성냥갑만 한 우리 집에서 치렀지요.

아마도 이것이 요리하는 사람의 마음일 것입니다. 요리를 좋아하는 사람들은 본능적으로 누군가를 먹이고 싶어 합니다. 그 대상은 자식과 남편에 한정되지 않고 친구, 친척, 이웃, 지역사회 등으로 자꾸 뻗어나가지요. 내가 만든 음식이 누군가의 입으로 들어가서 그 사람의 배를 채우고 정신에 만족을 준다는 건 보통 행복이 아닙니다. 스쳐 지나가는 사람일지라도 내 밥을 먹었다는 것만으로 대단한 인연을 맺는 것이지요.

누군가를 먹이는 일만큼 기쁜 일이 있으랴

지금도 나는 나를 찾아오는 손님이라면 누구든 꼭 먹여 보냅니다. 회원들에게는 수업이 끝나면 몇 시가 되었든 반드시 간단한 식사를 해 먹입니다. 인터뷰를 하겠다며 찾아온 기자들, 오랜만에 찾아온 지인들과도 꼭 함께 뭔가를 먹습니다. 바쁘다고 일어서려는 사람에겐 강정이라도 몇 개 집어먹게 하지요.

누군가를 먹이는 일은 스스로 복을 짓고 덕을 쌓는 일인지도 모릅니다. 내가 살면서 어디서든 좋은 사람들을 만나고 사랑을 받은 것은 요리를 해서 사람들을 먹인 덕이 아닌가 합니다. 황지에서 그 내로라하는 장교 부인들이 풋내기 새댁인 나를 그렇게도 예뻐해준 이유는 무엇이었을까요. 어디서든 두 팔을 걷어붙이고 요리를 해서 맛있는 음식을 먹이려는 내가 그들 눈에도 보기 좋았던 것입니다. 그러니 어떤 모임에도 나를 꼭 부르고 살뜰하게 챙겨주었지요. 특히 대대장 부인은 나를 너무 좋아해서 우리 부부가 떠나게 되었을 때에는 집을 지어줄 테니 황지에서 같이 살자고 애원했을 정도입니다. 결국 서울로 가게 되자 편하게 가라며 기차 침대칸을 끊어주고 플랫폼까지 따라와 배웅을 해주었지요.

나는 단지 밥을 먹였을 뿐인데, 돌아온 건 사랑이었습니다. 왜 사랑이 돌아오느냐 하면, 밥을 먹이는 것 자체가 사랑이기 때문입니다. 사랑을 베풀기에 사랑이 오는 것이지요.

절에 가면 삼시 세끼 신도들의 밥을 지어주는 공양주 보살이 있습니다. 나와 친한 불교 신자가 공양주 보살에 대한 재미있는 이야기를 들려주었습니다. 공양주 보살이 주지스님과 함께 불당에서 등을 달고 있는데 마당에서 개가 컹컹 짖기 시작했다고 합니다. 스님이 "그만, 그만!" 하고 소리를 쳤지만 개는 계속 짖어댔지요. 그때 공양주 보살이 말했답니다.

"개가 스님 말을 듣나. 밥 주는 사람 말을 듣지."

밥 주는 사람을 좋아할 수밖에 없습니다. 그것이 보살핌이고 사랑이니까요.

유명세를 치른
도시락과 생일 파티

　　　　　　결혼한 이듬해부터 네 명의 딸들이 세
살 터울로 줄줄이 태어났습니다. 큰딸이 고3일 때 막내딸은 일
곱 살이었으니, 얼추 따져도 거의 30년을 육아와 양육에 보낸
셈입니다.

　요리 선생이 되고 바빠지면서 아이들을 돌볼 시간이 줄어들
었습니다. 그래서 첫째와 둘째는 공부에 신경을 좀 써주었지만
셋째와 넷째는 아예 그럴 엄두를 못 내었지요. 그런데 첫째와 둘
째보다도 셋째와 넷째가 공부를 더 잘하는 걸 보고 공부는 역시
엄마 마음대로 되는 것이 아니라 본인이 스스로 해야 하는 것임
을 절실히 느꼈습니다.

　엄마가 일을 하면서 가장 불쌍해진 건 아이들이었습니다. 특

히 막내는 내가 요리 선생으로 한창 바빠질 무렵 불과 네다섯 살이었습니다. 아침에 남편과 위의 세 딸을 밥 먹여 배웅한 후 내가 화장을 시작하면 막내는 내 발치에 앉아서 엉엉 울어댔습니다. 엄마가 화장을 한다는 건 외출을 한다는 뜻이고 그러면 혼자 있어야 한다는 걸 알았던 것이지요. 친척 언니를 붙여 돌봐주었지만 별로 도움이 되지 않았습니다. 나는 거실 벽에 '가나다라'와 구구단이 적혀 있는 커다란 종이를 붙여놓고는 열 번씩 읽으면 엄마가 돌아올 거라고 말했습니다. 그랬더니 아이가 정말 꼼짝 않고 그걸 매일 열 번씩 읽고 며칠 만에 통째로 외워버리더군요. 다 외웠는데도 엄마가 오질 않자 아이 혼자서 온 동네를 쏘다니며 이 집 저 집 초인종을 누르고 들어가서 "저랑 놀아주시면 안 돼요? 30분만 놀아주세요"라고 애걸했다는 걸 한참이 지나서야 알았습니다.

숙제와 준비물은 아이들 스스로 챙겨야 했습니다. 첫째와 둘째는 그나마 내가 정보력을 동원해서 피아노 학원과 바이올린 학원을 알아봐주었지만 셋째는 뭐든 알아서 계획적인 공부를 했고 넷째는 동네 미술 학원까지도 스스로 알아보고 내게는 돈만 달라고 했습니다. 우리 아이들이 모두 반장을 해서 당시 관례대로라면 엄마인 내가 학교에 자주 찾아가 담임선생님도 챙기고 학교 일에도 관여해야 했지만 나는 학기 초에 인사 한번 못 드리고 이듬해 봄방학 하는 날에 찾아가 고마웠다고 선물 하나

드리고 오는 게 고작이었습니다.

하지만 이렇게 바쁜 와중에도 내가 꼭 챙기는 것이 있었습니다. 아침과 저녁은 반드시 내 손으로 만들어 먹이는 것, 세상에서 가장 맛있는 도시락을 싸주는 것, 그리고 생일 파티를 성대하게 해주는 것이었습니다.

나에겐 아침을 든든하게 먹어야 하루를 활기차게 보낼 수 있다는 신념이 있었습니다. 그래서 우리 집 아침은 하루 식사 중 가장 푸짐했습니다. 싱싱한 계절 채소와 나물, 국과 찌개, 생선과 고기가 늘 올라왔습니다. 아침을 반드시 먹었기 때문에 잠시라도 식구들끼리 마주 앉아 눈을 마주칠 시간이 있었습니다. 두런두런 얘기를 나누다 보면 그날 아이들에게 무슨 일이 있는지, 움직이는 동선이 어떻게 되는지를 파악해둘 수 있었지요.

도시락도 빼놓을 수 없습니다. 명색이 요리 선생인데 아무리 바빠도 내 아이들의 도시락을 소홀히 할 수는 없었습니다. 물론 그렇게 화려하게 싸지는 않았습니다. 도시락은 점심 때 가볍게 먹는 식사이니 반찬은 두세 가지 정도면 충분합니다. 대신에 밥은 꼭 잡곡밥을 해주고 겨울에는 국을 꼭 곁들여주었습니다. 아이가 네 명이니 도시락 싸는 데에는 도가 텄습니다. 큰아이 때부터 막내 아이 때까지 약 20년 동안 하루에 네 개의 도시락, 많을 경우에는 일곱 개까지 쌌습니다. 학교에서 보충수업, 자율학습 등으로 귀가가 늦어질 경우에는 도시락을 두 개씩 싸줘야 했기 때문입니다.

매일 어떻게 그렇게 많은 도시락을 쌀 수 있었을까 싶겠지만 늘 계획을 하고 장을 보면 충분히 할 수 있는 일입니다. 매일 저녁 집에 들어가기 전에 나는 꼭 시장에 들러 그날 저녁 찬거리와 다음 날 아침 찬거리, 그리고 도시락 찬거리를 한꺼번에 장을 봤습니다. 냉장고에 남아 있는 재료가 무엇인지 머릿속에 꿰고 있었기 때문에 무엇을 더 사야 하는지 훤히 알았지요. 냉장고 안에 돼지고기가 좀 남아 있으면 그날 저녁은 돼지고기 탕수육으로 낙찰되었습니다. 대신 내일 아침에 순두부찌개를 끓이기 위해 바지락과 쇠고기, 그리고 순두부를 사 가고 도시락에 넣을 감자볶음을 위해 감자를 몇 알 샀습니다. 감자볶음에 숙성시켜둔 장조림과 잘 익은 오이소박이 정도면 훌륭한 도시락이 되지요.

이렇게 밥상과 도시락은 나의 머릿속 계획에 의해 분주하게 돌아갔습니다. 단 하루짜리 계획부터 주간 계획, 월간 계획, 심지어 분기별과 연도별 계획까지 맞물려 돌아갔습니다. 김치, 장조림, 장아찌, 젓갈 등은 한 번 만들어두면 며칠은 도시락에 올릴 수 있습니다. 나물은 오늘은 무침으로 상 위에 올랐다가 내일은 국거리가 되고 그러고도 남으면 비빔밥 재료로 쓰였습니다. 그사이에 돼지고기, 쇠고기, 닭고기로 볶음 요리, 찜 요리, 튀김 요리도 해주고 고등어, 꽁치, 갈치, 조기 등을 구워 먹었습니다. 봄철에 도다리로 쑥국을 끓이거나 주말에 허벅지만 한 대구 한 마리를 탕으로 끓여 언니네 가족까지 불러 나눠 먹기도 했지요. 늘 뭘 먹을까, 재료를 어떻게 다양하게 활용할까, 밑반찬으로 무엇을 준비해둘까 고민하고 연구하면 누구나 할 수 있는 일입니다.

내가 싸준 도시락은 딸들을 인기 있는 아이들로 만들었습니다. 친구들이 점심시간에 반찬을 뺏어 먹고 싶어서 주위로 몰려온다는 것이었습니다. 딸들은 친구들 때문에 반찬이 모자란다며 푸념을 하곤 했지만 내심 자랑스러워했습니다. 가끔 점심시간에 도시락을 열어보면 이미 텅 비어 있는 경우도 있었답니다. 친구들이 통째로 훔쳐 먹고 시치미를 떼고 있었던 것이지요. 심지어 친구가 도시락을 훔쳐 먹는 바람에 교실에 음식 냄새가 퍼져서 애먼 우리 딸만 선생님에게 혼난 적도 있었습니다.

생일 파티도 꼭 해주었습니다. 나는 세상의 모든 아이들이 생일날만큼은 주인공이 되어 엄마의 사랑을 흠뻑 느낄 수 있어야 한다고 생각했습니다. 친구도 원하는 대로 마음껏 초대하게 했습니다. 우리 집에 마당이 있었기 때문에 테이블을 펴면 어린이 20명쯤은 문제없이 앉혀놓고 먹일 수 있었습니다. 감나무 그늘 아래 테이블을 놓고 하얀 식탁보를 덮은 후 아이들이 좋아하는 햄버그스테이크, 깐풍기, 간장 떡볶이를 올리고 커다란 케이크와 떡, 과일 화채, 음료수 등을 놓으면 아이들 눈이 휘둥그레지고 딸의 얼굴은 활짝 피었습니다. 햄버그스테이크를 하얀 접시에 담고 양쪽으로 나이프와 포크, 냅킨 등을 놓으면 그 자체가 아이들에게는 신기한 문화 체험인 시절이었지요. 70~80년대에 나이프와 포크로 스테이크를 썰어 먹는다는 건 어른들도 경험하기 힘든 일이었습니다.

이렇게 생일 파티를 해주니 학교에서 우리 아이들이 유명해졌습니다. 쟤네 집에 가서 스테이크를 썰어봤다, 맛있는 닭튀김을 먹었다는 것이 아이들의 자랑거리가 되었습니다. 생일이 다가오면 초대받고 싶어 하는 아이들이 줄을 서서 딸들이 고민을 했습니다. 지금도 동창회에 가면 늘 그때의 생일 파티 이야기를 추억으로 꺼내는 친구들이 많다고 합니다.

이러한 생일 파티를 나는 딸들이 결혼할 때까지 계속해주었습니다. 물론 늘 이렇게 많은 인원을 초대했던 것은 아니고 딸들이 커가면서 점점 친한 친구들만 불러 조촐하게 열었습니다. 가끔 교회나 대학 동아리에서 친하게 지내는 남학생들도 손님으로 데려왔는데, 나중에 보니 다들 그 남학생들과 연애를 해서 결혼까지 골인하더군요. 결국 내가 열어준 생일 파티 때문에 딸들이 정분이 난 것이죠.

일하느라 늘 곁에 있어주지는 못했지만 먹는 것만큼은 직접 챙기고 도시락도 열심히 싸주고 생일 파티까지 근사하게 해준 덕분에 딸들에게 엄마로서 점수를 잃은 적은 없습니다. 딸들은 어릴 때는 엄마의 빈자리가 크다고 생각했지만 자라고 나서는 엄마가 늘 자신들 곁에 있었다는 걸 새삼 느낀다고 말합니다. 요

리를 해준다는 것은 함께 있어준다는 것과 같은 뜻이 아닐까 생
각합니다.

가족은
밥상으로
하나가 된다

아이들을 키우던 시절, 저녁에 장을 봐서 들어가면 딸들이 우르르 뛰어나와 내 품으로 달려들었습니다. 그러고는 오늘은 뭘 사 왔나 기대가 가득한 얼굴로 장바구니를 들여다보았지요. 대부분 식재료가 들어 있었지만 가끔은 아이들의 양말, 속옷, 블라우스, 바지가 들어 있었습니다. 딸들이라서 이런 걸 사 가면 환호성을 질렀지요.

우리는 저녁을 차리면서부터 조잘조잘 이야기를 시작했습니다. 큰딸의 대학생활, 둘째와 셋째와 넷째의 학교생활, 공부, 악기 레슨, 교회 활동 등에 대한 이야기가 끊임없이 흘러나왔습니다. 식사를 마치고 나면 공무원인 남편은 시계처럼 양치질을 하고 잠자리에 들었지만 딸들과 나는 아쉬워서 거실에 둘러앉아 계속 이야기꽃을 피웠습니다. 그때 큰딸이 한창 미모에 물이 오를 때라서 남학생들이 집까지 따라오는 일이 잦았습니다. 큰딸이 이런 이야기를 털어놓으면 동생들은 신기해하고 엄마인 나는 처신을 잘하라며 주의를 주곤 했습니다.

내 이야기도 많이 해주었습니다. 그날 수업에 대한 이야기, 방문했던 집 이야기, 바닥에 있는 신기한 수족관과 아치형 문과 나선형 계단 이야기. 이런 이야기를 하면 아이들은 무슨 동화 속에 나오는 궁전 같은 것을 떠올리며 상상의 나래를 펼치곤 했습니다.

이렇게 대화를 나누다 보면 10시, 11시를 넘기기 일쑤였습니다. 남편이 자다가 일어나서 우리가 아직도 노닥거리는 걸 보고 화를 벌컥 낸 것이 한두 번이 아니랍니다.

딸들이 모두 결혼한 후에도 우리 가족은 구실만 생기면 뭉치고 있습니다. 다른 집들은 시집보내고 나면 딸이 친정에 찾아오지도 않는다는데, 우리 딸들은 남편과 아이들을 다 끌고 찾아오고 자기들끼리도 열심히 만납니다. 가만히 보면 늘 그 가운데에 요리가 있습니다. 반찬을 만들어 서로 나눠 먹거나 무슨 특별한 요리를 만들어 서로 초대해서 들락거리고, 자기들이나 손주들의 생일이라고 만나고, 손주들의 입학, 졸업, 입상 등을 축하한다고 어울립니다.

남편과 나의 생일이 돌아오면 꼭 어느 한 집에 모여 생일 잔치를 합니다. 이런 날은 딸 넷이 요리를 분담해서 장만해오기도 하고 각자 재료를 사 와서 함께 요리를 하기도 합니다. 요리하는 내내 딸들은 이 얘기 저 얘기 하며 웃음꽃을 피우고 사위들은 장인어른과 이야기하느라 바쁘고 아홉 명의 손주들은 자기들끼리 노느라 정신이 없습니다.

주변에서 어쩌면 그렇게 딸 넷이 다 효녀이고 우애가 좋으냐는 이야기를 많이 듣습니다. 내가 봐도 우리 가족처럼 잘 뭉치는 집은 드문 것 같습니다. 어려서부터 늘 요리를 함께하면서 많은 대화를 나눴던 덕분이라고 생각합니다. 밥상머리의 대화가 있었기에 우리 가족은 소통의 벽을 별로 느끼지 않았고 함께 먹고 나누는 기쁨을 일찌감치 경험할 수 있었습니다.

함께 요리하고 나눠 먹는 시간이 만드는 애착

요리는 그 자체로 훌륭한 교제 수단입니다. 요리를 만들면서 얘기하고, 먹으면서 얘기하고, 나누면서 얘기하니 서로를 너무나 잘 알게 됩니다. 그냥 어느 식당에 가서 밥을 사 먹거나 차 한 잔 마시면서도 이야기를 나눌 수는 있지만 함께 요리하면서 정을 쌓는 것과는 비교할 수 없습니다. 얼굴을 마주 보면서 얘기하는 건 의외로 마음을 긴장하게 합니다. 하지만 노동을 함께하면서 얘기하다 보면 긴장이 풀리면서 살아가는 솔직한 이야기가 술술 터져 나오게 됩니다. 상대방의 성격도 더 잘 드러납니다.

딸이 네 명이나 되는데 왜 성격 차이가 없을까요. 네 명의 성격이 다 다르지만 그래도 싸우지 않고 잘 지내는 것은 오랜 세월 함께 요리를 하면서 서로 굽히고 맞추는 법을 배웠기 때문입니다.

매년 여름이면 우리 가족은 총출동하여 강원도에 있는 리조트로 여행을 갑니다. 하지만 말이 좋아 여행이지 실제로는 일하러 가는 것이나 마찬가지입니다. 내가 밑반찬부터 모든 식재료를 바리바리 싸가기 때문이지요. 성인 열 명에 먹성 좋은 십대 아이들이 아홉 명, 다섯 집 식구들이 일주일 동안 먹을 것을 싸가야 하니 거의 이삿짐 트럭 한 대 분량의 음식을 가져갑니다. 재어놓은 갈비와 장아찌에 커다란 김치통이 두 통이고 고추장볶음과 된장볶음까지 챙겨갑니다. 여기에 큰 냄비 서너 개, 추가로 전기 밥솥까지 챙겨가지요. 이걸 리조트 앞에 풀어놓으면 유니폼을 입은 직원들의 눈이 휘둥그레집니다.

이렇게 바리바리 싸간 것을 다 먹어야 하니 우리 식구들의 휴가는 놀고, 먹고, 쉬는 휴가가 아니라 요리하고 먹고 치우다가 돌아오는 힘든 휴가가 됩니다. 아이들과 남편들은 시도 때도 없이 배가 고프다고 하다가 뭔가를 요리해주면 게 눈 감추듯 먹어버립니다. 여자들은 아침 점심 저녁을 하고 중간중간 간식은 물론 야식까지 만듭니다. 여기에 음료수와 후식도 내야 하고 설거지와 뒷정리까지 해야 합니다. 이게 무슨 휴가냐며 하소연을 하지만 나는 그게 재미이고 진정한 교제라고 생각하기에 계속해야 된다고 우깁니다.

작년에는 막내딸이 총대를 멨습니다. 자기가 간소하게 준비해올 테니 제발 아무것도 해오지 말라고 간곡하게 부탁을 하더군요. 그래서 지는 척하고 된장찌개와 고추장볶음만 준비해 갔습니다. 그런데 도착해서 짐이 내려지는 걸 보고 기절초풍을 했습니다. 20킬로짜리 쌀 포대가 통째로 나오고 전기 밥솥에 냄비, 프라이팬, 아이스박스 대여섯 개가 줄줄이 나왔습니다. 들여다보니 나보다 더하면 더했지 결코 간소하지 않더군요. 언니들은 혀를 끌끌 찼고 나는 쿡쿡 웃었습니다. 막내 사위의 얘기를 들어보니 자기가 그렇게 말리는데도 몰래 아이스박스에 뭔가를 넣고 또 넣었다고 합니다. 역시 그 어미에 그 딸입니다.

요리를 한다는 건 힘들고 번거롭고 불편한 게 사실입니다. 그렇다고 이런 힘들고 번거롭고 불편한 일을 계속 줄이고 없애려한다면 인생에는 남는 것이 없습니다. 함께 요리하고 먹는 것을 빼면 무슨 추억이 있을까요. 치킨과 피자 같은 배달음식을 나눠먹는 것도 추억은 추억이겠지만 그 깊이와 애착의 정도가 다를 것입니다.

사람들은 자신이 땀을 쏟은 대상에 애착을 갖습니다. 완두콩을 싫어하는 아이도 자기가 직접 따서 밥에 넣은 완두콩은 맛있다고 먹지요. 거금을 들여 구입한 유명 브랜드의 가구보다도 자기가 직접 톱질을 해서 만든 가구가 더 소중합니다. 왜 처녀들은 좋아하는 총각이 생기면 제 손으로 도시락부터 싸주고 싶어 할까요. 누군가를 좋아한다는 건 힘들고 번거롭고 불편한 일을 마다하지 않는 것이기 때문입니다. 일식집에서 산 값비싼 초밥보다도 직접 싼 도시락을 먹이고 싶은 마음, 그것이 바로 사랑입니다.

　오래전 식품 사업을 하는 어느 대기업에서 '부엌이 없는 집'을 만들겠다는 미래 청사진을 제시한 적이 있습니다. 전자레인지로 데우기만 하면 끝나는 다양한 메뉴를 개발해서 부엌이 아예 필요 없는 집을 만들겠다는 얘기였습니다. 이 기사를 읽는 순간 아무것도 없는 방에 전자레인지 하나만 덩그러니 놓여 있는 미래의 대한민국 가정의 모습이 떠올라 잠시 슬펐습니다. 편리하기는 하겠지만, 과연 행복할까요. 과연 그것이 우리가 원하는 삶일까요.

음식으로 한
효도엔 후회가 없다

막내딸이 초등학교에 들어가기 전, 어머니를 우리 집으로 모셔왔습니다. 명목상으로는 손녀들을 돌봐주기 위해서였지만 사실은 내가 어머니를 모시고 싶은 마음이 더 컸습니다.

그로부터 8년쯤 후에는 시어머니까지 우리 집으로 모셨습니다. 원래 시누이와 함께 부산에 살고 계시다가 아버님이 돌아가시고 서울로 오시면서 장남의 집으로 들어오신 것이지요.

어머니가 쓰시던 방 옆방을 시어머니에게 내어드렸습니다. 그때부터 두 분은 돌아가실 때까지 쭉 우리와 함께 사셨습니다. 어머니는 2000년에 돌아가셨고 시어머니는 2007년에 돌아가셨습니다. 두 분이 함께 산 기간은 총 15년입니다. 두 분은 하루 종일 붙어계셨습니다. 정말 누가 보면 자매 사이라고 생각할 정도로 친하게 지내셨습니다.

아침에 일어나면 두 분은 서로 방을 오가며 문안 인사부터 하셨습니다. 주로 시어머니가 '배꼽 인사'를 하며 "사돈, 잘 주무셨습니까?"라고 물으면 어머니가 "아이고, 사돈도 잘 주무셨습니까?" 하며 인사를 나누셨습니다. 어머니가 골반을 다쳐서 걷지 못하게 된 후로는 시어머니가 자주 어머니 방으로 찾아가 인사도 하고 말동무도 해주셨습니다. 두 분이 밤늦도록 이야기를 나누다가 한 방에서 같이 주무시는 날도 더러 있었지요.

그렇게 마음이 잘 맞는 두 분이었지만 식성만큼은 완전히 달랐습니다. 어머니는 싱싱한 나물과 바삭한 생선구이, 무르게 익힌 조림류를 좋아하신 반면, 시어머니는 입이 짧아서 푹 삶아 무친 나물 반찬에 김치를 좋아하셨습니다. 어머니는 음식을 드실 때 맛에 대해 좋다 싫다 표현을 확실하게 하셨지만 시어머니는 절대 표현을 안 하셨습니다. 어머니는 이것저것 모두 맛을 보며 천천히 드셨지만 시어머니는 딱 드시고 싶은 것만 조금씩 덜어서 빠르게 식사를 끝내셨습니다.

그래서 나는 처음부터 두 분의 밥상을 따로 차려드렸습니다. 아침에 일어나면 가장 먼저 하는 일이 두 분의 아침상을 차리는 일이었습니다. 식성이 다르니 같은 재료라도 다르게 조리해야 했고 아예 메뉴를 달리하여 차려드리는 날도 많았습니다.

점심상도 미리 차려놓고 출근을 했습니다. 내가 다 준비해서 국과 반찬을 요리해놓으면 도우미 아주머니가 데워서 드리는 식이었습니다.

두 분의 저녁상을 차려드리기 위해 나는 하늘이 두 쪽 나도 저녁 6시 전에 집으로 들어갔습니다. 내가 대문을 열고 들어가는 순간부터 두 분이 거실 유리창 앞에 서서 "온다, 온다!" 하며 손뼉을 치고 좋아하는 모습이 보였습니다. 하루 종일 나만 기다리고 계셨던 것입니다. 현관문을 열면 두 분은 내 얼굴은 안 보고 들뜬 표정으로 내 손에 뭐가 들려 있는지 확인부터 하셨습니다. 오늘 저녁은 이 아이가 어떤 맛있는 걸 해줄까 잔뜩 기대에 부풀어 있는 모습이었습니다.

나는 두 어머니가 너무나 귀여웠습니다. 그래서 귀가 후 10분 동안은 무조건 두 분과 함께 보냈습니다. 재미있는 얘기도 해드리고 노래도 부르고 때로는 어린아이가 재롱을 떨듯이 두 분 앞에서 춤을 추기도 했습니다. 그렇게 한바탕 신나게 웃겨드린 후에야 부엌에 들어가 저녁상을 차리기 시작했습니다.

한 지붕 두 어머니를 모시는 즐거움

지금도 두 분이 저녁식사를 하시던 모습이 눈에 선합니다. 우리 어머니가 뜨거운 보리차에 밥을 말아 무르게 조린 꽈리고추와 함께 드시면서 "아이고, 맛있구나, 맛있구나"라고 작게 탄성을 지르시면, 시어머니는 작은 그릇에 반찬을 세심하게 덜어 씹는 소리 하나 내지 않고 조용히 식사하시곤 했습니다. 내가 두 분의 방에 들어가 "뭐 더 필요한 거 있으세요?" 하고 물으면 우리 어머니는 무슨 반찬을 더 달라거나 숭늉을 끓여달라고 청하셨지만 시어머니는 언제나 아무 말 없이 고개를 저으셨습니다.

두 분을 함께 모시고 살다 보니, 지혜가 필요하기도 했습니다. 두 어머니가 따로 "이 집이 누구 집이냐"라고 물어보시면, 시어머니에게는 "아들 집이에요"라고 말씀드리고, 어머니에게는 "엄마 집이지요"라고 대답했습니다. 그럼 두 분 모두 어깨에 힘을 주고 서로를 친절히 배려하며 지내시곤 했습니다. 그걸 지켜보는 내 마음도 흐뭇했었지요.

가끔 낮에 집에 있을 때면 두 분이 하루 종일 뭘 하시는지 알 수 있었습니다. 두 분 모두 연로하셔서 살짝 치매기가 있었는데, 어머니는 했던 말을 하고 또 하는 치매였고 시어머니는 한 번 들으면 잊고 또 잊는 치매였습니다. 그래서 우리 어머니가 했던 말을 또 하면 시어머니는 그때마다 처음 듣는 것처럼 "그러셨어요, 사돈?"이라며 적극적으로 반응해주셨습니다. 그 모습이 얼마나 귀여웠는지 모릅니다.

어머니가 점점 노쇠해지면서 화장실에 가다가 바지에 대변을 지리는 일이 간혹 있었습니다. 보통은 도우미 아주머니가 뒤

처리를 해주셨지만 아주머니가 자리를 비운 때에는 시어머니가 직접 휴지와 물티슈로 싹 닦고 옷을 갈아입혀 주셨습니다. 직접 뒤를 닦아주신 시어머니도, 사돈에게 몸을 맡긴 어머니도 나는 눈물 나게 고마웠습니다. 두 분의 우정은 사돈 관계를 넘어 훨씬 깊은 차원의 뭔가가 아니었을까 싶습니다.

2000년에 어머니가 98세로 돌아가신 후 혼자 남은 시어머니가 무척 쓸쓸해하셨습니다. "나도 사돈 따라 빨리 죽어야 하는데 나는 왜 안 데려가나……" 하는 말을 푸념처럼 자주 하셨습니다. 시어머니는 2007년 우리 어머니와 같은 나이가 되던 해에 집에서 앓다가 편안하게 돌아가셨습니다. 어떤 응급처치도 연명치료도 받지 않으셨습니다. 아들과 딸들, 모든 손자 손녀들이 지켜보며 기도하는 가운데 편안하게 마지막 숨을 내쉬었습니다. 우리는 시어머니가 정말 좋은 곳으로 가셨다는 걸 느낄 수 있었습니다.

사람들은 내게 어떻게 한집에서 두 노인을 모시면서 세끼 밥상을 따로 차려드리는 생활을 그리 오랫동안 했냐고 묻습니다. 하지만 나는 그때가 정말 행복했습니다. 나를 낳고 내 남편을 낳아준 두 어머니가 한집에서 오순도순 사이좋게 지내는 모습을 보는 것도 행복했고, 두 분에게 내 손으로 밥을 지어드리는 것도 너무나 행복했습니다. 두 분을 너무나 사랑했기에 모시고 섬기는 것은 당연한 일이었습니다.

많은 사람들이 작별 인사도 제대로 하지 못하고 부모의 죽음을 맞습니다. 제대로 효도하지 못했을수록 후회는 더 큰 법입니다. 하지만 나는 후회할 게 없습니다. 두 분 인생의 마지막 시기를 함께하면서 원 없이 내 모든 사랑을 다 드렸기 때문입니다.

부
지
런
한

마
음

5장

매일 하던 일도 영리하게 하면 달라진다

요리에도
기발함이
필요하다

둘째 딸이 초등학교 1학년쯤에 이런 말을 했습니다. "엄마, 나는 과일을 반찬으로 먹었으면 좋겠어. 파인애플로 찌개를 하고 포도는 조리고 바나나는 굽고. 그렇게 해서 밥이랑 먹으면 정말 좋겠어."

순간 내 머릿속에 번쩍하며 아이디어가 떠올랐습니다. 그래, 정말 바나나 반찬을 만들어볼까?

그래서 바나나를 채소와 볶아보기도 하고 구워보기도 했는데 향이 너무 빠지고 물러져서 맛이 없더군요. 고민하다가 기름에 살짝 튀기니까 겉은 바삭하고 속은 촉촉해서 먹을 만했습니다. 남편이 좋아하는 가지튀김에 바나나튀김을 고명으로 얹어 탕수육 소스를 뿌려내니 아주 좋은 술안주가 되었습니다.

80년대 후반에 누군가 나에게 후리가케라는 밥에 뿌려먹는 가루를 선물로 주었습니다. 생선가루에 참깨, 김, 소금 등을 혼합한 일종의 조미료였지요. 이걸 보는 순간 우리 식으로 적용해볼 수 있겠다는 생각이 들었습니다. 집에 있는 북어포와 다시마로 후딱 후리가케를 만들었습니다. 북어는 강판에 갈아서 가루를 만든 후 프라이팬에 살짝 볶았고, 다시마는 잘게 잘라 팬에서 볶은 뒤 분쇄기에 넣어 가루로 만들었습니다. 이걸 섞어서 소금 간을 하면 그대로 천연 조미료가 되는 것이지요. 밥에 뿌려먹어도 좋지만 나는 주로 김밥에 이용했습니다. 단촛물로 초밥을 만들 때 이 가루를 넣고 함께 비비니 감칠맛이 증폭했습니다. 다른 재료를 넣을 필요도 없이 그냥 말기만 해도 훌륭한 김밥이 됩니다.

유재석 씨가 진행하는 KBS〈해피투게더〉'야간매점'에 출연한 적이 있습니다. 재미있는 메뉴를 준비해 오라기에 뭘 할까 하다가 수박국수를 들고 나갔습니다. 신 김칫국물에 수박즙을 섞어서 냉국수를 해 먹는 것인데, 함께 나온 쟁쟁한 셰프들을 꺾고 우승을 차지해 야간매점 메뉴판에 내가 만든 메뉴를 걸었습니다.

김칫국물에 수박즙을 섞는 것을 보고 많은 사람들이 놀랐나 봅니다. 하지만 이 정도는 궁리하다 보면 얼마든지 나올 수 있는 아이디어입니다. 딸들이 결혼하고 두 어머니도 돌아가신 뒤로는 줄곧 남편과 단둘이 살고 있습니다. 그러니 수박 한 통을 사면 둘이서 실컷 먹어도 남을 수밖에 없습니다. 어느 날 이걸 어떻게 빨리 처리할까 고민하다가 요리 재료로 써보자는 생각이 들었습니다. 수박은 수분이 많으면서 과일 치고는 신맛이 덜하고 달콤하므로 국물 요리에 적용해보기로 했습니다.

먼저 수박을 파내어 믹서에 간 다음 신 김칫국물을 섞었습니다. 이걸 그냥 쓰면 국물이 지저분하니까 체에 밭쳐서 맑게 걸러내야 합니다. 여기에 국간장, 향신즙, 소금을 넣어 간을 하면 시원하고 달콤한 냉국수 국물이 됩니다. 국수는 일반 기계 소면을 써도 좋지만 이왕이면 손으로 뽑는 수연소면이 좋습니다. 이걸 삶아서 냉수에 바락바락 헹구고 참기름과 소금으로 밑간을 하여 그릇에 담은 다음 국물을 붓고 고명을 올리면 끝이지요. 고명으로는 참외나 오이를 채 썰어 넣는 것이 잘 어울리지만 그냥 김치와 수박을 깍둑 썰어 넣어도 좋습니다. 고명에는 미리 소금으로 밑간을 해두는 게 더 맛있습니다.

방송에서는 이 국수를 '심심수수'로 소개했습니다. '심영순이 심심할 때 해 먹는 수박국수'라는 뜻으로 〈해피투게더〉작가가 지어준 것입니다. 우리 가족들끼리는 그냥 수박국수라고 부릅니다.

버리지 말고 써먹어라, 활용 만점 레시피

이처럼 남아도는 재료를 활용하는 법을 찾다 보면 요리의 아이디어가 무궁무진하게 떠오릅니다. 바나나는 튀겨 먹고, 수박은 국수 국물로 활용합니다. 가을이면 이곳저곳에서 보내준 고구마가 남아도는데 이걸로도 다양한 요리를 할 수 있지요. 찐 고구마가 남았을 경우에는 믹서에 넣고 우유를 부어서 걸쭉하게 갈아내면 고구마라테가 됩니다. 꿀만 넣으면 누구나 맛있게 먹을 수 있지요. 차게 먹으면 아이스크림 같고 뜨겁게 먹으면 차 같답니다. 그래도 찐 고구마가 남았다면 밀가루를 좀 넣어 되직하게 만든 후 프라이팬에 버터를 녹여 얇게 부치는 방법도 있습니다. 여기에 딸기, 바나나, 사과 등을 얹어서 크레페처럼 싸 먹거나 잼을 바르면 아이부터 어른까지 다 맛있게 먹습니다.

혹은 생고구마를 얇게 썬 다음 그늘에서 바짝 말려 가루를 내는 방법도 있습니다. 밀가루와 함께 반죽해서 파이를 만들어도 되고 전을 부쳐도 좋습니다. 우유에 달걀을 풀고 밀가루와 고구마가루를 넣어 전을 부치면 감자전 못지않은 별미가 됩니다.

간단하게 미음을 끓일 수도 있습니다. 불린 쌀을 믹서에 갈고 여기에 잘게 다진 고구마를 넣어서 약불에 오래 끓인 후 고운 체에 걸러주면 끝입니다. 좀 더 맛있게 먹고 싶다면 브로콜리를 갈아 넣어도 좋고 시금치를 갈아 넣어도 좋습니다. 배고플 때 스프처럼 먹어도 되고 치아가 좋지 않은 어르신들에게도 아주 좋습니다.

당근이 남아돈다면 어떻게 할까요. 사과와 함께 주스를 만들어 먹을 수도 있고 고구마미음처럼 당근미음을 만들 수도 있습니다. 혹은 얇게 썰어내어 쌀가루를 뿌리고 튀겨내는 방법도 있습니다.

　주부들은 명절이면 음식이 많이 남아서 골치라고들 말합니다. 하지만 나는 오히려 신이 납니다. 냉장고에 좋은 식재료가 그득하니 이것저것 실험해볼 기회가 많기 때문이지요. 가래떡이 특히 많이 남는데 몇 번의 실험 끝에 가래떡흑임자구이를 개발해냈습니다. 팬에 향신기름을 두르고 어슷 썬 가래떡을 쫙 깔아놓고 굽습니다. 한쪽 면이 어느 정도 익었을 때 흑임자를 솔솔 뿌린 다음 뒤집습니다. 중불에서 오랫동안 아래위를 누룽지처럼 노랗게 구워내는 것이 핵심입니다. 쌀조청에 생강차와 계피 물을 섞어서 묽은 소스를 만들어 가래떡흑임자구이와 함께 냅니다. 흑임자의 고소한 맛에 조청의 단맛과 향, 구운 가래떡의 바삭하고 쫄깃한 식감이 어우러져 기가 막힌 간식이 됩니다. 우리 남편은 설이 오면 떡국보다도 가래떡흑임자구이가 더 기다려진다고 합니다.

　남아도는 각종 전도 모두 활용할 수 있습니다. 그냥 전자레인지에 데워서 반찬으로 먹으면 맛이 없지만 전골 재료로 활용하면 일품요리가 됩니다. 만드는 방법도 쉽습니다. 끓는 물에 국간장, 소금, 향신즙으로 간을 한 후, 전을 먹기 좋은 크기로 썰어 넣으면 끝입니다. 멸치육수를 내면 더 좋지만 전 자체에 고기, 생선, 채소가 다 있기 때문에 맹물로 해도 충분히 맛이 있지요. 맨 아래에 당면을 넣어 끓이면 당면하고 전을 같이 먹는 재미가 색다르답니다.

이런 식으로 나는 잡채도 활용하고 심지어 갈비찜 국물까지 활용합니다. 갈비찜을 체에 밭치면 국물만 내려오지요. 이 국물을 조려서 병에 담아 냉장고에 넣어두면 고기양념장으로 며칠을 쓸 수 있습니다. 불고기를 재도 되고 덮밥 소스로 써도 됩니다. 갈비찜 고기는 다져서 볶음밥 재료로 쓰거나 식빵 위에 올리고 치즈를 뿌려서 오븐에 구우면 간단한 피자처럼 먹을 수 있습니다.

이처럼 음식이 남았다고 골치 아파 하지 말고 당장 활용할 수 있는 식재료로 생각하면 아이디어가 샘솟습니다. 음식은 가만히 쳐다보고만 있으면 상해서 버릴 수밖에 없습니다. 하지만 몸을 움직여 요리를 하면 내 가족의 피가 되고 살이 되지요. 남은 식재료를 버리지 말고 끝까지 활용할 방법을 찾아보면 그것이 바로 요리 고수가 되는 지름길입니다.

요리 잘하는 사람은
시간도 잘 쓴다

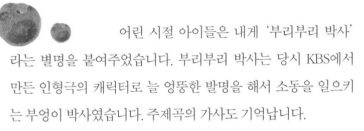어린 시절 아이들은 내게 '부리부리 박사'라는 별명을 붙여주었습니다. 부리부리 박사는 당시 KBS에서 만든 인형극의 캐릭터로 늘 엉뚱한 발명을 해서 소동을 일으키는 부엉이 박사였습니다. 주제곡의 가사도 기억납니다.

"도토리 세 알에다 장미꽃 한 송이, 달님 속 계수나무, 별똥별 하나. 이것저것 쓸어 모아 발명을 한다, 발명을 한다!"

아이들 눈에는 요리를 하는 엄마가 발명가처럼 신기해 보였나 봅니다. 냉장고에 있는 각종 재료와 찬장 속의 양념들을 꺼내서 쓱 섞으면 순식간에 떡볶이가 만들어지고 잡채가 만들어지니, 엄마가 부리부리 박사처럼 발명을 하나 보다 생각했던 것이지요.

어느 해 막내의 생일날이었습니다. 그날따라 오전 요리 강습이 늦게 끝나서 부랴부랴 시장을 보고 집으로 달려갔지요. 벌써 막내가 20명 가까이 되는 친구들을 집으로 데려와서 어쩔 줄을 몰라 하고 있었습니다. "엄마, 지금 오면 어떡해요? 생일상을 언제 차려요?" 울먹이는 딸에게 "조금만 기다려"라며 안심을 시켰습니다.

"알지? 엄마는 부리부리 박사잖아!"

그러고는 정말 거짓말 안 보태고 한 시간도 채 안 되어 생일상을 다 차렸습니다. 마당 테이블 위에 햄버그스테이크와 달걀말이밥, 닭튀김, 샐러드와 과일을 아이 수대로 올리고 커다란 케이크와 음료수도 올렸습니다. 아이들을 부르니 다들 쏟아져 나와서 깜짝 놀랐습니다. 아무것도 없었는데 순식간에 음식이 나타났다면서 "윤정아, 너희 엄마는 요술쟁이인가 봐!"라며 입을 다물지 못했습니다.

지금도 나는 굉장히 손이 빠릅니다. 수업을 돕는 보조들이 내속도를 따라오지 못해서 곤혹스러워합니다. 나와 30년 넘게 호흡을 맞춘 보조도 지금까지 나한테 느리다고 혼이 납니다. 큰딸도 꽤 빠른 편이지만 나에게는 감히 명함을 내밀지 못합니다.

요리를 넘나들며 줄을 타는 감각

요리는 시간과의 싸움입니다. 요리는 만들어지는 시간이 있고 완성되길 기다리는 사람이 있습니다. 아무리 요리를 잘해도 속도가 받쳐주지 않으면 곤란합니다. 재료가 도마 위에서 썰리면서부터 접시 위에 완성되기까지 10~30분 안에 끝내는 것이 가장 좋습니다. 요리 시간이 너무 길어지면 요리하는 사람도 지치고, 또 기다리는 사람도 지칩니다. 이렇게 지쳐버리면 요리하는 것을 싫어하게 되어 요리로부터 점점 멀어지게 됩니다.

또한 요리는 시간을 잘 안배해야 합니다. 밥을 하고 국을 끓이고 반찬을 서너 가지 만들 경우 뭐 하나 너무 빨리 되거나 너무 느리게 되는 것 없이 동시에 모든 요리가 끝나야 합니다. 그래서 각각의 요리에 소요되는 시간을 거꾸로 계산해서 무엇을 먼저 하고 무엇을 나중에 할지를 잘 결정해야 합니다. 그래야 밥도 국도 반찬도 다 따뜻하게, 맛있게 먹을 수 있습니다.

요리 시간을 줄이려면 무엇보다 틈새 시간을 잘 활용해야 합니다. 요리 초보자들이 가장 못 하는 것이 이것입니다. 이들은 국을 끓이라고 하면 국에만 매달리고 생선을 구우라고 하면 생선에만 매달립니다. 육수가 끓는 동안 멍하니 냄비만 바라보고 서 있습니다. 그렇게 아까운 시간이 흘러갑니다.

이럴 때 나는 그들의 등짝을 한 대 때립니다. 뭘 하는 거냐, 정신 차려라 하며 혼을 냅니다. 육수가 끓는 동안 재료를 썰어야 하고 재료가 익는 동안 양념장을 만들어야 합니다. 밥이 뜸이 드는 동안 나물을 무치고 밑반찬을 꺼내야 합니다. 그리고 틈틈이 양념장을 골고루 뿌리고 얼마나 익었는지, 간이 맞는지 체크해야 합니다.

한식은 다른 나라 음식과 달리 한꺼번에 많은 음식을 준비해야 하는 어려움이 있습니다. 이걸 짧은 시간에 해내기 위해서는 요리에서 요리를 넘나들며 줄을 타는 감각이 필요합니다. 이건 머리가 좋다고 하루아침에 되는 일이 아닙니다. 요리를 자꾸 해서 감이 생겨야 합니다.

나는 아침에 일어나서 7첩 반상을 차리는 데에 30분도 걸리지 않습니다. 밥을 하는 데에는 20분이 걸리고 국을 끓이는 데에는 5분이면 되지요. 나물을 무치는 데에도 한 가지에 5분이면 충분합니다. 고기나 생선 요리도 10~20분 정도면 됩니다. 이걸 하나씩 다 합치면 한 시간 반이 걸리겠지만 밥을 앉혀놓고 나물을 다듬고, 국을 끓이면서 나물을 데치고, 생선을 구우면서 국에 간을 하고 밥에 뜸을 들인다면 30분 만에 모든 준비가 끝나게 됩니다.

그러니 시간이 없어 요리를 못 한다는 말은 핑계입니다. 사실은 요리를 안 하기 때문에 시간이 없는 것입니다. 요리를 하지 않다 보니 경험이 쌓이지 않아서 빠른 시간 안에 요리하는 법을 모르는 것입니다.

요리에도 시스템을 만들어라

요리에 익숙해진다는 것은 스스로 좌충우돌하는 경험을 쌓아 자신만의 시스템을 만들어가는 것입니다. 몇 번 우왕좌왕하다 보면 알게 됩니다. 마늘과 파처럼 자주 쓰는 재료는 미리 갈거나 썰어서 밀폐용기에 담아두고 멸치육수, 고기육수 등도 미리 만들어서 냉장고에 보관해두면 훨씬 시간을 절약할 수 있습니다. 쌀은 잡곡과 함께 하루치를 밤새 불려서 냉장고에 넣어두면 밥 짓는 일이 아주 간단해지지요. 이런 일은 한가한 날 10분이면 해치울 수 있는 간단한 일이지만 요리 시간을 단축해주는 효과는 지대합니다.

또한 칼과 냄비, 프라이팬 등의 조리 도구들도 언제나 완벽하게 준비해두어야 합니다. 설거지가 잔뜩 쌓여 있으면 요리를 시작하기 전부터 의욕이 사라집니다. 프라이팬이 눌어붙으면 요리하기가 싫어집니다. 칼이 무뎌서 잘 썰어지지 않으면 어깨가 아프고 손목도 아파서 요리를 그만두고 싶어집니다. 게다가 손가락을 다칠 위험까지 있습니다.

그러니 설거지는 먹고 나서 바로 해치워야 하고, 조리 도구들은 늘 상태를 점검하여 즉각적으로 문제를 해결해두어야 합니다. 한 달에 한두 번, 잠깐 짬을 내서 칼을 날카롭게 갈아두고 도마의 위생 상태도 수시로 점검해야 합니다. 나는 편백나무로 된 통원목 도마를 쓰는데 요리가 끝나면 심심할 때마다 불에다 도마를 굽습니다. 가스레인지를 약불로 틀어놓고 몇 번 왔다 갔다 하며 그슬리면 소독이 끝납니다.

얼마 전에는 싱크대 문짝에 붙어 있는 칼집을 깨끗이 세척했습니다. 밑에 대야를 갖다놓고 물을 흘리면서 씻으니 안쪽에 있는 때까지 깨끗이 씻어낼 수 있었습니다. 이런 일쯤이야 밤에 발 닦기 전에 잠깐 틈을 내서 해치우면 됩니다.

이렇게 하나씩 시스템을 만들어가며 경험을 쌓다 보면 어느 순간 거대한 흐름이 찾아옵니다. 굳이 머리를 쓰고 순서를 계산하지 않아도 팔과 손이 알아서 척척 요리를 합니다. 거의 무아지경 상태에서 자신도 모르게 완벽하게 칼질을 하고 양념을 합니다. 요리를 잘하는 사람들은 거의 대부분 이러한 흐름을 경험합니다. 물아일체(物我一體)처럼 주변의 모든 소란이 사라지고 나와 요리가 하나가 되는 순간을 경험하는 것이지요.

요리는 사랑이 아니고서는 설명할 수 없습니다. 내 손으로 요리를 해서 가족을 먹이는 건 사랑하기 때문입니다. 내일 하루 식사를 위해 미리 잡곡을 씻어 불려놓는 것도 사랑이고, 멸치육수를 우려 냉장고에 넣어두는 것도 사랑입니다. 피곤함에도 불구하고 30분 먼저 일어나 식사 준비를 하는 것도 사랑이 일으키는 기적입니다.

하지만 그 사랑이 꼭 번거롭고 긴 시간이 걸릴 필요는 없습니다. 요리는 머리를 쓰면 쉬워집니다. 몸을 쓰면 더 쉬워집니다.

경험이 쌓이면 시간을 줄여서 효율적으로 요리할 수 있습니다. 지금 당장은 앞길이 구만리 같겠지만 계속 노력하다 보면 어느새 눈을 감은 채로 찌개를 끓이고 나물을 무칠 수 있는 날이 반드시 옵니다. 그러니 귀찮다, 힘들다, 번거롭다, 불평하지 말고 지금 당장 부엌으로 들어가 요리를 시작해야 합니다.

미리 준비하는 것보다
더 큰 비법은 없다

한식으로 밥을 먹으려면 국과 찌개를 끓이는 일이 제일 귀찮다는 말들을 많이 합니다. 사실 요리를 늘 하는 사람들에겐 국과 찌개야말로 쉬운 요리입니다. 육수에 고기, 생선, 채소, 두부 정도를 썰어 넣고 간만 맞추면 끝나는 요리니까요. 그런데도 다들 어렵게 생각하는 이유는 아마도 육수 때문이겠지요.

육수를 끓이려면 건어물이나 쇠고기가 있어야 하고 맛이 충분히 우러나오게 하려면 10분 정도 끓여야 하지요. 이걸 날마다 처음부터 하려면 재료를 준비하기가 힘들고 요리 시간이 길어집니다. 그러니 당연히 국 끓이는 일이 귀찮아집니다.

요리를 잘하려면 기동력이 있어야 합니다. 뭘 해 먹을까 생각했을 때 머릿속에 떠오르는 것을 즉시 구현할 수 있어야 요리와 친해집니다. 콩나물국을 끓이는데 멸치부터 건새우와 다시마까지 다 사야 한다면 그야말로 번거롭지요. 콩나물국을 먹고 싶으면 콩나물만 사면 되고 미역국이나 북엇국, 된장찌개 정도는 장을 안 보고도 언제든 끓일 준비가 되어 있어야 합니다. 순두부 한 봉지만 사 오면 10분 만에 뚝딱 순두부찌개를 끓일 수 있고 먹다 남은 나물이나 전이 있으면 전골 요리도 금방 해낼 수 있어야 합니다.

그러려면 육수를 미리 만들어두는 것이 가장 좋습니다. 육수는 크게 멸치육수와 쇠고기육수로 나뉩니다. 멸치육수는 북엇국, 콩나물국, 우거짓국, 된장국에 잘 어울리고, 쇠고기육수는 무국, 미역국, 육개장, 갈비탕, 된장찌개, 순두부찌개, 콩비지찌개 등에 잘 어울립니다. 전골과 매운탕에는 멸치육수도 좋고 쇠고기육수도 좋습니다. 이 두 가지 육수만 떨어지지 않게 만들어두면 어떤 요리도 두렵지 않습니다.

만드는 법도 어렵지 않습니다. 멸치육수는 미지근한 물에 마른 멸치와 건새우, 다시마를 담그고 4~6시간 우려내면 됩니다. 이렇게 말하면 4~6시간씩이나 어떻게 기다리느냐고 묻는 사람이 있더군요. 기다리는 게 아니라 그냥 담가둔 채로 잊어버리면 됩니다. 자기 전에 담가두었다가 아침에 일어나면 저절로 완성되어 있습니다. 체에 밭쳐서 물병에 담아 냉장고에 넣어두면 끝입니다. 2~3일 정도는 끄떡없이 보관할 수 있습니다.

멸치육수를 끓여 쓰는 사람이 많은데 끓이는 것보다 이렇게 우려내는 것이 비린내가 나지 않아 더 맛있습니다. 시간을 단축하고 싶다면 재료를 넣고 가열하다가 물이 끓어오르려는 순간 불을 끄고 한두 시간 우려내는 방법도 있습니다.

쇠고기육수는 양지머리로 냅니다. 먼저 양지머리를 찬물에 씻어 핏물을 빼고 끓는 물에 넣어 끓입니다. 사방 2센티 정도 익었을 때 찬물 한 컵을 부어 다시 끓입니다. 이렇게 해야 고기 세포의 모공이 벌어져서 속의 육즙이 우러나고 겉이 익어서 핏물이 나오는 것을 막을 수 있지요. 물이 100이라고 하면 80 정도로 줄어들 때까지 끓이면 완성됩니다. 완전히 식혀서 물병에 넣고 냉장고에 보관하면 3일, 냉동하면 훨씬 더 오래 쓸 수 있지요.

쇠고기육수를 만들 때 마늘, 파, 무 등을 넣고 함께 끓이는 사람들이 많습니다. 그런데 이렇게 하면 보관 기간이 줄어들기 때문에 그냥 양지머리만 넣고 육수를 내고 다른 재료는 요리할 때마다 넣는 것이 낫습니다. 육수를 내고 나서 양지머리는 잘게 찢어 간장, 다진 마늘, 참기름, 후추 등에 재워 살짝 볶아놓았다가 떡국이나 국수 고명으로 써도 되고 육개장을 끓여도 됩니다. 많은 사람들이 육개장은 집에서 끓여 먹기 어려울 거라고 생각하지만 냉장고에 쇠고기육수와 양지머리가 있으면 10분 만에 간단하게 끓일 수 있습니다. 숙주, 대파, 토란대 정도만 따로 장을 보면 되지요.

육수가 있으면 국, 찌개, 전골만 만들 수 있는 게 아닙니다. 육수는 그 자체로 훌륭한 양념입니다. 고기와 건어물의 감칠맛이 녹아 있기 때문에 맛의 깊이를 더해줍니다. 나는 나물을 무칠 때, 볶음 요리와 조림 요리를 할 때 육수를 양념으로 요긴하게 활용합니다. 고사리나물을 만들 때에는 삶은 고사리에 국간장, 소금, 참기름, 향신즙을 넣고 쇠고기육수 몇 큰술을 더해 조물조물 무친 다음 팬에 볶아내면 그렇게 맛있을 수가 없습니다. 우리 가족은 짭짤한 김무침도 무척 좋아하는데 여기에도 쇠고기육수가 들어갑니다. 살짝 구운 김을 비닐봉지에 넣고 잘게 부순 다음 고추채, 밤채, 쪽파, 통깨를 함께 섞습니다. 쇠고기육수, 향신장, 물엿을 살짝 끓여서 부순 김에 넣고 무치면 밥도둑이 따로 없습니다.

무나물도 쇠고기육수를 넣는 것이 비법입니다. 먼저 무채를 썰어서 소금에 살짝 절여야 합니다. 그래야 익어도 부서지지 않습니다. 그다음에 끓는 물에 살짝 데쳐서 단맛과 맹맹한 맛을 빼냅니다. 이걸 망에 걸러놓았다가 팬에 육수를 넣고 국간장과 소금, 향신즙을 넣고 볶아냅니다. 마지막에 파채와 통깨만 뿌리면 기가 막히게 맛있는 무나물이 완성되지요.

도미구이를 할 때에는 손질한 도미를 굵은소금, 향신즙, 향신장, 참기름에 재어두면 비린내가 가시고 맛있어집니다. 이때 멸치육수도 반 컵 정도 넣으면 생선의 감칠맛이 증폭합니다. 송이버섯볶음을 하는 경우 향신장, 향신즙, 고추기름 등으로 볶음양념을 만드는데 여기에 쇠고기육수를 몇 큰술 넣으면 훨씬 맛있어집니다. 마찬가지로 장어볶음, 표고버섯볶음에도 육수를 넣으면 맛이 훨씬 깊어집니다.

죽을 끓일 때나 콩나물밥, 곤드레밥 등을 할 때에도 밥물을 육수로 하면 맛이 고급스러워집니다. 봄에 바지락이 통통해질 때에는 조갯살죽을 끓여 먹곤 합니다. 이때 멸치육수를 베이스로하면 너무나 맛있답니다. 콩나물밥, 김치밥, 곤드레밥은 멸치육수에, 장어양념밥, 송이버섯밥은 쇠고기육수에 하면 더 맛있지요. 이처럼 육수만 잘 갖춰놓으면 국, 찌개, 탕, 전골에서부터 무침, 볶음, 밥까지 안 되는 게 없습니다.

요리는 재료 손질과 양념 준비가 절반입니다. 부엌에 진간장, 국간장, 된장, 고추장, 식초, 소금, 후추, 설탕 등의 기본 양념을 갖춰놓고, 다진 마늘과 잘게 썰어놓은 파를 늘 준비해놓고, 냉장고 안에 멸치육수와 쇠고기육수를 떨어지지 않게 보관해둔다면 어떤 요리든 막힘이 없습니다. 여기에 비법 양념으로 향신장, 향신즙, 향신기름 등을 만들어놓는다면 요리는 더 쉬워지고 더 맛있어지지요.

단촛물 하나가
명품을 만든다

　　　　　단촛물은 초밥을 만들 때에만 쓰는 것으로
알고 있는 사람이 많습니다. 하지만 단촛물은 의외로 여러 요리
에 활용할 수 있는 핵심 재료입니다. 내 요리의 비결 중 하나가
바로 단촛물이지요.

　단촛물은 채소를 생으로 쓰거나 약간 익혀서 쓰는 경우에 아
주 요긴합니다. 샐러드, 겉절이, 생채, 냉채 등을 할 때 재료를 단
촛물에 살짝 담가두었다가 쓰면 맛과 식감이 확 살아납니다. 보
기에도 훨씬 싱그러워서 식욕을 돋우지요.

　예를 들어 돼지고기 편육에 채소를 곁들이는 돼지고기전채를
만들 때에는 오이, 마늘종, 더덕, 우엉 등을 함께 먹으면 아주 맛
있습니다. 이때 오이는 어슷하게 썰어 꽃소금에 절였다가 물기

를 꼭 짜두고, 더덕은 어슷하게 얇게 썰어 끓는 물에 데쳐놓습니다. 마늘종도 소금물에 데쳐서 어슷하게 썰어놓고, 우엉은 껍질을 벗겨서 아주 가늘게 채를 썰어 식초물에 삶습니다. 이렇게 준비를 끝낸 재료를 모두 단촛물에 담가둡니다. 잠깐 담갔다가 건져서 차게 식히면 탱글탱글 싱싱함이 살아납니다. 먹으면 아삭아삭 식감이 좋고 단맛과 신맛이 살짝 배어서 돼지고기와 아주 잘 어울립니다. 소독도 되고 기존 식재료의 맛도 올려주지요.

해파리냉채를 만들 때에도 비법은 단촛물입니다. 해파리를 접시에 펴놓고 그 위에 끓는 물을 끼얹어 오그라들게 합니다. 그걸 찬물에 담가 짠맛을 빼고 다시 단촛물에 담가 냉장고에 한두 시간 넣어두면 해파리의 뽀득뽀득하고 탱탱한 질감이 살아납니다. 해파리냉채에는 오이, 배, 늙은 호박 등을 곁들여 먹으면 맛있는데 이것들도 단촛물에 담그면 더할 나위 없이 맛있어집니다.

쌈채소를 날로 먹을 때에도 물에 씻어 단촛물에 담가두면 싱싱해집니다. 상추, 깻잎, 치커리, 로메인, 청경채, 케일, 적겨자, 청겨자 등을 단촛물에 담갔다가 고기와 함께 쌈을 싸먹거나 잘게 뜯어 겉절이를 하면 정말 맛있지요. 단촛물에 담가둔 채소는 오래 보관해도 잘 상하지 않습니다. 아마도 단촛물의 성분이 채소를 소독해주고 산화를 막아주는 것이겠지요.

단촛물을 활용한 요리 중에 정말 맛있는 요리는 생감자샐러드입니다. 감자를 실처럼 가늘게 채를 썰어서 단촛물에 담가두었다가 체에 걸러 물기를 빼서 다른 채소와 함께 드레싱을 뿌려 먹는 것입니다. 똑같은 방법으로 고구마를 활용해도 아주 맛있습니다.

단촛물은 보통 물에 식초와 설탕, 소금 약간을 섞어서 만들지요. 하지만 이것만으로는 심심하니 향을 내는 다른 재료를 첨가해주면 더 고급스러워집니다. 레몬즙이나 파인애플즙을 넣어도 좋습니다. 내 단촛물에는 유자청과 향신즙이 들어갑니다. 물 세 컵에 식초 1과 1/2큰술, 설탕 1과 1/2큰술, 소금 약간, 유자청 1큰술, 향신즙 1/2큰술을 혼합합니다. 맛을 보면 별로 달지도 시지도 않고 밍밍합니다. 하지만 채소를 잠깐 담갔다 헹구어주면 맛과 식감을 완전히 바꾸는 마법을 부립니다. 그러니 번거로워도 안 만들 수가 없습니다. 이런 작은 정성이 요리를 맛있게 만드는 비법이지요.

밥 짓기는
한식의 기본

연구원에서 처음 배우는 내용은 밥 짓기입니다. 한식의 기본은 밥과 찬이기 때문에 밥맛이 밥상 전체의 맛을 좌우한다고 해도 과언은 아닐 것입니다.

2015년 한국인의 1인당 쌀 소비량은 62.9킬로그램이라고 합니다. 1970년에는 136.4킬로그램이었습니다. 반백 년 사이에 쌀 소비가 절반으로 줄어든 이유는 무엇일까요. 밥 외에도 먹을 것이 많기 때문이겠지만 좀 더 들여다보면 다른 이유도 있습니다. 밥이 맛이 없기 때문입니다.

밥이 그냥 밥이지 무슨 맛을 따지나라고 생각한다면 진짜로 맛있는 밥을 못 먹어보았기 때문입니다. 밥은 그냥 밥이 아닙니다. 사실 밥은 우리 밥상의 주인공입니다. 반찬을 먹기 위해 밥이 있는 것이 아니라 사실은 밥을 먹기 위해 반찬이 있습니다. 반찬(飯饌)이라는 말 자체가 밥에 곁들여 먹는 음식을 뜻하는 것이니, 밥이 없으면 반찬은 아예 존재할 이유가 없습니다.

예전에 한국인은 밥을 참 많이 먹었습니다. 지금 밥공기의 두 배나 되는 그릇에 산더미처럼 솟아오르게 밥을 퍼 담았습니다. 대신에 반찬은 아주 작은 그릇에 담았습니다. 누가 보아도 밥을 먹기 위해 반찬을 먹는 것이지 반찬을 먹기 위해 밥을 먹는 것이 아니었습니다.

그러니 우리가 지금 먹는 걸 보면 조상님들은 주객이 전도되었다고 말하겠지요. 또한 지금 우리가 먹는 밥을 맛본다면 조상님들은 왜 이렇게 맛없는 밥을 먹느냐며 안타까워하겠지요.

밥이 맛없어진 데에는 여러 가지 이유가 있습니다. 우선 쌀이 맛이 없습니다. 한꺼번에 10~20킬로그램씩 사두니 도정한 후 너무 오랫동안 보관하게 됩니다. 껍질을 깎고 수개월이 지난 것을 먹어야 하니 쌀이 산화되어 맛이 없을 수밖에 없습니다.

또한 전기 압력밥솥을 사용하는 것도 밥맛에 영향을 줍니다. 압력을 주어 끓는 온도를 높이기 때문에 밥이 빠른 시간에 차지게 되는 장점이 있기는 합니다. 하지만 불 조절이 되지 않기 때문에 딱 적당한 정도의 맛에서 그칩니다. 밥이 맛있으려면 바닥에 황금색 누룽지가 생길 정도로 눌어야 합니다. 그래야 구수한 냄새가 밥알에 배어 밥맛이 진해지지요.

전기 압력밥솥이 아니라 불에 올려 쓰는 압력밥솥을 쓴다면 불 조절까지 가능하기 때문에 좀 더 맛있게 밥을 지을 수 있습니다. 하지만 이 역시 우리의 가마솥이나 돌솥에 비해 부족합니다. 솥밥이 맛있는 이유는 바닥이 둥글어서 대류현상이 활발하게 일어나기 때문입니다. 밥알이 제각각 움직이면서 밥알과 밥알 사이에 더 많은 공기층을 만들게 되지요. 같은 양의 쌀을 압력밥솥과 솥으로 지어서 비교해보면 솥에 지은 밥이 훨씬 부피가 큽니다. 밥알의 모양도 압력밥솥에 지은 밥은 다 누워 있는 반면 솥으로 지은 밥은 누워 있는 것도 있고 서 있는 것도 있고 비스듬히 있는 것도 있습니다. 모두 제각각인 만큼 쌀알이 탱글탱글하게 살아 있어 식감이 좋습니다.

밥은 금방 지었을 때가 가장 맛있습니다. 보온을 하면 건조와 산화가 시작되어 밥이 메마르고 누렇게 변합니다. 옛날 사람들은 아무리 못 먹고 살아도 방금 지은 따뜻한 밥을 먹었습니다. 그때는 밥을 보관한다는 개념이 없었기 때문에 매 끼니마다 먹을 만큼만 짓는 것이 당연했습니다. 오히려 훨씬 부자가 된 지금 사람들이 오래 묵은 맛없는 밥을 먹고 삽니다.

조금만 신경을 쓰면 언제나 방금 지은 따뜻한 밥을 가족에게 먹일 수 있습니다. 쌀을 미리 불려두기만 하면 밥을 짓는 데에는 뜸 들이는 시간까지 포함하여 20분이면 충분합니다. 그 20분 동안 반찬과 국, 찌개를 준비하면 밥상을 차리는 시간이 더 늘어나지도 않습니다. 솥밥을 하면 방금 지은 따뜻하고 폭신폭신한 밥을 먹을 수 있고 누룽지를 먹을 수 있고 구수한 숭늉까지 먹을 수 있습니다. 또한 쌀을 소량으로 자주 사서 먹는다면 도정한 지 얼마 되지 않은 쌀로 밥을 짓기 때문에 밥맛이 더욱 좋아집니다.

우리 가족은 처음부터 방금 지은 솥밥 맛에 길들었기 때문에 밖에 나가서 외식을 즐겨하지 않았습니다. 반찬은 그럭저럭 먹는다 해도 밥맛에서 너무 큰 차이가 나기 때문입니다. 특히 스테인리스 밥공기에 나오는 밥은 최악입니다. 밥을 미리 퍼서 오랫동안 온장고에 보관하니 맛이 있을 수가 없습니다. 밥맛이 이러면 입안에서 밥알이 퍼석거려서 반찬이 아무리 맛있어도 밥이 넘어가지 않습니다. 밥집들이 제일 먼저 고쳐야 할 점입니다.

대한민국의 모든 가정이 방금 지은 따뜻한 솥밥을 먹고 살길 바랍니다. 그러려면 다들 직화용 밥솥을 하나씩 장만해야 합니다. 솥은 무쇠솥도 좋고 돌솥도 좋고 옹기솥도 좋습니다. 밥맛은 조금씩 다르지만 다 맛있습니다. 양에 따라 1인용에서 20인용까지 다양하게 나오니 식구 수에 맞춰 장만해두는 것이 좋겠습니다.

솥밥을 짓는 법은 결코 어렵지 않습니다. 불린 쌀과 잡곡을 넣고 뚜껑을 열어둔 채로 중불에서 계속 끓이면 됩니다. 물이 부글부글 끓어서 밥물이 졸아들 정도가 되면 약불로 줄였다가 완전히 졸아들면 불을 끄고 뚜껑을 덮어 뜸을 들입니다. 누룽지를 만들고 싶지 않으면 불을 빨리 끄고, 누룽지를 만들고 싶으면 약불에 좀 더 오래 둡니다. 복잡하게 들리지만 직접 해보면 정말 쉽습니다.

또한 나는 대한민국 국민이라면 누구나 냄비밥을 할 줄 알아야 한다고 생각합니다. 냄비는 뚜껑이 가볍기 때문에 압력이 없어서 밥의 차진 맛은 떨어집니다. 대신에 불조절을 잘하면 밥의 구수함을 살릴 수 있지요. 누구나 냄비밥을 할 줄 알아야 하는 이유는 냄비는 언제 어디서나 쉽게 구할 수 있는 밥 짓는 도구이기 때문입니다. 캠핑이나 여행을 가서도, 외국에 장기 여행이나 출장을 가서도 냄비만 있으면 밥을 지어 먹을 수 있습니다. 지금처럼 전기 압력밥솥밖에 쓸 줄 모른다면 갑작스러운 상황에서 밥을 먹고 싶어도 지을 줄 몰라 못 먹게 됩니다.

냄비밥을 짓는 법도 그리 어렵지 않습니다. 뚜껑을 덮고 처음에는 센 불이나 중간 불에서 끓이다가 물이 넘치려고 하면 약한 불로 줄여서 약간 그슬린 밥 냄새가 날 때까지 끓이면 됩니다. 그대로 5~10분 정도 두면 완성이지요.

우리말로 요리는 보통 '만든다'고 하는 반면 밥은 유독 '짓는다'고 합니다. '짓는다'고 표현하는 또 다른 것들로는 집을 짓는다, 독을 짓는다, 약을 짓는다, 시를 짓는다, 미소를 짓는다, 이름을 짓는다 등이 있지요. 들여다보면 '짓는다'에는 '만든다'에서는 느낄 수 없는 말의 무게가 있습니다. 더 많은 공을 들이고 마음을 다해 만든다는 정신적인 개념이 깃들어 있습니다. 우리 조상들이 밥을 짓는 행위를 얼마나 중요시했는지 느낄 수 있습니다. 밥을 밥상 위에 당연히 있는 그저 그런 존재로 소홀히 여기지 말고, 없어서는 안 되는 귀한 존재로서 제 몫을 찾아주었으면 합니다.

곧은 마음

6장

한식은 한식다울 때 가장 아름답다

여든넷 남편이
그토록 생생한 까닭

지난해에는 바쁘다 보니 초겨울이
되어서야 동치미를 담가야겠다는 생각이 퍼뜩 떠올랐습니다.
무는 12월 초가 끝물이니 마음이 급했지요. 새벽에 남편과 함께
시장에 가서 오동통한 무 다섯 박스를 샀습니다. 동치미를 담그
는 김에 짠지도 함께 담가 요리 수업에 활용하고 딸들과도 나눠
먹을 생각이었습니다.

그렇게 무를 사서 옥수동으로 왔는데, 그날따라 우리를 도와
줄 사람이 아무도 없더군요. 별수 없이 남편이 그 많은 무를 5층
까지 옮겼습니다. 기다리면 도와줄 사람이 오겠지 했는데, 직원
들은 모두 외근을 나갔고 딸들도 수업이다, 손님 접대다 하여 코
빼기도 비추지 않았습니다. 결국 그 많은 무를 우리 부부 둘이서

다듬고 씻고 절였습니다.

그날 밤 침대에 누워 곰곰이 생각해보니 내가 미쳤구나 싶었습니다. 남편의 나이가 올해로 여든하고도 넷입니다. 무거운 걸 들다가 조금이라도 삐끗하면 위험할 수 있는 나이입니다. 그런데 나는 그 많은 무를 옮기게 하고는 몇 시간을 쭈그려 앉아서 무를 다듬고 씻고 소금에 굴리게 했습니다. 일을 끝낸 후에는 다시 무를 차에 실어달라고 했고 집에 와서는 독에 넣는 일까지 시켰습니다. 이런 일이 손에 익은 나도 녹초가 됐는데 남편은 오죽할까요. 내가 사람을 잡았구나, 나 때문에 남편이 골병들겠구나 하며 뒤늦게 후회를 했습니다.

사실 나는 남편이 얼마나 나이가 많은지를 곧잘 잊어버립니다. 우리 남편은 뒤에서 걷는 모습을 보면 성큼성큼 걷는 것이 젊은이처럼 보입니다. 허리도 꼿꼿하고 다리에도 힘이 느껴집니다. 눈이 초롱초롱하고 정신도 맑습니다. 이렇게 건강하니 내가 남편의 나이를 의식하지 못하고 자꾸만 일을 시킵니다.

남편은 나의 전용 운전기사이기도 합니다. 매일 출퇴근은 물론이고 일요일에는 딸들이 다니는 교회를 따라 용인 동백으로, 수원 광교로 차를 몹니다. 운전도 얼마나 부드럽게 잘하는지 나는 옆에서 편안하게 음악을 듣습니다.

남편은 나의 개인 비서이기도 합니다. 내가 손으로 휘갈겨 쓴 레시피를 타이핑해서 보기 좋게 인쇄해주는 사람이 남편입니다. 지금까지 작성한 레시피도 모두 남편의 컴퓨터에 들어 있습니다. 어떤 요리의 레시피를 확인하고 싶다고 하면 5분도 걸리지 않아 컴퓨터에서 찾아줍니다. 내가 시도 때도 없이 레시피를 타이핑해달라고 하고 수정과 추가를 반복해도 군말 없이 해줍니다.

이것만이 아닙니다. 남편은 나의 재정 관리를 도맡아합니다. 매달 요리 연구원에서 생기는 소득, TV 출연료, 강의료 등을 꼼꼼히 확인하고 여기저기 나가는 지출과 후원금, 부조금 등도 남편이 관리합니다. 세금 신고도 알아서 척척 해줍니다. 가끔 지출이 많다며 잔소리를 늘어놓긴 하지만, 그래도 모두 알아서 해주니 너무너무 편합니다.

주위를 돌아보면 내 나이에 남편을 가진 사람은 많지 않습니다. 게다가 이렇게 건강한 남편을 가진 여자는 더욱 드물지요. 매달 대학 동창 모임, 공무원 은퇴 동기 모임을 갖는 남편은 인원수가 자꾸 줄어드는 것에 마음 아파합니다. 대학 동창 모임의 경우 처음에는 열 명으로 시작했다가 지금은 다섯 명밖에 남지 않았고 그중에도 아픈 사람이 많지요. 우리 남편처럼 지금까지 이렇게 생생한 사람은 보기 드뭅니다.

남편은 이게 다 내가 해준 밥 덕분이라고 말합니다. 다른 남자들은 늙어가면서 아내에게 밥 얻어먹기도 힘든데 자기는 매일 임금님보다 호사스러운 밥상을 받으니 영양은 물론 기가 살아서 건강한 것이라고 말합니다.

어쩌면 모든 게 한식 밥상의 힘

실제로 56년의 결혼생활에서 내가 남편에게 잘한 것을 꼽으라면 단연 밥상입니다. 특별히 외식을 하지 않는 한, 아침저녁 두 끼는 반드시 내 손으로 상을 차려주었습니다. 부부싸움을 심하게 하고 속에서 천불이 나서 확 이혼해버릴까 하는 생각이 샘솟는 날에도 밥상만큼은 최선을 다해 차려주었습니다.

우리 집 밥상은 한식을 기본으로 합니다. 밥, 국, 찌개, 김치, 젓갈, 장아찌 등을 기본으로 생선이나 해물, 닭이나 고기 반찬, 나물 반찬이 오릅니다. 특히 나물은 우리 집 상차림의 핵심입니다. 봄에는 쑥, 두릅, 냉이, 달래, 씀바귀, 원추리, 돌나물 등을, 여름에는 우엉, 더덕, 비름나물을, 가을에는 도라지, 고사리, 다래, 아주까리, 연근 등을, 겨울에는 각종 버섯류와 시래기, 곤드레, 취나물을, 그리고 계절과 상관없이 콩나물, 무나물, 미역무침, 시금치무침 등을 늘 상에 올렸습니다. 고기 없이는 밥을 먹어도 나물 없이 밥을 먹어본 기억은 거의 없습니다.

제일 신경 쓴 건 아침이었습니다. 아침에는 언제나 7첩 반상 이상을 올렸습니다. 잡곡밥에 찌개나 국, 찜 하나, 조림 한두 개, 나물무침 두세 개, 젓갈, 김, 밑반찬 등을 늘 차려냈지요. 전날 저녁 메뉴와 겹치지 않게 언제나 새로운 메뉴를 올렸습니다. 보리 현미밥에는 우거지찌개와 참나물무침, 두부조림, 더덕장아찌, 김과 멸치볶음, 달걀찜을, 현미밥에는 시원한 무국과 삼치구이, 시금치나물, 두릅초장, 꽈리고추조림, 명란찜, 김실파무침, 김치 돼지찜을 차렸습니다. 어느 한정식집에 가도 먹기 힘든 초호화 밥상이었지요.

남편이 이렇게 건강한 것은 분명 식생활과 관련이 있습니다. 남편뿐만 아니라 나도 아픈 데 없이 건강한 편이고 우리 어머니 와 시어머니도 건강하게 98세까지 사셨으니 모두가 식생활 덕 분이라고밖에는 설명할 수가 없습니다. 시어머니는 집에서 일 주일 정도 앓다가 편하게 돌아가셨고 어머니는 평상시처럼 화 투를 치다가 돌아가셨습니다. 여느 때처럼 화투패를 떼시다가 "아유, 죽겠다. 아유, 죽겠다" 하며 옆으로 누운 것이 어머니의 마지막이었습니다.

한식은 이처럼 대단합니다. 다른 집들은 비타민이다, 건강보 조식품이다, 챙겨먹는 것도 많다지만 우리 집은 늘 한식으로 밥 을 차려먹은 것 외에는 달리 챙겨먹은 것이 없습니다. 그런데도 병원 한 번 안 가고 거의 100세를 살고, 우리 남편은 여든넷에도 젊은이처럼 걷습니다. 나도 올해 77세인데 아직도 왕성하게 활 동합니다.

사람들은 한식에 대해서 너무 짜다거나 맵다고 하면서 건강에 안 좋다고 말합니다. 나는 이것이 음식과 식성을 혼동해서 생긴 오해라고 생각합니다. 짜고 맵게 먹는 것은 사람들의 식성이지 한식의 특징이 아닙니다. 중국 음식이나 서양 음식도 짜게 먹는 사람은 짜게 먹습니다.

한국 사람에게 한식은 보약입니다. 한국인의 장은 세계에서 제일 긴 것으로 알려져 있습니다. 서양인보다도 평균 30센티미터가 더 길다고 합니다. 그만큼 음식물이 장내에 머물러 있는 시간, 유해 물질이 쌓이는 시간이 더 깁니다. 이때 나물을 먹으면 그 섬유질이 소화를 촉진하고 장운동을 활발하게 해줍니다. 나물의 섬유소가 독소를 다 빼내기 때문에 머무를 시간도 없이 빠져나갑니다. 그래서 곡류와 채식 위주의 한식이야말로 한국인에게 최고입니다.

한국인이 이렇게 암에 잘 걸리고 온갖 성인병에 시달리기 시작한 것은 서구적 식생활이 밀려들면서부터입니다. 외식에 의존하고 패스트푸드에 기대면서 성인은 물론 아이들까지 아토피에 소화불량, 비만, 당뇨 등을 앓고 있습니다.

한 나라의 식생활은 그 나라 국민건강의 지표입니다. 정부에서도 국민의 건강을 위해 나트륨 줄이기 운동 같은 식생활 개선 캠페인을 벌이고 있습니다. 설탕을 규제하자는 논의도 활발합니다. 이와 같은 맥락에서 나는 한식을 기본으로 한 집밥 캠페인도 필요하다고 생각합니다. 한식은 우리 땅에서 나온 먹거리를 기본으로 하고 고기보다 채소 위주라서 그 자체로 건강 다이어트식입니다. 고기 요리도 주로 삶거나 끓여서 기름기를 제거하기 때문에 서양의 고기 요리에 비해 칼로리가 낮습니다. 또한 김치, 간장, 된장, 젓갈 등 발효 음식이 기본이라서 소화 흡수에 유리하고 면역력을 길러줍니다. 이렇게 좋은 한식을 기본 식생활로 한다면 국민건강이 증진됩니다. 성인병도 줄고 의료비도 줄어서 그만큼 보건복지에 소요되는 예산을 줄일 수 있습니다.

한식을 먹는 것이 국가의 경쟁력입니다. 많은 요리 전문가, 과학자, 의료인들이 나서서 한식에 대한 인식을 높여주길 바랍니다.

한식을 알리려면
그 철학부터

2013년 올리브 TV가 제작한 〈한식대첩〉이 세상에 처음으로 선을 보였습니다. 한식을 전면에 내세운 그 프로그램이 시작된 것이 나는 참 반가웠습니다. 많은 이들이 한식을 그저 촌스럽고 번거로운 음식으로만 생각할까 나처럼 걱정했던 이도 드물 것입니다.

한식은 세계 어떤 요리와 견주어도 손색이 없다고 생각합니다. 건강한 식재료라는 면에서, 조리법의 독창성이라는 면에서, 맛과 영양적 가치라는 면에서, 그리고 차림새의 아름다움이라는 면에서 어떤 요리에도 뒤지지 않습니다.

나물을 먹는 방법만 보아도 그렇습니다. 우리는 계절마다 산에서, 들에서, 밭에서, 심지어 강가와 바다에서까지 풀을 뜯어 먹습니다. 서양 사람들도 풀을 먹지만 그 종류는 우리의 나물보다 훨씬 적습니다. 레시피도 매우 단순해서 물에 씻어 소스를 뿌려 먹는 경우가 대부분입니다. 반면에 우리나라의 나물 먹는 방법은 수백 가지에 이릅니다. 어떤 것은 데쳐서 무치고, 어떤 것은 삶거나 쪄서 무치고, 어떤 것은 볶아서 무칩니다. 삶기 전에 절여야 하는 나물도 있고 볶기 전에 살짝 데쳐야 하는 나물도 있습니다. 봄이나 가을에 뜯어서 햇볕에 말려 겨울까지 먹는 나물도 있습니다. 간장 양념이 잘 어울리는 나물, 된장 양념이 잘 어울리는 나물, 소금과 기름만으로 무치는 나물, 초고추장에 살짝 찍어 먹는 나물 등 나물 하나만 제대로 요리하는 데에도 상당한 공부를 해야 합니다.

서양 요리에 피클이 있다면 우리 한식에는 장아찌가 있습니다. 그런데 피클에는 물, 식초, 설탕이라는 간단한 공식이 있지만 장아찌에는 이런 공식이 없습니다. 만드는 사람에 따라서 간장을 쓰기도 하고 된장을 쓰기도 하고 고추장을 쓰기도 합니다. 멸치육수나 쇠고기육수를 넣기도 하고 액젓을 넣기도 합니다. 식초를 아예 안 넣기도 하고 조금 넣기도 하고 많이 넣기도 합니다. 재료를 어떻게 해석하고 어떤 맛을 추구하느냐에 따라 레시피가 수만 가지로 달라집니다.

몇 년 전부터 사람들이 웰빙이다, 컬러 푸드다, 슈퍼 푸드다 하며 법석을 떠는데, 생각해보면 우리가 종종 먹는 잡곡밥에 나물 반찬이면 그 자체가 웰빙이고 컬러 푸드이고 슈퍼 푸드입니다. 시장에서 시금치, 콩나물, 고사리 등을 사 와서 조물조물 무쳐 잡곡밥과 먹으면 그 자체가 보약입니다. 된장찌개에 김치 하나만 먹어도 각종 채소와 고기, 해물과 곡물이 균형을 이룹니다. 죄다 발효 식품이고 발효 양념이니 유산균 영양제를 따로 먹을 필요가 없습니다.

우리 조상들은 집을 지을 때에도, 혼인과 같은 대소사를 결정하거나 어린아이의 이름을 지을 때에도 우주의 원리인 음양오행(陰陽五行)을 생각했습니다. 음식은 몸에 직접 넣는 것이므로 음양오행을 더욱 깐깐하게 적용했지요. 재료의 찬 성질과 뜨거운 성질을 적절히 배치하고 청(靑), 적(赤), 황(黃), 백(白), 흑(黑)의 오방색을 골고루 먹도록 했습니다. 몸과 태어난 땅은 하나라는 신토불이(身土不二), 먹는 것이 곧 보약이라는 약식동원(藥食同原). 음식에까지 이런 철학을 녹여낸 나라는 우리나라밖에 없지 않을까요?

시절이 바뀌더니, 한식을 세계화하자는 움직임이 다양하게 일어나기 시작했습니다. 이토록 훌륭한 한식이니 전 세계에 그 명성을 알리자는 것에 반대할 이유도 없겠지요. 그런데 그 내용을 살펴보면 꼭 '퓨전'이 언급됩니다. 전통 한식은 세계화할 수 없으므로 퓨전으로 가야 한다는 주장에 힘이 실리고 있습니다. 그래서인지 서양에서 공부한 셰프들을 한식 세계화에 앞장세웁니다.

퓨전은 거스를 수 없는 시대의 흐름이라는 것을 나도 잘 알고 있습니다. 인간은 본능적으로 새로운 지식이 생기면 기존의 지식과 융합하려고 합니다. 버터 맛을 알게 되니 거기다 밥을 볶아 먹고 싶고, 케첩 맛을 알게 되니 거기다 고추장을 섞어 먹고 싶어집니다. 우리도 그런 식으로 일본에서 들어온 김초밥을 한국식 김밥으로 만들었고 미국에서 넘어온 프라이드치킨을 양념통닭으로 만들었지요. 중국에서 넘어온 볶음밥에 김치를 넣어 김치볶음밥을 만든 것도 퓨전입니다. 우리가 즐겨 먹는 음식의 상당수가 엄밀히 따지면 외국 음식이 현지화된 퓨전이지요.

마찬가지로 우리 음식이 외국으로 나가면 그 나라의 실정에 맞게 현지화됩니다. 유럽에서는 된장에 버터를 섞은 소스가 마트에서 불티나게 팔린다고 합니다. 미국에서 한식으로 성공한 청년들을 보면 김치볶음밥에 칠리소스와 치즈를 뿌려 부리토를 만드는가 하면 갈비를 서양식 스튜처럼 끓여내더군요. 김치를 넣어 일본식 오코노미야키를 만들기도 하고 스테이크에 동치미 국물을 곁들이기도 합니다. 그들은 어려서부터 나라의 구분 없이 온갖 음식을 먹으며 자랐을 테니, 이런 퓨전 음식이 나오는 걸 이해할 수 있습니다. 외국인들은 이렇게 현지화된 한국 음식을 먹으며 한국에 호감을 가질 것입니다.

그런데 이 사람들이 한국이라는 나라에 대해서 더 알고 싶어서 한국을 방문한다면, 과연 그때도 퓨전 음식을 먹고 싶어 할까요? 우리도 여기서 이탈리아 음식, 동남아 음식을 모두 먹지만 막상 해외여행을 가면 퓨전 음식보다는 그 나라의 전통 음식을 먹고 싶습니다. 음식 자체만이 아니라 고유의 재료, 조리법, 그릇, 차림새, 먹는 방식까지 포괄한 전반적인 식문화를 체험하고 싶어 합니다. 왜 우리는 인도에 가서 맨손으로 카레를 먹은 경험을 자랑스럽게 생각할까요. 왜 중국에 가서 번데기 꼬치를 먹은 경험을 재미있다고 여길까요. 음식은 맛에서 끝나는 것이 아니라 문화적 체험이기 때문입니다.

이왕이면 퓨전보다 고급화에 욕심내자

퓨전을 하자는 건 한식에서 이런 문화적 체험의 기능을 간과해버리는 것과 다름없습니다. 밥, 국, 반찬의 구성이 불편하니까 없애자고 합니다. 젓가락도 불편하니까 그냥 포크로 먹자고 합니다. 외국인의 편의를 위해 그런 문화적 요소를 다 없애버리면 과연 그게 한식일까요. 외국인 눈에는 일본 음식 같기도 하고 동남아 음식 같기도 한, 특색 없는 음식으로 보일 것입니다.

요리 선생을 하면서 외국인을 초대할 때의 상차림에도 수없이 관여했습니다. 얼핏 생각하면 스테이크에 나이프와 포크를 내놓으면 좋아할 것 같지만 전혀 그렇지 않습니다. 그런 건 자기

212

네 나라에서 얼마든지 먹기 때문입니다. 오히려 그들은 서투른 젓가락질로 잡채를 집어먹고 숟가락으로 냄새 나는 청국장찌개를 떠먹는 것을 훨씬 즐거운 경험으로 받아들입니다.

70년대 초반 내가 요리 선생을 시작한 지 얼마 안 되었을 때 당시 내무부 장관이었던 분이 외국인 손님을 맞이하게 되었습니다. 다들 미국 유명 대학의 교수들이라 최고의 대접을 해야 했습니다.

나는 열심히 메뉴를 짰습니다. 먼저 식욕을 돋우기 위해 호박죽을 내놓았습니다. 그다음은 청포묵무침을 내놓았습니다. 그다음에는 맛있게 익은 백김치와 함께 전, 장어볶음, 불고기를 차례로 내놓았지요. 그다음에는 나물 반찬을 쭉 깔고 밥과 국을 내놓았습니다.

맛있다고 난리가 났지요. 15명의 손님들 모두 원더풀, 베스트라고 외치며 환호했습니다. 먹다가 황급히 사진기를 꺼내어 사진을 찍기도 했습니다. 특히 마지막의 나물 반찬이 가장 환영을 받았습니다. 그들에겐 세상에서 처음 먹어보는 재료였고 어디서도 맛보지 못한 이국적인 맛이었기 때문입니다. 상차림이 더없이 아름답다는 말을 수없이 들었습니다.

그중 한 교수는 식품공학 박사였는데 미국으로 돌아가서 이날의 식사에 대해 잡지에 기고를 했습니다. 한국의 내무부 장관 집에서 먹은 식사가 영양학적으로 완벽했으며 미와 기품을 갖춘 진정한 한국의 맛이었다는 내용이었습니다. 그 후로도 전통 한식으로 여러 외국인 손님을 대접했지만 실패해본 적은 없습니다. 가장 한국적인 것, 한국이 아니면 먹을 수 없는 것, 그런 음식 위주로 대접했기 때문입니다.

내가 생각하는 세계화는 우리 한식의 기본을 유지한 채 더욱 고급스럽게 발전시키는 것입니다. 더 비싸고 화려하게 포장하자는 뜻이 아닙니다. 같은 메뉴를 요리하더라도 더 좋은 재료와 더 나은 조리법으로, 더 많은 정성을 기울여서 더 맛있게 만들자는 뜻입니다.

김치를 예로 들어보겠습니다. 채소를 소금에 절이고 시뻘건 양념을 발라서 익혀 먹는 김치로는 세계화하기 힘듭니다. 그야말로 혀가 호사스러운 놀라운 김치를 만들어야 합니다. 나는 김칫소를 만들 때 일반적인 무, 마늘, 고춧가루, 생강 외에 굴, 생새우, 생태, 가자미, 세발낙지 등의 해물을 듬뿍 넣습니다. 여기에 갓, 미나리, 청각, 잣 등을 버무리면 향이 기가 막힙니다. 익어가면서 채소에서 우러나오는 시원한 맛에 해물의 감칠맛이 어우러져 그 자체로 일품요리가 됩니다.

서양 사람들은 석류를 좋아하지만 샐러드나 주스, 잼과 소스를 만드는 정도에 그칩니다. 이런 사람들에게 석류김치를 만들어주면 놀라서 뒤집어집니다. 보통 석류김치는 동치미 무를 통으로 썰어서 바둑판 모양으로 깊게 칼집을 내고는 그 안에 미나리, 쪽파, 석이버섯, 대추, 밤, 마늘, 생강을 섞어 눌러 넣고 배춧잎으로 꼭 싸서 국물을 붓고 익힙니다. 김치가 익어갈수록 칼집이 벌어지는 모습이 꼭 석류가 벌어지는 것 같다고 해서 석류김치라고 부르지요. 그런데 여기에 진짜로 석류를 넣으면 새콤달콤한 맛이 더해집니다. 석류가 칼집에 알알이 박혀 보기에도 아름답습니다. 더덕까지 넣으면 향이 더해져서 더욱 맛있어집니다. 김칫국물도 그냥 소금물을 쓰는 대신 물에 찹쌀풀을 풀고 무즙, 양파즙, 배즙, 파프리카즙을 넣으면 시원함의 극치가 됩니다. 이런 김칫국물 맛은 아무리 외국인이라도 한 번 맛보면 평생 잊을 수가 없습니다.

된장찌개, 김치찌개, 갈비찜, 감자조림 등 우리가 일상적으로 먹는 모든 음식이 조금만 더 정성을 들이면 어디에 내놔도 손색이 없는 일품요리입니다. 괜히 외국인의 마음에 들려고 어울리지도 않는 치즈를 뿌리고 허브향을 씌울 필요가 없습니다.

한식의 세계화는 좋은 의도로 시작된 운동이라는 걸 잘 압니다. 나도 우리나라 음식이 세계에서 인정받길 바랍니다. 그러나 우리 것을 버리면서까지 억지로 세계화할 필요는 없다고 생각합니다. 남에게 인정받고 싶은 것은 한편으로는 자부심이지만 한편으로는 콤플렉스입니다. 콤플렉스를 버리면 오히려 홀가분해지지요. 누가 인정해주지 않아도 내 스스로 당당하고 자신감이 넘치면 그걸로 충분합니다. 그러니 세계화를 위해 우리 것,

이 위대한 유산을 지키고 발전시켜나갈 방법을 차분히 고민해
보면 어떨까요?

한식에 대한 오해

지방에 내려갈 일이 있으면 그 지역의 대표 음식을 꼭 먹어봅니다. 이천에 가면 쌀밥정식을 먹고, 춘천에 가면 막국수를 먹고, 제주도에 가면 물회나 오분자기 뚝배기를 먹어보지요. 지방이니 채소도 해물도 서울보다 신선합니다. 나물의 품질도 훨씬 좋습니다. 그런데 어느 것 하나 마음에 쏙 들어오는 음식이 없습니다.

대표적인 예로 전주비빔밥 얘길 해야겠습니다. 우리 한식을 대표하는 음식 중 하나로 그 맛이 일품입니다. 그런데 관광객으로 들끓는 유명하고 인기 있다는 식당을 다 가봤지만 제대로 하는 곳이 별로 없습니다. 게다가 맛도 그 맛이 그 맛입니다. 나물이란 나물은 죄다 섞어서 시뻘건 양념에 비벼 먹는데 무슨 맛의 차이가 있을까요.

제주 물회도 마찬가지입니다. 된장과 고추장을 잔뜩 풀어서 짜고 맵게 만듭니다. 요즘에는 설탕까지 듬뿍 넣어 단맛을 높입니다. 물회는 싱싱한 생선회 맛으로 먹어야 하는데 그렇게 자극적으로 만들어서야 어떻게 회 맛을 느낄까요.

한국인이 점점 더 짜고 맵고 단 음식을 탐하고 있습니다. 그러니 대한민국에서 제일 잘나가는 유명 관광지의 음식점들이 파는 요리는 죄다 짜고 맵고 달아졌습니다. 사람들은 이것을 한식 탓으로 돌립니다. 한식은 자극적이다, 한식은 짜다는 말을 언론에서 많이 합니다. 하지만 지금 우리가 먹는 음식을 돌이켜보면 한식뿐만 아니라 대부분의 음식이 매우 짭니다. 특히 가장 흔히 먹는 외식 메뉴인 짬뽕과 우동은 모든 음식 중에도 나트륨 함량이 가장 높습니다. 식약처가 발표한 음식별 나트륨 함량 순위를 살펴보면 10위권의 음식 대부분이 중식이고 한식은 간장게장과 열무냉면, 육개장의 세 가지가 전부였습니다.

또한 한 가지 염두에 두어야 할 것이 있습니다. 한식 메뉴는 단독으로 먹기보다 밥과 함께 먹는 경우가 절대적으로 많다는 점입니다. 흔히 김치, 찌개, 젓갈을 한식이 짜다는 증거로 제시합니다. 하지만 이 음식들은 염도는 높을지라도 밥과 함께 조금씩만 먹기 때문에 그 자체로 한식이 짜다는 증거가 될 수는 없습니다. 한식과 다른 나라 음식의 근본적인 차이점은 다른 나라 음식은 접시 위에 올린 하나의 요리로 모든 맛이 끝나지만 우리의 맛은 입속에서 만들어진다는 점입니다. 즉 밥 한술을 입에 넣고 밥상 위의 여러 반찬 중에 자신이 원하는 것을 원하는 만큼 넣어서 혀를 굴려가며 섞어야 비로소 맛이 완성됩니다. 그러니 한식에서 반찬 각각의 염도는 큰 의미가 없습니다. 오히려 염도를 스스로 선택하고 조절할 수 있는 것이 한식입니다.

원래 우리 조상들은 음식을 짜게 먹지 않았습니다. 짜게 먹고 싶어도 소금이 귀해서 그렇게 먹을 수가 없었습니다. 고춧가루 역시 비싸서 그렇게 함부로 쓰지 않았습니다. 무엇보다 과한 양념은 재료의 맛을 덮어버리기 때문에 오히려 맛에 방해가 된다고 여겼습니다. 뼈대 있는 종갓집이나 사대부 집안의 음식을 보면 뻘건 양념을 보기 힘듭니다. 김치조차도 허옇고 심심하게 만드는 게 일반적이었습니다.

전주비빔밥은 원래 반찬을 밥과 함께 비벼 먹던 것에서 유래했습니다. 그래서 밥과 반찬을 따로 내는 것이 맞습니다. 여러 가지 나물과 볶은 고기, 그리고 가늘게 썬 생선전을 함께 내면 각자 취향대로 비벼 먹는 것이 전주비빔밥입니다. 반찬에 간이 되어 있기 때문에 고추장을 넣지 않아도 간이 딱 맞습니다. 그렇게 먹다가 밥이 3분의 1쯤 남았을 때 고추장을 넣고 비벼 먹습니다. 고추장은 이렇게 마지막 입맛을 돋우기 위해 조금만 넣는 것이지 처음부터 넣는 것이 아니었습니다.

물회는 어민들이 끼니를 빨리 때우기 위해 막 잡아온 생선을 잘게 썰고 푸성귀 몇 가지를 더해서 고추장과 된장에 조물조물 무쳐 먹는 음식이었습니다. 빨리 후루룩 입속으로 털어 넣기 위해서 물을 부어 먹던 것이 물회의 시작입니다. 지금처럼 고추장과 설탕을 듬뿍 넣지 않았습니다.

자극적인 입맛부터 바꿔야 할 때

한국인이 먹는 음식이 이렇게 맵고 짜고 달게 변한 것은 근래의 일입니다. 사람들의 식성이 왜 이렇게 자극적으로 바뀌었을까요. 하나는 너무 스트레스가 많아서이고, 또 다른 하나는 어릴 적에 먹은 음식 때문이라고 생각합니다. 지금의 40~50대는 어릴 적에 미8군에서 나온, 병에 담긴 베이비푸드를 먹고 자랐고 20~30대는 분유를 먹고 자랐습니다. 베이비푸드에는 각종 향신료와 조미료가 들어 있고 분유에는 설탕이 들어 있습니다. 이렇게 유아기부터 설탕과 조미료에 길들여지다 보니 당연히 같은 맛에 끌리게 됩니다.

따라서 자극적인 식생활의 원인을 한식으로 돌리기 전에 먼저 우리의 식성에 대해 반성해야 합니다. 현재 우리나라 국민들은 한식 탓에 짜게 먹는 것이 아니라 그냥 모든 음식을 짜게 먹고 있습니다. 우리가 소금과 설탕과 고추장을 팍팍 쳐가며 자극적으로 먹는 쪽을 선택한 것입니다.

자극적인 식습관을 바꾸려면 무엇보다 집에서 밥을 해 먹어야 합니다. 인스턴트식품과 외식에 의존하게 되면 얼마나 많은 소금과 양념이 들어가는지 무감각해집니다. 우리는 평소 중국집에서 배달된 짜장면을 별로 짜거나 달다는 생각 없이 잘 먹습니다. 하지만 TV에서 그 안에 얼마나 많은 소금과 설탕이 들어가는지 알려주면 경악합니다. 집에서 직접 요리한다면 자기 손으로 그렇게 많은 양념을 넣을 수는 없습니다.

또한 이런 음식에 기댈수록 입맛은 자극적으로 바뀝니다. 좋은 미각은 어린 시절부터 좋은 요리를 먹으며 다양한 맛의 경험을 쌓아야 형성됩니다. 부모들이 집에서 요리를 하여 어느 정도가 적절한 짠맛이고 어떻게 먹어야 맛있는 것인지 가르쳐주어야 아이가 좋은 미각을 기를 수 있습니다.

어린 시절 우리 어머니는 산에서 뜯어온 나물들을 손질할 때마다 내 입에 넣으며 맛보라고 하셨습니다. "이게 달래 맛이다", "이게 쑥 맛이다"라고 하시며 떫고 쑵쓸한 나물을 내 입에 넣어주곤 하셨습니다. 내가 인상을 찌푸리면 어머니는 "그게 맛있는 거다. 그 맛으로 먹는 거다"라고 하셨습니다. 그래서 나는 어린 나이부터 나물의 쓰고 진한 향을 즐길 줄 알게 되었습니다.

또한 어머니는 요리가 완성될 때마다 내게 간을 보게 하셨습니다. 그러고는 "이게 딱 맞는 간이다. 여기서 더 짜도 안 되고 더 싱거워도 안 된다"라고 하시며 적절한 간을 가르쳐주셨습니다. 좀 크면서부터는 음식의 간을 모조리 나에게 맡기셨습니다. 많이 혼나기도 했지만 그런 훈련을 받았기에 맛을 알게 되었고 간이 딱 맞는 맛있는 요리를 만들 수 있게 되었습니다.

양념은 한자로 약념(藥鹽) 혹은 약념(藥念)이라 표현합니다. '약이 되는 소금' 혹은 '약으로 생각하고 넣는 것'이란 의미로 우리 조상들이 이런 한자를 선택했을 것입니다. 그러니 들어간 듯 안 들어간 듯 조금만 넣어야 옳습니다. 입안으로 들어오는 양념의 맛을 즐기고 있다면 한번쯤 자신의 미각이 잘못된 것은 아닌지 돌아봐야 합니다.

한정식집,
가짓수를
줄여야 할 때

자극적인 양념 말고도 한식이 공격받는 이유가 하나 더 있습니다. 바로 지나치게 가짓수가 많은 반찬과 넘치도록 푸짐한 양입니다.

특히 한정식집이 가장 큰 지적을 받습니다. 나도 가끔 가서 먹어보면 눈이 휘둥그레질 정도로 많은 접시가 올라옵니다. 두 사람에게 차려주는 밥상이 네 사람도 다 못 먹을 정도입니다. 아무리 열심히 먹어도 남길 수밖에 없으니 그게 다 음식물 쓰레기가 됩니다. 한정식집 때문에 국가의 쓰레기 처리 비용이 늘어난다는 우스갯소리까지 있습니다.

전체적인 메뉴 구성으로 보아도 말이 안 됩니다. 고등어조림에 갈치조림까지 올라오고 진한 맛의 불고기 옆에 제육볶음까지 있습니다. 된장찌개 옆에 김치찌개와 비지찌개까지 있습니다. 나물 반찬은 같은 양념으로 무친 것이 수십 가지입니다. 상다리가 휘어질 것 같은데도 막상 젓가락을 들면 뭘 먹어야 할지 모르겠습니다. 이것저것 먹다 보면 맛이 다 뒤섞여서 뭘 먹는지도 모르겠습니다. 결국 반도 못 먹고 일어서면서도 잘 먹었다는 생각보다 혼란스러움이 더 큽니다.

우리 역사에 이런 밥상은 없습니다. 조선시대 아무리 잘사는 부잣집이라도 9첩 반상 이상은 먹지 않았습니다. 그것도 귀한 손님이 오거나 잔치가 있을 때에만 그렇게 먹었지 보통은 3, 4첩을 먹었다고 합니다. 우리 소반의 크기를 보면 알 수 있습니다. 한 사람이 먹는 독상의 크기가 손으로 두세 뼘 크기밖에 되지 않습니다. 양반, 중인, 상민, 천민 할 것 없이 모두 똑같이 이 크기의 상에 밥을 먹었다고 하니 아무리 잘사는 집이라도 먹는 것에 사치를 부리지는 않았던 셈이지요. 가난한 집이라면 밥과 국만 올렸을 것이고, 그보다 형편이 낫다면 김치를 하나 더 올렸을 것이고, 그보다 더 낫다면 나물 한 가지와 자반, 혹은 구이를 더 올렸을 것입니다. 혜경궁 홍씨의 환갑잔치 때 정조 대왕이 받은 수라상도 7첩밖에 되지 않았다고 합니다. 그러니 지금 시중에서 판매되는 20첩, 30첩이 넘는 반상은 족보도 없고 뿌리도 없는 상차림입니다.

그런데 이런 족보도 뿌리도 없는 상차림이 마치 한국의 대표

상차림처럼 외국인들에게 소개되고 관광홍보 책자에 실립니다. 과연 외국인들이 좋아할까요? 좋아할 것 같지만 전혀 그렇지 않다고 합니다. 오히려 너무 많은 음식이 쏟아져 나와 두려움을 느끼고 뭘 먹었는지 기억도 못 한다고 합니다. 한국과 중국을 제외한 거의 대부분의 나라에서 음식을 남기는 건 죄라고 교육합니다. 결국 외국인을 대접하려다가 죄책감만 안겨주게 됩니다.

나는 이런 한정식은 전통에서 비롯된 것이 아니라 한국 사람들의 잘못된 접대 문화에서 비롯된 것이라 짐작합니다. 절대로 다 먹지 못할 정도로 어마어마하게 차려서 압도하려는 것입니다. 일종의 허세지요. 이런 접대 문화가 한정식이라는 이름으로 둔갑하여 대중에게도 파고들었습니다. 이것이 먹힌 이유는 아마도 우리가 전쟁과 가난으로 하도 굶고 살았기 때문일 것입니다. 못 먹고 살았던 시절에 대한 한풀이입니다.

한 끼를 맛있게 먹는 데에는 그렇게 많은 음식이 필요하지 않습니다. 오히려 한꺼번에 너무 많은 종류의 음식이 들어오면 모든 것이 뒤섞여 맛이 사라져버리는 지경에 이릅니다. 서양에서 들어온 뷔페와 비슷합니다. 젊은 사람들은 뷔페에 가서 수백 가지 음식을 동시에 먹는 걸 좋아합니다. 하지만 돌아서면 배만 부르지 기억에 남는 음식이 없습니다. 그저 진한 양념 맛과 소스 맛만 남습니다.

상차림은 연애와 같습니다. 좋아하는 마음을 표현하고 싶어서 있는 것 없는 것을 모두 올려놓으면 먹다가 질립니다. 사랑할수록 상대편에서 생각해야 합니다. 온갖 맛있는 것을 다 늘어놓는다고 맛있는 밥상이 되는 것이 아닙니다. 주제에 맞게 부제를 정하고 맛의 강약을 조절해야 합니다. 어떻게 먹어야 기분이 좋을까, 어떻게 먹어야 넘침도 부족함도 없이 맛있을까 고민해야 합니다.

나는 제자들에게 음식점을 차릴 때에는 정말 맛있는 반찬으로만 간소하게 차리라고 말합니다. 한정식집들이 20첩, 30첩 밥상을 차리든 100첩 밥상을 차리든 신경 쓰지 말라고 말합니다. 그런 음식점들은 호기심에 몇 번 찾아갈 수도 있지만 금방 싫증 날 수밖에 없습니다. 누구에게 잘 봐달라고 허세를 부리기 위해 찾아오는 손님들이니 단골이 되어줄 리도 없습니다. 게다가 그 많은 재료를 사다가 엄청난 인건비를 들여 만든 요리를 거의 대부분 버려야 합니다. 비싸게 받을 수도 없으니 돈도 못 법니다.

우리나라 사람들도 이제 꽤 잘 먹고 잘삽니다. 못 먹고 살았던 한풀이를 할 만큼 했으니 이제 이런 허세를 버릴 때가 되었습니다. 단아하게 차려낸 한상이 한정식을, 우리 한식을 오히려 빛내줄 것입니다.

창의적인
한식의 미래를
꿈꾸다

전통 한식을 하는 사람들은 늘 전통에 대해 고민합니다. 퓨전 한식과는 다른 길을 걷는 것이므로 우리가 계승하고 지켜야 할 것들에 대해 고민이 많을 수밖에 없습니다. 특히 지금처럼 글로벌한 시대에는 외부에서 새로운 것들이 끊임없이 쏟아져 들어오니 어떻게 소화하고 받아들여야 할지 생각이 많아집니다.

이미 한식은 외부의 영향을 통해 많은 변화를 겪었습니다. 가장 눈에 띄는 변화는 고급 한식당에서 경험할 수 있는 코스화된 구성입니다. 유럽에서 유래한 코스는 이제 중국, 일본 등 거의 모든 나라 요리에 적용됩니다. 한식도 이에 편승하였고 파인다이닝 시장에서 상당히 자리를 잘 잡았습니다.

70년대 요리 선생을 하면서 정재계와 문화계 집안 여인들의 요청을 받아 외국인을 접대한 적이 많았습니다. 나도 이때 주로 한식을 코스로 구성하여 대접했습니다. 서양식을 따라 했다기보다는 그래야 요리를 더 맛있게 먹을 수 있기 때문이었습니다. 국적을 불문하고 모든 요리는 따뜻할 때 먹는 것이 최고입니다. 또한 여러 가지를 뒤섞어 먹기보다는 한 가지씩 먹어야 맛을 더 잘 음미할 수 있습니다. 그래서 코스 요리를 시도했는데 외국인은 물론이고 우리가 먹기에도 이질감이 없었습니다.

원래 프랑스에서 코스 요리가 생긴 이유도 한 가지씩 따뜻하게 먹기 위해서였다고 합니다. 19세기 중반에 한 프랑스인 요리사가 러시아 왕족의 요리사로 초빙되어 갔다고 합니다. 그런데 그곳의 날씨가 추워서 아무리 음식을 맛있게 해도 금방 식어 맛이 나지 않았다고 합니다. 원래 프랑스 왕실 요리는 테이블에 산해진미를 잔뜩 깔아놓고 먹는 식인데 러시아에서는 통하지 않았지요. 그래서 고민 끝에 러시아 귀족들이 하는 것처럼 요리를 하나씩 조리하여 순차적으로 내놓는 방식으로 바꾸었고, 이것을 프랑스에까지 가져가서 널리 퍼뜨렸다고 합니다.

요리하는 사람의 마음은 예나 지금이나 국적을 불문하고 다 같은 모양입니다. 나도 어떻게든 요리를 따뜻하게 내놓을 방법을 고민했고 결국 코스 구성을 받아들였습니다. 한국 문화에서 식은 음식, 즉 찬밥에 대한 반감은 뿌리가 깊습니다. 오죽하면

'찬밥 신세'라는 말이 있을까요. 또 궁지에 몰린 사람이 쓸데없는 불평을 늘어놓으면 '찬밥 더운밥 가리지 말라'고 말합니다. 그만큼 찬밥은 먹기 싫은 밥이고, 손님에게 찬밥을 먹이는 것은 대접이 소홀하다는 뜻입니다.

한식이 코스 구성으로 자리 잡으면서 자연스럽게 찾아온 변화가 있습니다. 바로 단독으로 먹을 수 있는 요리 메뉴가 늘어났다는 점입니다.

원래 한식은 밥을 중심으로 반찬이 있습니다. 반찬은 밥과 함께 먹기 위한 것으로 그 자체로는 요리가 아닙니다. 미역국, 김치찌개, 장조림, 갈치구이, 도라지나물 등을 밥 없이 먹는 것은 말이 되지 않습니다. 하지만 코스 구성이 발달하면서 한식에도 밥 없이 단독으로 먹는 요리가 등장했습니다. 주로 고기나 해물을 재료로 한 볶음, 구이, 조림, 튀김 등으로 샐러드나 겉절이, 김치, 나물 등과 곁들어 먹습니다. 전과 부침개도 그 자체로 밥 없이 먹을 수 있는 훌륭한 요리입니다. 밥과 함께 먹지 않기 때문에 간은 좀 더 심심해지고 맛은 더욱 화려해졌습니다. 밥을 밀어내고 반찬이 주가 된다는 점에서 비판의 목소리도 있지만 나는 이러한 시도가 한식을 더 다양하게 발전시켜줄 것이라 생각합니다.

또 다른 변화는 재료의 확장입니다. 전통 한식이라고 옛날 재료만 쓰지는 않습니다. 외국에서 들어온 것이라도 한국 땅에서 활발히 재배되고 유통되는 농산물이라면 얼마든지 쓸 수 있습니다. 그 예로 양상추와 양배추, 파프리카와 브로콜리를 들 수 있습니다. 특히 파프리카는 한식 고기 요리와 잘 어울리고 그 즙은 상쾌한 맛을 주어 양념으로도 좋습니다. 청경채, 케일, 로메인, 비트 등도 이제는 우리 땅에서 나는 엄연한 우리 농산물이 되었습니다.

농산물은 외래종의 도입과 품종 개량을 통해 계속 변화합니다. 우리가 지금 늘 먹는 감자, 고구마, 토마토, 고추 등도 외국에서 도입된 작물로서 먹어온 역사가 그리 길지 않습니다. 한식이 계속 발전하려면 새로운 작물과 변화하는 자연환경을 적극적으로 품어야 합니다.

나는 포도주와 파인애플 주스도 활용합니다. 이 두 가지는 우리 농산물로 만드는 것이 아니라 완제품을 수입해 오는 것이지만 쉽게 구할 수 있고 자주 먹는 것이기 때문에 활용해도 괜찮다고 생각합니다. 백포도주는 해산물이나 닭고기의 잡내를 제거하고 특이한 향을 줍니다. 전복찜, 생선찜, 아귀찜, 닭찜 등에 넣으면 좋고 갈비찜에도 비법이 됩니다. 적포도주는 쇠고기나 돼지고기구이, 장어 요리 등에 활용합니다. 파인애플 주스도 구이 양념에 넣으면 새콤한 맛이 식욕을 돋웁니다. 포도주나 파인애플 주스가 조금 남았다면 버리지 말고 양념으로 활용하면 더 풍부한 맛을 낼 수 있습니다.

사람들은 양념을 늘 쓰는 몇 가지로만 한정 짓는 경향이 있습니다. 하지만 맛과 향이 있는 모든 것이 양념이 됩니다. 젓갈, 술, 과일즙, 채소즙, 유자청, 대추청, 모과청, 매실청 등이 양념입니다. 나는 밤, 잣, 깨, 땅콩, 호두, 대추, 은행 등의 견과류에도 양념이라는 개념으로 접근합니다. 김치에 견과류를 넣으면 이루 말할 수 없는 고급스러운 맛이 납니다.

비교적 최근에 일어난 한식의 새로운 변화는 차림새의 변화입니다. 지금까지 우리는 한식을 말할 때 밥과 국만 개인용으로 따로 덜고 찌개와 반찬은 한 그릇에 담아 먹는 문화를 자랑스럽게 여겨왔습니다. 식구끼리는 아무 문제가 없지만 글로벌 음식의 관점에서 보자면 비위생적인 것이 사실입니다. 입에 들어가는 수저가 찌개와 반찬을 휘젓는 것을 보면 외국인들은 거부감을 가질 수 있습니다. 이런 방식은 전통과 자부심으로 극복될 일이 아닙니다. 한식이 세계적인 음식으로 발돋움하기 위해서는 글로벌 기준에 맞게 바뀌어야 합니다.

가장 좋은 방법은 1인상을 차리는 것입니다. 즉 일본 요리처럼 쟁반에 밥, 국, 반찬을 1인용으로 차려내면 서로 수저가 섞이지 않고 깔끔하게 먹을 수 있습니다. 이렇게 하면 위생적일 뿐만 아니라 각자 자기가 먹는 양을 확실히 알 수 있습니다. 또한 반찬을 1인용으로 조금씩만 담아 남기지 않도록 유도할 수 있습니다. 이미 젊은 요리사들을 중심으로 1인상을 내는 밥집이 늘어나고 있습니다. 나는 이 방식이 머지않아 가정으로도 확대될 것이라고 생각합니다.

마지막으로 나는 한식에 좀 더 많은 '한 접시' 메뉴가 생기길 기대합니다. 한식의 두드러진 특징은 여러 그릇이 필요한 밥, 국, 반찬의 구성입니다. 이것은 일본과 한국만의 독특한 문화이지만 한편으로는 이러한 복잡함이 세계화에 걸림돌이 됩니다. 이탈리아, 프랑스, 태국 등 세계적인 요리는 거의 대부분 접시 하나로 끝나는 '한 접시' 요리입니다. 한식처럼 밥을 하고 국을 끓이고 반찬을 서너 가지씩 하는 것은 외국인뿐만 아니라 우리에게도 벅찬 일입니다. 젊은 사람들이 밥을 차리는 것보다 스파게티를 만드는 것을 더 만만해하는 데에는 그만한 이유가 있습니다.

일본은 일찍부터 반찬 없이 먹을 수 있는 한 접시 메뉴를 많이 개발했습니다. 각종 카레 요리, 덮밥 요리, 튀김 요리가 한 접시 요리입니다. 한국에도 한 접시 요리가 없는 것은 아닙니다. 비빔밥은 이미 잘 알려진 한 접시 요리입니다. 제육볶음덮밥, 오징어덮밥, 불고기덮밥, 김치볶음밥 등도 한 접시 메뉴입니다. 콩나물밥, 곤드레밥 등의 나물밥도 어디 내놓아도 뒤지지 않는 훌륭한 한 접시 요리입니다. 이런 요리는 밥 안에 반찬이 섞여 있기 때문에 따로 반찬이 필요 없습니다. 장아찌나 김치만 조금 곁들이면 한 끼 식사로 훌륭합니다. 우리 집도 아침에는 7첩 반상을 먹지만 점심과 저녁은 한 접시 요리로 간단하게 해결합니다. 설거지도 얼마 나오지 않아 아주 간편합니다.

앞으로 젊은 요리사들이 창의적인 한 접시 요리를 많이 개발하길 기대합니다. 남편과 내가 자주 해 먹는 한 접시 요리 중에 잔치국수와 김치말이국수가 있습니다. 쫄깃하게 삶은 소면에 진하게 우려낸 뜨거운 멸치 다시마 육수를 붓고, 여기에 쇠고기 국간장으로 간을 하여 꼬들꼬들하게 향신유에 볶아낸 호박채볶음과 고기채볶음, 달걀지단채를 고명으로 얹어 먹으면 잃었던 식욕도 곧 돌아오곤 합니다.

계반도 잘 해 먹습니다. 닭을 삶아낸 육수로 밥을 짓는 것인데, 여러 가지 견과와 미리 볶아놓은 채소, 닭살을 넣고 뜸을 들이면 완성됩니다. 감칠맛과 고소함, 닭고기의 식감이 살아 있어서 양념장과 김치만 있으면 부족함이 없습니다.

이처럼 우리 전통의 3첩 반상, 5첩 반상도 발전시키되, 한식의 코스 구성도 고민하고 한 접시 요리도 더 다양하게 개발하면 좋겠습니다. 그래야 한식이 진정으로 세계에서 사랑받는 음식으로 성장할 수 있지 않을까요?

겸허한 마음

7장

요리는 세상을 배우게 한다

좋은 엄마가 되는 일, 그 시작은 밥부터

방송을 많이 하면서 본의 아니게 구설에 오를 일이 많아졌습니다. 〈한식대첩〉기자회견장에서 "아침에 아이들에게 밥이 아닌 빵을 주는 사람은 주부 자격이 없다"는 말을 했다가 역시 구설에 올랐습니다. 일하는 엄마들이 듣기에 기분이 나빴나 봅니다.

사실 이 말은 내가 우리 셋째 딸에게 늘 하는 말입니다. 셋째는 나의 네 딸들 중 유일한 전업주부입니다. 그런데 다른 딸들과 달리 유독 이 딸만 아침에 아이들에게 빵을 먹입니다. 내가 방송 녹화가 끝난 후 셋째 집에서 잠을 자는 날이 많은데, 아침에 일어나면 식탁 위에 토스트와 오렌지 주스, 우유, 시리얼 등이 올라와 있다가 나를 위해 후다닥 한식 아침상을 다시 한 번 차려놓습니다. 아침에 아이들에게 든든히 밥을 먹이지 않는 일로 호되게 한 소리 하지만 다음 주에 가보면 또 토스트가 올라와 있습니다.

내 속으로 낳은 내 딸도 어쩌지 못하는데 내가 다른 엄마들을 어찌할까요. 안 먹히는 줄 알면서도 이런 말을 하는 이유는 아직은 세상에 나 같은 사람이 한 명쯤은 있어야 한다고 생각하기 때문입니다.

우리 딸들은 잘 압니다. 내가 아침을 얼마나 중요시 여겼고 아침 상차림에 얼마나 공을 들였는지를. 우리 집의 아침 상차림은 365일 언제나 진수성찬이었습니다. 방금 지은 따뜻한 밥에 국, 찌개, 나물 반찬, 생선구이, 고기 요리, 김구이 등을 늘 올렸습니다. 가끔 딸들이 바쁘다며 안 먹겠다고 하면 내가 난리를 피웠습니다. 무슨 대단한 일을 한다고 아침도 안 먹느냐, 그럴 거면 학교도 가지 말고 공부도 때려치우라고 강하게 혼을 냈지요.

내가 이렇게 아침을 중요하게 생각하는 이유는 그것이 건강의 출발점이기 때문입니다. 아침에 일어나면 위가 텅 빈 상태입니다. 그대로 밖으로 나가면 점심시간이 되는 12시까지 배가 고픈 채로 활동하게 됩니다. 몸은 아무렇지 않을 수도 있지만 뇌는 그렇지 않습니다. 뇌가 활동하려면 포도당이 필요한데 그게 외부에서 공급되지 않으면 타격을 받습니다. 집중력과 사고력이 뚝 떨어집니다. 공부를 해봤자 머리에 들어오지 않습니다. 직장인이라면 회의 시간에 정신이 멍할 것입니다.

점심시간이 되면 배가 엄청 고프니 십중팔구 폭식을 하게 됩니다. 점심은 한자로 '점 점(點)'자에 '마음 심(心)'자입니다. 마음에 점을 찍듯이 아주 조금 먹는 음식을 뜻하는 말입니다. 아침, 점심, 저녁 중에 점심만 한자어인 이유는 원래 우리 조상들이 점심을 안 먹고 살았기 때문입니다. 조석(朝夕)으로 두 끼만 먹는 것이 우리 전통이었습니다. 그러다 조선시대에 들어와 중간에 간식을 먹는 문화가 생기면서 이것을 점심이라 부르기 시작했지요. 점심은 어디까지나 시장기를 면하기 위한 음식이니 적은 양을 먹는 것이 옳습니다. 너무 많이 먹으면 저녁을 늦게 먹게 되고 직장인이라면 술까지 마시게 됩니다. 그러니 아침에 일어나면 입맛이 없고 속이 더부룩합니다. 심한 경우 아침마다 일어나지 못하고 짜증을 부릴 수도 있습니다. 아이가 유난히 짜증이 심하다면 아침을 먹지 않고 저녁에 과식을 하는 습관 때문일 수도 있습니다.

그러니 우리 엄마들이 조금만 일찍 일어나서 남편과 아이에게 아침을 먹이는 것이 좋습니다. 물론 7첩 반상을 차리는 것은 힘들 테니, 밥과 국에 두세 가지 반찬 정도면 좋습니다. 그마저도 힘들다면 아예 안 먹이고 내보내기보다는 빵이나 시리얼이라도 먹이는 게 낫겠지요. 하지만 이왕이면 밥을 먹으려고 노력해야 합니다. 그래야 반찬을 통해 식이섬유와 단백질, 비타민, 무기질 등이 골고루 섭취됩니다.

나도 일하는 엄마였기에 맞벌이가 얼마나 힘든지 잘 압니다. 요리와 집안일을 엄마의 책임으로만 돌리는 것이 억울하기도 하겠지요. 가장 이상적인 것은 남편과 집안일을 공평하게 나누는 것입니다. 아내가 아침을 차리면 남편은 저녁을 차리는 식으로 나눈다면 더할 나위 없겠지요.

하지만 인생이 그렇게 원하는 대로만 될 수는 없습니다. 특히 부부 사이에서 공평함을 따지는 것이 관계에 득이 되지도 않습니다. 어느 한쪽이 좀 손해 볼 수도 있고 더 많이 희생할 수도 있는 것이 부부 관계입니다.

남편이 피곤하다며 집안일을 분담하기를 거부한다면 어찌해야 할까요. 공평하지 않다며 화를 내고 문제시한다면 이 일로 계속 싸워야 할 것이고 부부 관계가 악화될 것입니다. 공평하지 않으니까 나도 집안일을 안 해버린다면 아이들만 불쌍해집니다. 이럴 때에는 그냥 묵묵히 자기 길을 가면 됩니다. 남편이 도와주지 않는 것은 남편 사정이고 나는 엄마로서 내 일을 하면 됩니다. 너무 아등바등 살림에 매달릴 필요도 없습니다. 아침과 저녁을 다 차리기 힘들면 아침만 차리면 됩니다. 청소와 빨래를 매일 하기 힘들다면 2~3일에 한 번만 하면 됩니다. 피곤한 남편을 다그쳐서 바득바득 남녀 평등을 이루기보다 이것이 훨씬 현명한 처신입니다.

현재 대한민국에서 일하는 엄마는 40~50퍼센트 정도 된다고 합니다. 다시 말해 아직 50~60퍼센트 정도의 엄마가 전업주부라는 뜻입니다. 그만큼 가족의 먹거리는 아직까지 우리 여자들이 책임지고 있습니다. 그러니 먹거리에 대해 얘기할 때마다 엄마의 책임, 주부의 역할을 강조하는 것은 자연스러운 일입니다. "아침에 빵을 주는 엄마는 주부 자격이 없다"는 나의 말은 아침에 가족을 굶기지 말고, 되도록 빵도 먹이지 말고, 조금 일찍 일어나서 밥을 지어주자는 단순한 이야기입니다. 여자 혼자서 하든 남편과 나눠서 하든 각 가정의 사정에 맞추면 되는 일입니다. 단순히 남녀 평등이라는 논리에 빠져서 핵심을 놓치지 말았으면 합니다.

집밥은 추억의
또 다른 이름

　　최근에 집밥에 대한 논쟁이 상당히 시끄러웠습니다. 어느 요리 비평가가 집밥을 '어머니의 밥'이라고 묘사했는데 젊은 사람들이 반감을 가진 모양입니다. 이 말이 여성에게 부엌 노동을 강요하고 일하는 엄마들에게 죄책감을 부추기는 여성 차별적 발언이라는 것이었죠. 도대체 왜 그렇게 화를 내는지 궁금해서 관심을 갖고 들여다보았습니다.

　집밥이 '어머니의 밥'인 것은 너무나 당연한 얘기입니다. 인간은 태어나면서부터 엄마의 젖을 빨면서 맛에 눈을 뜨고 엄마가 해주는 이유식과 밥을 먹으면서 미각을 키웁니다. 그래서 엄마가 해주는 밥은 세상에서 가장 맛있는 밥이고 고향의 맛입니다. 나이가 들면 아내가 해주는 밥을 먹게 되지만 평생 엄마의 집밥 맛을 그리워하게 됩니다.

　이것은 우리만의 이미지가 아닌 인류 공통의 이미지입니다. 프랑스인도, 이탈리아인도, 일본인도 가정식이 무엇이냐고 물으면 엄마가 집에서 해주는 집밥이라고 대답합니다. 여기에는 어떤 여성 차별적 의도도 들어 있지 않습니다.

　그런데 요즘 젊은이들은 이 이미지가 틀렸다고 말합니다. 자기네들은 맞벌이 부모 밑에서 커서 엄마가 해주는 밥을 못 먹었으므로 집밥이 어머니의 밥이 아니라는 것입니다. 더 나아가 집밥은 '집에서 해 먹는 밥'이라는 것 이외에는 아무 의미가 없는데다 별로 건강하지도 맛있지도 않기 때문에 그리워할 맛도 아니라고 말합니다. 어른들이 엄마의 집밥을 그리워하고 집밥 타령을 하는 모습이 '꼰대' 같다고 말하는 젊은이도 있었습니다.

　젊은 사람들이 왜 이렇게 생각하는지 이해할 수는 있습니다. 맞벌이 엄마 밑에서 자란 아이들은 엄마가 해주는 제대로 된 집밥을 먹을 기회가 많지 않았을 것입니다. 엄마가 없으니까 냉장고에서 밑반찬을 꺼내 찬밥을 대충 먹거나 김치에 참치통조림을 넣고 찬밥을 볶아 먹는 것이 집밥이었을 테지요. 그러니 그들의 기억 속에 집밥은 어머니와 연결되지 않으며 맛과 연결되는 것은 더더욱 아니겠지요.

　하지만 이것은 그들의 기억일 뿐입니다. 우리에겐 그 이전에 어머니의 맛있는 집밥을 먹고 살았던 수백 년의 역사가 있습니다. 한국에서 맞벌이 여성이 등장하고 일하는 엄마가 늘어난 역사는 겨우 30년에 불과합니다. 이 30년의 변화가 수백 년의 역사를 무효로 만들 수는 없습니다.

세상이 바뀌었다고 모든 과거가 잘못된 일이 되는 것은 아닙니다. 여자들이 남편과 아이들을 먹이는 일에 하루를 온통 쏟았던 시절이 무슨 잘못일까요. 그 시절을 아련한 추억으로 기억하면서 때때로 어머니가 차려주었던 밥을 그리워하는 것이 뭐가 잘못일까요. 그 시절은 남자와 여자의 역할이 명확하게 나뉘던 때였습니다. 남자들이 밖에서 돈을 벌기 위해 뼈 빠지게 일하는 동안 여자들은 부엌에서 뭔가를 만들어 새끼들을 먹여야 했습니다. 엄마가 부엌에서 뭐라도 만들지 않으면 가족을 먹일 것이 없던 시절이었습니다. 힘든 노동이었던 것은 분명하지만 내 새끼와 내 남편을 먹이기 위해 밥을 짓는 마음이 늘 지옥이었던 것은 아닙니다. 기쁨도 있고 보람도 있으며 틀림없이 사랑하는 마음도 있었을 것입니다. 그걸 먹고 자란 지금의 중년과 노년 세대가 어머니의 밥을 그리워하는 것은 결코 밥 타령만이 아닙니다. 밥이 아니라 사실 어머니가 그리운 것이지요.

집밥의 사전적 의미는 '집에서 해 먹는 밥'이 맞겠지요. 하지만 그것이 전부는 아닙니다. 우리가 집밥을 떠올릴 때 머릿속에 떠오르는 것은 어린 시절의 기억 전체입니다. 팍팍했던 그 시절, 고생했던 부모님, 때로는 다투고 때로는 사이좋았던 형제들, 그리고 늘 부엌에서 음식을 만들어주셨던 어머니……. 보리밥, 배추국, 김치전, 감자찜, 고구마구이처럼 지금 생각하면 맛이 있을 리가 없는 투박한 음식들이 대부분이었지만 그것을 특별하게 기억하는 이유는 어머니가 사랑으로 만들어주셨던 음식이기 때문입니다. 우리는 집밥을 말하면서 어머니에게 받았던 사랑과 그 시절의 가족애, 그리고 어린 시절의 추억 전체를 떠올립니다.

집밥을 어머니와 연결시키지 말라는 건 이 모두를 잊어버리라는 것과 같습니다. 지금까지 세상의 어머니들이 해왔던 수고로운 노동을 아무것도 아닌 것, 있어도 그만이고 없어도 그만인 것으로 치부하는 것입니다. 그렇게 억지로 어머니를 떼어버리면 집밥에 무엇이 남을까요. 아무렇게나 집에서 먹는 밥, 맛이나 건강과는 상관없이 적당히 끼니를 때우기 위해 차리는 밥. 집밥을 이렇게 영혼 없는 밥으로 만들어버리는 것이 젊은 사람들이 원하는 걸까요.

집밥 논쟁을 들여다보면 들여다볼수록 요즘 젊은이들이 엄마의 보살핌에 대해 큰 결핍감을 갖고 있는 것이 아닌가 생각하게 됩니다. 그래서 자신이 먹어본 적이 없는 집밥에 대한 향수에 그토록 반감을 갖는 것이 아닐까요. 어린 시절 엄마가 늘 옆에서 끼니를 챙겨주었던 아이와 그렇지 않은 아이 사이에는 차이가 있을 수밖에 없습니다. 자신들은 결핍이라 느끼지 못해도 그것은 결핍입니다. 그래서 맞벌이 엄마의 고민이 큽니다. 함께하는 시간이 적을수록 아이를 더 많이 안아주고 더 많이 사랑을 표현해야 합니다. 시간이 날 때마다 제대로 된 집밥을 차려주는 등 더 많이 노력해야 합니다. 일하는 엄마에게 왜 자꾸 죄책감을 불어넣느냐고 뭐라 해도 어쩔 수 없습니다. 엄마라면 아이를 위해 최선을 다해야 합니다. 아이는 엄마가 없으면 굶어 죽는 존재입니다. 아이에게 너를 위해 요리하는 엄마가 있다는 것을 알려야 합니다. 날마다 진수성찬을 차려주라는 뜻이 아닙니다. 시간이 될 때마다 적어도 그런 노력을 하는 엄마의 모습을 보여주라는 뜻입니다. 아이에게는 그것이 사랑의 표현이며 든든한 응원입니다.

왜 사람은
자기 손으로
요리해야 할까

알파고가 이세돌과 싸우는 모습을 보니 세상에 요리하는 로봇이 등장할 날도 머지않은 것 같습니다. 벌써 중국에서는 튀김 요리를 하는 로봇이 식당에 등장했고, 영국에서도 2000가지 요리를 할 줄 아는 로봇이 완성 단계에 있다고 합니다. 특히 영국에서 만든 로봇은 레시피뿐만 아니라 셰프들의 요리하는 동작까지 섬세하게 입력되어서 호텔 주방장급의 손맛까지 살렸다고 합니다.

로봇이 요리를 한다면 확실히 인간보다 더 잘할 것입니다. 자로 잰 것처럼 정확하게 칼질을 할 것이고 저울로 잰 것처럼 정확하게 양념의 비율도 맞출 것입니다. 실수를 하지 않으니 언제나 한결같은 맛을 내겠지요. 아마 구내식당처럼 간단한 요리를 내는 곳부터 로봇으로 대체될 것입니다. 그러다가 더 발전하면 로봇들이 셰프의 자리까지 넘볼 것입니다. 알파고가 인간의 직관까지 학습한 것처럼 요리하는 로봇들도 점점 똑똑해져서 창의성까지 갖추게 되겠지요. 로봇이 개발한 퓨전 요리, 로봇이 개발한 새로운 한식 요리가 세상을 뒤집어놓을 수도 있습니다.

그런데 나는 아무리 세상이 바뀌어도 엄마들만큼은 로봇에게 부엌의 자리를 양보하지 않았으면 합니다. 인공지능이 인간의 지능을 대신하는 시대에 인간의 가치를 지키는 방법은 인간다움을 지키는 것밖에 없습니다. 엄마가 아이를 먹이는 것, 그것은 모성이자 인간다움의 상징입니다. 이것마저 로봇에게 맡겨버린다면, 그것은 엄마가 엄마 노릇을 포기하는 것과 다름이 없습니다.

맛과 효율성에 있어서는 로봇을 따라갈 수 없습니다. 엄마들의 요리 솜씨는 로봇에게 백전백패겠지요. 그러나 아이에게는 다릅니다. 아이가 엄마의 밥을 특별하게 여기는 것은 다른 누구도 아닌 엄마가 해주는 밥이기 때문입니다. 엄마가 내 눈앞에서 땀을 흘리며 나를 위해 해준 요리이기 때문입니다. 맛은 음식 자체에서도 나오지만 관계에서도 나오고 기억과 추억에서도 나옵니다. 관계, 기억, 추억을 제거해버린 음식은 그냥 고깃덩어리, 채소덩어리일 뿐, 의미가 없습니다.

가공식품도 그러한 맥락에서 생각해보면 좋겠습니다. 요즘 마트에 가보면 대형 냉장고에 다양한 레토르트 제품이 진열되어 있습니다. 예전에는 카레나 짜장 정도가 고작이었는데 요즘에는 볶음밥, 김치찌개, 돼지불고기, 삼계탕, 쇠고기들깨탕, 육개장 등 없는 게 없습니다. 맛도 꽤 괜찮아서 웬만한 집밥 요리를 뺨칠 정도라고 합니다.

나에게 요리를 배운 젊은 주부가 레토르트로 판매하는 김치찌개를 먹고 와서는 울상을 지었습니다. 자신이 바빠서 눈치를 보며 저녁상에 올렸더니 아이들이 엄마가 끓인 것보다 맛있다며 그렇게 잘 먹더라는 겁니다. 그동안 집밥을 해 먹이려고 그렇게 노력했는데 즉석 식품 따위에 패했다며 허무하다고 말했습니다.

시장을 내다보는 전문가들은 앞으로 레토르트 식품이 집밥을 대체할 것이라고 말합니다. 이미 혼자 사는 사람들, 젊은 부부들, 맞벌이 가정을 중심으로 레토르트가 빠른 속도로 퍼지고 있습니다. 여자들을 부엌일에서 해방시켜주는 레토르트가 식생활의 혁명, 집밥의 혁명이 될 수도 있겠습니다.

나는 처음에는 레토르트, 그까짓 것이 엄마 밥의 경쟁자가 될 수는 없다고 생각했습니다. 하지만 그 안을 들여다보고 적잖이 놀랐습니다. 요즘 레토르트는 인스턴트라고 치부하기에는 너무 잘 만들기 때문입니다. 위생적인 환경에서 화학조미료 없이 좋은 재료로 만듭니다. 물론 고급스러운 맛은 아닙니다. 고온 고압으로 제조되기 때문에 재료가 너무 무르게 익혀지는 경향이 있고, 또 전자레인지에서 가열하여 먹기 때문에 식감이 떨어집니다. 하지만 배고플 때 한 끼를 때우기에는 충분한 맛이지요. 늘 먹으면 곤란하지만 가끔 너무 바쁠 때라면 요긴하게 활용할 수 있으리라 생각합니다.

가공식품에 대한 인식을 바꾸게 된 까닭

예전에 나는 레토르트건 뭐건 포장하여 판매하는 모든 즉석식품, 반조리식품에 대해 결사 반대했습니다. 그런 음식은 MSG를 비롯한 각종 화학 첨가물과 보존제가 잔뜩 들어 있어서 먹을 만한 것이 못 된다고 생각했습니다. 주변 사람들에게도 늘 "가공식품을 먹으면 일찍 죽는다"고 경고를 했었죠.

그랬던 내가 인식을 바꾼 계기가 있습니다. 2000년대 초반부터 여러 식품회사에서 나의 향신양념을 제품화하고 싶다는 제안을 해왔습니다. 가공식품은 내 신조에 어긋나기 때문에 일언지하에 거절했습니다. 그런데 한 회사가 끈질기게 설득했습니다. 방부제와 첨가물을 단 한 방울도 안 넣고 내가 만든 그대로 향신양념을 재현하겠다며 재차 권유했습니다. 회원들과 상의해보니, 그렇게 좋은 걸 왜 안 만드느냐며 당장 만들자고 난리가 났습니다. 그렇지 않아도 향신즙, 향신장, 향신기름을 만드는 게 제일 번거롭고 힘든 일인데 그걸 마트에서 살 수 있다면 부엌일이 한결 편해질 거라며 만들어달라고 애원을 했습니다.

　나는 요리 수업에 집중해야 하니 누군가 이 일을 진행해줄 사람이 필요했습니다. 그때 막내딸이 나서주었습니다. 그때까지 첼로를 가르치고 연주 활동을 한 것 외에는 아무런 사회 경험이 없던 아이가 순수하게 엄마가 원하는 건강한 향신양념을 만들겠다는 일념으로 이 일에 뛰어들었습니다. 그때부터 막내딸은 매일 여기에 전념했습니다. 그러고는 재료 수급, 배합, 생산 공정, 검수 등에 일일이 참여하여 그 과정을 모두 지켜보았습니다.

　나는 딸에게 반복적으로 말했습니다.

　"네 자식에게 먹인다는 생각으로만 만들어라. 그럴 자신 없으면 시작하지 마라."

　그렇게 해서 향신양념이 나왔고 결과도 괜찮았습니다. 특히 향신장과 향신기름은 집에서 만든 것과 거의 같아서 나도 무척 놀랐습니다. 향신즙은 보존 식품의 특성상 어쩔 수 없이 가열을 해야 했고 약간의 녹말도 들어가 조금 아쉬웠습니다. 하지만 지금껏 강판에 갈고 거즈에 밭쳐가며 만들었던 것을 그냥 병에서 부어주기만 하면 되니 그 편리함이 아쉬움을 상쇄하고도 남았습니다. 회원들도 소식을 듣고는 박수를 치고 춤을 추며 기뻐했습니다.

　이 일로 나는 가공식품을 달리 보게 되었습니다. 가공식품이라도 먹거리에 대한 확고한 철학과 원칙이 있다면 얼마든지 좋은 제품을 만들 수 있다는 걸 알게 되었습니다. 다른 사람도 아닌 나의 막내딸이 몇 년간 전전긍긍 애쓰는 모습을 보면서 이만하면 믿을 수 있겠구나, 이런 마음으로 식품회사를 한다면 그 또한 세상을 이롭게 하는 것이겠구나, 생각을 바꾸게 되었습니다.

시간이 흐르면서 처음에 향신양념을 개발했던 회사와는 인연이 다했고 지금은 우리 딸이 직접 회사를 설립하여 향신양념을 생산하고 있습니다. 경영의 경 자도 모르던 첼리스트가 공장을 섭외하고 유통망을 뚫고 식품공학 박사를 초빙하여 식품과학 연구소까지 만들었습니다. 나는 막내딸의 일에 전혀 관여하지 않습니다. 내 이름으로 콩을 볶든 전을 부치든 알아서 하겠지, 생각합니다.

하지만 한 가지만은 늘 강조합니다. 절대로 돈을 보고 사업하지 말라는 것입니다. 다른 것도 아니고 먹을 것을 만드는 회사는 절대로 돈을 보아선 안 됩니다. 최대한 자연에 가까운 건강한 먹거리를 만들어 바쁜 사람들이 제대로 먹고 살도록 돕는 것이 우선입니다. 돈은 직원들의 월급을 주고 회사가 돌아갈 정도만 벌면 되지, 그 이상으로 욕심을 부려서는 안 됩니다.

가끔 내가 돈을 벌기 위해 향신양념을 제품화했다고 공격하는 사람들이 있습니다. 그렇게 생각하는 사람이라면 무슨 말을 해도 믿어주지 않을 것이므로 할 말이 없습니다. 시간이 많은 사람은 직접 만들면 됩니다. 시간이 없는 사람들을 위해 제품을 만들었고 결과가 흡족하기에 자신 있게 권합니다.

마트에 가면 수많은 가공식품이 있습니다. 즉석조리식품, 반조리식품, 레토르트식품, 양념류, 소스류 등 우리의 삶이 바빠질수록 그 종류는 점점 불어납니다. 나는 이 많은 제품들이 엄마가 만든 집밥을 대체할 수 있다고는 생각하지 않습니다. 다만 엄마의 노동을 줄이고 아주 힘든 순간 결정적인 휴식을 주리라고 생각합니다. 그래서 엄마가 쉬고 나서 또다시 요리할 힘을 얻는다면 그 또한 세상에 도움이 되겠지요. 세상에 편리한 것이 만들어지는 데에는 다 이유가 있습니다. 이제 그 편리함을 어떻게 현명하게 이용할지 지혜를 모아야 할 때입니다.

수학 공부만큼 중요한 먹거리 수업

올리브 TV에서 하는 〈아바타 셰프〉에 출연할 때였습니다. 마늘이 어떻게 자라느냐는 질문이 나오자 누군가 "나무에서 열매처럼 자란다"고 대답했습니다. 그때는 농담이라 생각해 눈물까지 흘리며 웃었는데 나중에 곰곰이 생각해보니 웃을 일이 아니었습니다.

요즘 아이들 중에는 밀가루가 밀에서 나온 건지도 모르고 쌀이 벼에서 나온 건지도 모르는 아이들이 있다고 합니다. 이대로 가다가는 참치가 생선이 아니라 공장에서 무한정 찍어내는 깡통인 줄 알겠지요.

옛날에는 모든 아이들이 어려서부터 어머니를 따라다니며 산에서 나물을 캤습니다. 나도 어머니를 따라 남한산성을 수도 없이 올랐습니다. 봄에 산에 가면 나물이 지천에 널려 있었습니다. 어머니는 이것이 쑥이다, 이것이 냉이다 하면서 전부 이름을 외우게 했습니다. 한 50가지 정도는 보자마자 이름을 말할 수 있을 정도로 훈련을 해야 했습니다. 학교 공부가 중요한 게 아니었습니다. 우리가 먹는 식재료에 대해 아는 것, 그것이 공부이고 교육이었습니다.

우리 세대에게 음식은 자연이었습니다. 모든 음식은 땅과 바다에서 오는 것이고 생명에서 오는 것이었습니다. 먹는 것을 통해 인간과 자연은 하나가 되었습니다.

그런데 요즘은 이 연결고리가 끊겼습니다. 오히려 먹거리는 공장, 대량생산, 기계 등과 연결됩니다. 먹는 것은 자연에서 오는 것이 아니라 마트에서 무한대로 공급되는 것이라고 생각합니다. 음식에 대한 이런 무지는 맛에 대한 무지로 이어집니다. 자연의 맛이 아닌 과자, 빵, 탄산음료, 인스턴트식품 등의 인공적인 맛에 끌리게 됩니다.

나는 아이에게 먹거리에 대한 원칙과 기준을 심어주는 것도 엄마의 역할이라고 생각합니다. 음식은 해 먹이는 것이 다가 아닙니다. 흘리지 않고 꼭꼭 씹어 먹게 가르쳐야 하고, 수저를 사용하는 법도 가르쳐야 합니다. 또한 밥상에 오른 음식들의 이름이 무엇이고 재료가 어디에서 왔고 어떻게 요리된 것인지 말해주어야 합니다. 함께 장을 보면서 미역은 바다에서 오고, 호박은 땅에서 덩굴로 자라고, 감자, 무, 당근, 고구마 등은 땅속에서 자란다는 얘기를 해주어야 합니다. 이런 걸 알아야 아이가 음식을 알고 맛을 알고 자연을 알게 됩니다. 더 나아가 세상을 알게 됩니다.

음식은 자연입니다. 거기에는 지리, 계절, 역사, 농민의 땀, 경제, 무역 등 많은 것이 담겨 있습니다. 그걸 가르치는 것이 살아 있는 교육입니다. 학교에서도 가르쳐야 하지만 부모, 특히 엄마가 가르쳐야 합니다.

이런 교육을 제대로 하려면 집에서 밥을 먹이는 것이 기본입니다. 엄마가 어떤 기준으로 식재료를 사고 요리를 하는지 아이가 옆에서 보면서 자라야 합니다. 젊은 엄마라면 마트에서 식재료를 살 때에도 아이에게 많은 얘기를 해줄 수 있습니다. 나물을 고르면서 산에서 왔는지 들에서 왔는지 말해주고, 어떻게 조리해서 먹는지 말해줄 수 있습니다. 고등어를 사면서 고등어가 한국인에게 어떤 생선인지, 어획고가 어떤지, 가격이 어떻게 변해 왔는지 말해줄 수 있습니다. 중국산 농수산물, 미국산 쇠고기 등이 밀려오면서 우리 농민들이 얼마나 힘들어하는지도 말해줄 수 있습니다.

나도 엄마들이 바쁘다는 걸 잘 압니다. 그러나 진심으로 아이들이 잘 먹고 잘 살길 원한다면 요리 교육에 공을 들여야 합니다. 수학 공부, 영어 공부가 중요한 게 아닙니다. 그런 것을 아무리 잘해도 요리를 모르면 삶이 엉망이 됩니다.

더 나아가 반드시 요리하는 법도 가르쳐야 합니다. 별도로 시간을 낼 필요도 없습니다. 그냥 어렸을 때부터 엄마가 요리하는 모습을 보여주면 됩니다. 보여주다가 어느 정도 나이가 들면 설거지부터 하나씩 거들게 하면 됩니다. 옆에 세워두고 기름을 넣어라, 간장을 넣어라, 볶아라, 비벼라 하다 보면 가르치지 않아도 스스로 터득합니다.

요리를 가르치는 데에는 남녀 구별이 없습니다. 아들딸을 구별 말고 다 가르쳐야 합니다. 요즘 아이들은 어려서부터 유학이다 뭐다 해서 부모와 떨어져 지내는 경우가 많습니다. 요리를 가르치지 않고 외국으로 내보내면 정말로 아이가 아무것이나 주워 먹게 됩니다. 향수병에 걸려서 된장찌개를 먹고 싶어도 방법을 몰라서 못 끓여 먹습니다. 그러다가 우울증에 걸리거나 건강이 나빠져서 유학을 포기하는 경우도 종종 생깁니다.

내 둘째 딸은 대안학교 교장입니다. 그곳에서는 아예 '건강과 음식'이라는 수업을 만들어서 2년 동안 학생들에게 70가지 요리를 가르칩니다. 재료에 대한 이해에서부터 자주 먹는 한식과 양식을 만드는 법, 그리고 아픈 몸을 위한 치료식까지 아주 알찬 내용으로 이루어집니다. 둘째 딸은 당뇨와 암 환자를 위한 치료식을 개발해서 책을 펴낸 건강식 분야의 전문가입니다. 음식으로 병이 난 환자들을 음식으로 고쳐본 경험이 많기 때문에 식생활이 우리의 인생에 얼마나 중요한지를 잘 압니다. 그래서 아이들에게 먹거리의 중요성을 인식시키고 스스로 요리하는 능력을 키워주는 것을 학교 교육의 목표 중 하나라고 생각합니다.

학생들도 요리 수업을 무척 좋아합니다. 지난해 학교에서 〈한식대첩〉 형식의 요리 대회를 열겠다고 하기에 기꺼이 한복을 입고 찾아갔습니다. 나와 우리 딸 부부가 심사를 보고 아이들이 편을 갈라 요리를 했는데, 기대 이상으로 맛을 잘 내서 깜짝 놀랐습니다. 어른들은 아이들이 게임만 좋아하는 줄 알지만 절대 그렇지 않습니다. 어른들이 자꾸 공부하라고 몰아대니까 그게 싫어서 게임에 빠지는 것입니다. 어른들이 아이들에게 세상이 얼마나 넓고 배울 것이 많은지 보여주어야 합니다. 식물, 동물, 자연, 생명, 음식 등에 담긴 인간의 삶을 보게 해야 합니다.

우리 딸들이 가끔 이렇게 말합니다.

"엄마에게 요리를 배운 줄 알았는데 알고 보니 세상을 배웠어요."

요리를 가르치는 것은 세상을 가르치는 것입니다. 그러니 다른 건 못 해도 이거 하나만큼은 제대로 해야 합니다.

자식을
가르친다는 것

한동안 딸들이 뿔뿔이 흩어져 있었습니다.
큰딸은 미국으로 시집을 갔고, 둘째 딸은 남편과 함께 대전에 자
리를 잡았습니다. 막내딸은 첼로를 배우겠다며 이탈리아로 떠
나더니 8년이나 돌아오지 않았습니다. 셋째를 제외하고는 다들
먼 곳에 있었습니다.

그러다가 다시 한두 명씩 돌아오기 시작했습니다. 먼저 첫째
가 한국에 정착하기로 하고 남편과 아이들과 함께 들어왔고, 둘
째 부부도 경기도로 올라왔습니다. 그리고 막내가 결혼과 더불
어 유학 생활을 끝내면서 드디어 네 딸이 모두 가까이 모이게 되
었습니다.

어느 날, 나는 딸들을 모두 한자리에 모았습니다. 더 늦기 전

에 한식을 제대로 전수할 테니 군말 없이 따르라고 말했습니다. 총 6개월 동안 매주 화요일과 목요일에 두 번씩, 절대로 빠지지도 중간에 포기하지도 않기로 약속을 받았습니다. 그렇게 네 딸과 함께하는 엄마의 한식 수업을 시작했습니다.

처음에 딸들은 이 수업을 자매끼리 친목을 다지는 구실 정도로 여기는 것 같았습니다. 엄마가 요리하는 것을 늘 거들며 자랐으니 이 정도야 쉽게 배울 것이라고 생각하는 모양이었습니다. 그러나 나는 첫 수업부터 군기를 강하게 다졌습니다. 냄비로 밥을 하는 것부터 가르쳤는데 딸들은 쌀을 씻는 것에서부터 나의 불호령을 들어야 했습니다. 쌀을 가볍게 재빨리 씻어야 하는데 바락바락 힘껏 씻어서 혼이 나고, 물을 세게 콸콸 틀어놓고 씻어서 혼이 나고, 네다섯 번이 아니라 너무 많이 씻어서 혼이 났습니다.

한 번 혼을 내기 시작하니 온통 혼낼 것 투성이였습니다. 더덕 껍질을 벗길 때 첫째는 꼼꼼하다 못해 세월아 네월아 느리게 깎아서 혼이 나고, 둘째는 감자 깎는 칼로 살까지 파내서 혼나고, 셋째는 씻지도 않고 흙이 붙은 채로 깎아서 혼나고, 넷째는 물을 콸콸 틀어놓고 흐르는 물에 깎아서 혼이 났습니다. 더덕은 먼저 맑은 물에 씻어서 흙을 깨끗이 없애고 행주로 물기를 깨끗이 제거한 다음에 과도로 살살 돌려가며 깎는 것이 정석입니다.

요리를 가르쳐보니 딸들의 성격이 그대로 나왔습니다. 큰딸은 굉장히 꼼꼼해서 어떤 음식이든 순서에 맞게 체계를 세워서 요리했습니다. 어린 시절부터 내 옆에서 많이 도와주어서인지 즉흥적인 발상도 좋고 그릇에 담을 때에도 남다른 면이 있었습니다. 둘째는 이해력이 빠르고 이론이 강하지만 디테일을 놓치는 면이 있었습니다. 셋째는 그야말로 새침하다 싶을 정도로 뒷정리까지 해가며 깔끔한 요리를 했습니다. 넷째는 본능적으로 막 하는데도 타고난 손맛이 좋았습니다.

　나는 네 사람을 딸이라고 생각하지 않고 나의 후계자라고 생각하고 엄하게 가르쳤습니다. 요리 잘하는 가정주부의 수준이 아니라 한식 전문가를 만들기 위한 훈련이었습니다. 그렇게 윽박지르고 혼을 내가며 수업을 마치고 나면 네 딸의 얼굴이 다 어두웠습니다. 이런 수업인 줄 알았으면 시작도 하지 않았을 거라는 후회 막심인 표정들이었습니다. 회원들 앞에서도 마구 혼을 냈으니 자존심이 많이 상했을 것입니다.

　다행히 넷 중 어느 누구도 중도 탈락하지 않고 6개월의 '특훈'을 마쳤습니다. 그렇게 한식 강의가 끝나고 나자 모든 것이 분명해졌습니다. 딸들에게 계속 내 밑에서 한식 연구가의 길을 걸어볼 생각이 없느냐고 물어볼 필요도 없었습니다. 셋째는 남편을 내조하고 아이들을 키우는 일상으로 돌아갔습니다. 둘째는 자신은 실기보다도 이론에 더 관심이 많다면서 건강식과 환자식을 연구하겠다고 선언했습니다. 넷째는 연주 활동과 레슨 활동에 전념하겠다고 했고 이후엔 식품회사를 설립했으나, 요리를 가르치는 일로 결국 내 옆에 남은 사람은 큰딸이었습니다.

사실 큰딸은 중학교 때부터 나를 많이 도와주었습니다. 추도 날이 돌아오면 바쁜 나를 대신해서 큰딸이 웬만한 나물을 다 만들었지요. 대학교 때에는 가정 방문으로 가르치는 나를 따라다니며 보조를 해주기도 했습니다. 미리 재료를 순서대로 준비해서 착착 순조롭게 진행되도록 도와주는 역할이었습니다. 큰딸은 그때부터 나에게 어마어마하게 혼이 났습니다. 가끔 재료 준비가 잘못되어 급하게 시장을 봐야 할 때에도 심부름을 시키기에 만만한 큰딸을 불렀습니다.

그래서일까요. 다른 딸들은 내가 혼을 내면 힘들어하는 반면 큰딸은 잘 견뎠습니다. 가끔은 내가 생각해도 억울할 정도로 심하게 혼을 내는데도 그런 것마저 잘 삼키더군요. 무엇보다 큰딸은 내 요리를 누구보다도 잘 이해합니다. 그래서 내가 막무가내로 던져도 무슨 말인지 알아듣고 회원들에게 쉽게 설명해줍니다. 과정이 복잡한 편인 내 레시피를 잘 잡아내어 젊은 사람들이 이해하기 쉽게 정리해주기도 하고요.

그렇게 큰딸과 함께 요리 연구원을 운영해온 세월이 벌써 20년이 넘었습니다. 나에게 나만의 팬들이 있는 것처럼 큰딸에게도 팬이 많습니다. 내가 주로 나이 지긋한 회원들, 요리 전문가들을 위한 수업을 한다면 큰딸은 요리 초보자들, 신혼 주부들,

신세대들을 위한 수업을 하고 있습니다. 딸은 내가 개발한 한식 메뉴와 요리 철학을 그대로 계승했지만 조리법은 조금 다릅니다. 내 방법을 그대로 가르치면 젊은 사람들은 복잡해서 아예 요리에서 손을 떼버린다는 것입니다. 그래서 맛은 그대로 유지하되 조리 과정을 단순화하는 법을 집중적으로 연구하고 있습니다. 처음에는 편법이 아닌가 생각했지만 계속 큰딸을 지켜보다 보니 그것이 한식이 젊어지는 길이고 시대에 맞게 변해가는 방법이라는 생각이 들었습니다. 하지만 큰딸이 네모난 그릇에 음식을 담는 것은 아직도 마음에 들지 않습니다.

큰딸이 요리 선생이 된 지 20년이 넘었으니 당연히 선생님 대우를 해주어야 합니다. 그걸 잘 알면서도 내 성격이 워낙 다혈질이라 잘되지 않습니다. 나는 화가 나면 물불을 가리지 않고 회원들 앞에서도 버럭 소리를 지르고 면박을 줍니다. 돌아서면 후회를 하고 다시는 그러지 않겠다고 다짐하지만 잘되지 않습니다. 아마 다른 딸들은 나의 이런 성격 때문에 옆에서 같이 일할 마음을 접고 일찌감치 도망간 것 같습니다. 큰딸이 도망가지 않고 옆에 있어주는 것이 고마운데도 마음에 들지 않으면 쥐 잡듯이 잡을 수밖에 없습니다. 그러고 나면 한편으로는 딸에게 미안하고 또 한편으로는 이게 모두 딸이 잘되길 바라는 엄마 마음이라는 것을 딸이 알아주길 바라게 됩니다. 이런 복잡한 심경을 큰딸이 알아줄지 모르지만 말이죠.

다시 태어나도
네 딸의 엄마로
살고 싶다

　　나에게 복이 많다고 말하는 사람들도 내가 딸만 넷을 낳았다고 하면 잠시 당황합니다. 지금은 "그러세요?" 하며 넘어가지만 예전에는 참 안됐다는 표정을 숨기지 못하는 사람들이 많았지요. 그만큼 예전에는 여자가 아들을 못 낳는 것이 불행이자 불명예였습니다.

　　나에게도 보란 듯이 아들을 낳고 싶은 마음이 있었습니다. 어릴 적에 아들이 아니라는 이유로 어머니에게 모진 구박을 받았기에 그 한을 풀고 싶었지요. 그런데 딸을 둘도 모자라 셋을 낳았고 또 넷까지 낳았습니다. 셋째를 낳았을 때에는 남몰래 울었고 넷째를 낳았을 때에는 기가 막혀서 웃었습니다.

　　하지만 딸들을 키우면서 아들이 없어 아쉬웠던 적은 단 한 번도 없습니다. 딸 한 명 한 명이 매 순간 가슴이 벅찰 정도로 큰 기쁨을 주었습니다. 내 새끼가 이렇게 예쁜데 어떻게 우리 어머니는 나를 그렇게 구박했을까 의문이 들 정도였습니다.

나는 우리 어머니를 너무나 사랑하고 존경했지만 우리 어머니처럼 딸을 구박하는 어머니가 되지는 않기로 했습니다. 내가 다가가면 어머니는 밀쳐내기만 했지만 나는 언제든 아이들을 껴안으며 키웠습니다. 아무리 일이 고단해도 밤이 늦도록 아이들의 이야기를 들으며 머리를 쓰다듬고 눈을 맞추었습니다. 새벽에 일어나서 아이들이 나란히 자고 있는 모습을 바라볼 때면 말로 표현할 수 없는 기쁨을 느꼈지요. 내 요리를 오물오물 맛있게 먹는 모습, 포동포동 뽀얗게 살이 올라 건강하게 뛰노는 모습, 그 이상의 기쁨은 어디에도 없었습니다.

한때는 나도 딸들의 삶에 욕심을 부렸습니다. 세상을 더 많이 살았다는 이유로 이런 방향, 저런 방향을 제시하며 딸들의 삶을 관리하려 했습니다. 그런데 그러면 그럴수록 일이 꼬이고 딸들이 괴로워하는 것을 보면서 이게 아니구나 하고 깨달았습니다. 부모가 사랑이라는 이름으로 개입할수록 자식은 불행해질 수도 있다는 것을 비교적 빨리 깨달았습니다. 부모가 할 수 있는 건 그저 믿고 지켜보며 응원하는 것밖에 없습니다.

삶은 알 수 없습니다. 계획대로, 바람대로 되는 일이 하나도 없습니다. 셋째가 하도 특출 나게 공부를 잘하기에 나는 그 아이가 대단한 인물이 될 줄 알았습니다. 그런데 지금 보면 네 딸 중 유일하게 사회생활에 뜻이 없습니다. 한 남자의 아내, 두 아이의 엄마로서 살림에만 충실합니다. 그게 행복하다고 하니 그 또한 보기 좋습니다.

둘째와 넷째는 악기를 공부했습니다. 계획대로라면 지금쯤 둘 다 세계적인 연주자가 되어 있어야 합니다. 하지만 어느 순간부터 둘 다 음악과 상관없는 길을 걷고 있습니다. 둘째는 대안학교 교장이 되어 교육에 전념하고 있고, 넷째는 식품회사를 설립하여 내가 개발한 향신장, 향신즙을 생산하고 있습니다. 악기 교습에 들였던 교육비를 생각하면 기가 막힙니다. 그러나 각자 자기 일을 사랑하니 그 모습 또한 보기 좋습니다.

나는 딸들에게서 많은 것을 배웁니다. 딸들이 걸어가는 삶의 행로를 보면 큰 성공과 부를 좇기보다는 항상 의미를 좇아갑니다. 욕심 앞에서 도리를 선택하는 모습을 늘 보았습니다. 결혼도 조건 좋은 부잣집 남자가 아니라 정말 사랑하는 남자를 선택했습니다. 내 눈에는 차지 않아 속상했지만 이제는 다들 금슬 좋게 사는 모습을 보며 저런 게 진짜 행복이지 끄덕이곤 합니다.

딸들은 또한 부모로서도 처신을 참 잘합니다. 뭘 해도 아이의 의사를 존중하고 강요하는 법이 없습니다. 요즘 엄마들은 자식을 명문대에 보내는 일에 혈안이라는데 우리 딸들은 그런 욕심이 전혀 없습니다. 심지어 학교 교육이 아이의 성향에 맞지 않다며 자퇴를 허락하고 홈스쿨링을 하는가 하면 대안학교에 보내기도 했습니다. 둘째 딸이 운영하는 대안학교에 큰딸과 막내딸이 모두 학부형입니다. 다들 명문대에 가는 것도 바라지 않고 크게 성공하는 것도 바라지 않는답니다. 그저 밝고 건강하게 자라서 각자 자기 몫을 해내는 것으로 충분하다고 합니다.

그래서인지 손주들이 참 잘 자랐습니다. 공부에 찌들지 않고 부모와의 관계가 좋아서인지 언제나 밝고 명랑합니다. 요즘 청소년들과 달리 책을 많이 읽으며 어른들과 얘기하는 것을 좋아합니다. 나를 만나면 반갑게 달려와 포옹부터 합니다. 내가 잔소리가 많고 가끔은 심하게 혼내는 할머니인데도 나를 좋아해줍니다.

나는 이것으로 충분합니다. 아들이 없다는 아쉬움은 이미 오래전에 사라졌습니다. 살뜰한 사위가 네 명씩이나 있으니 아들들을 거저 얻었습니다. 게다가 사위들이 모두 '아내 바보'들이라서 놀리고 사는 재미도 쏠쏠합니다. 효도는 다른 게 없습니다. 자기 인생에 만족하는 모습을 보여주는 것, 그게 효도입니다. 나는 딸들에게 너희들은 이미 충분히 효도했다고 말합니다. 나에게 너무나 큰 기쁨을 주었고 나를 외롭지 않게 해주었습니다. 시간을 돌린다 해도 나는 다시 이 네 딸의 어머니가 될 것입니다. 지금껏 살아왔던 그대로 다시 살면서 더 많이 사랑해줄 것입니다.

든 든 한 마 음

8장

남은 인생, 당신이 있어 다행이다

함께 늙어가는
재미를 깨닫기까지

연애 시절 남편은 나에게 입속의 혀처럼 달콤하게 굴었습니다. 내가 무슨 말만 하면 감동받은 얼굴로 "심 양은 어린 나이에 어찌 그런 생각을 할 수 있습니까. 대단합니다!"라며 칭찬을 했습니다. 옷을 입어도 세련되게 입는다며 칭찬을 하고, 노래를 들어도 취향이 좋다며 칭찬을 했습니다. 이 사람이 제일 잘하던 말이 '놀랍다'였습니다. "놀랍습니다, 놀랍습니다! 심 양은 어쩜 그리 심성도 곱고 생각하는 것도 어른스럽습니까!"

그런데 결혼하면서부터 이 남자가 달라졌습니다. 아무리 잘해도 절대 칭찬하지 않았습니다. 밥을 맛있게 해도, 손님 접대를 훌륭하게 해내도, 살림을 야무지게 해내도 잘했다, 대단하다는 말을 도무지 하지 않았습니다. 그리고 내 말이라면 무조건 반대했습니다. 황지를 떠나지 말자는 것도 반대, 부모님과 따로 살자는 것도 반대, 연금을 반만이라도 달라는 것도 반대했습니다. 뭐든 내 말에 반대하는 것이 이 사람의 인생 목표 같았습니다.

도대체 이 사람이 왜 이러나. 결혼 전에는 분명히 이런 사람이 아니었는데 왜 이렇게 변했을까. 너무 서러워서 도봉산 꼭대기에 올라가 두 시간을 엉엉 울었습니다.

남편은 결혼한 순간부터 내 기를 꺾고 싶어 했습니다. 집안이 나쁘지 않던 내가 시부모님과 자기 앞에서 잘난 척을 할까봐 미리 기를 꺾으려 했던 것입니다. 그래서 내가 무슨 말을 꺼내면 듣지도 않고 이미 입속에서 '노'라는 말을 꺼낼 준비부터 했습니다. "안 돼!", "하지 마!", "그만둬!" 남편이 하도 '노'라는 말만 해서 나는 남편을 '미스터 노'라고 불렀습니다.

파란만장 '미스터 노'와의 결혼 생활

결국 내가 지는 수밖에 없었습니다. 내가 이기면 이 사람이 세상이 무너진 것처럼 죽을상을 하고 앉아 있고 내가 지면 세상을 다 가진 것처럼 의기양양 미소를 지으니, 져주는 수밖에 없었습니다. 남들이 보기에는 내가 기가 세서 남편 머리 꼭대기에 올라가 상투를 쥐고 흔들 것 같지만 완전히 반대였습니다. 남편이 늘

이기고 내가 늘 졌습니다.

'미스터 노'인 남편과 살면서 참으로 치사한 적이 많았습니다. 뭐든 하지 말라고 하니 꼭 하고 싶은 것이 있을 때에는 빌고 애원하고 애교를 떨어야 했습니다. 그래도 통하지 않을 때에는 일단 저질렀습니다. 먼저 얘기하면 절대로 허락해줄 리가 없으니 일단 저지르고 손이 발이 되도록 싹싹 빌었습니다. 갖고 싶은 가구나 그릇은 다 그렇게 갖은 애교를 부려 치사하게 장만했습니다.

집안의 가구를 옮기거나 인테리어를 바꾸는 것도 남편에게 도와달라고 했다가는 시작도 못 했습니다. 남편은 가구를 어디에 놓으면 평생 거기 있어야 하는 줄로만 알았습니다. 나는 좀 더 편하게 쓰기 위해 계속 머리를 굴려서 위치를 바꿔보고 정리 정돈도 다시 해보는데 이 남자는 그걸 쓸데없는 짓이라 생각했습니다. 나는 별수 없이 남편이 잠든 새벽을 틈타서 혼자 몰래 무거운 가구를 이리 옮기고 저리 옮겼습니다. 옷장처럼 덩치 큰 가구도 안에 들어 있는 짐을 다 꺼내고 밑바닥에 걸레를 넣어 살살 끌면 혼자 힘으로 옮길 수 있었습니다. 아침에 일어나면 아이들은 깜짝 놀라며 좋아했지만 남편은 마음에 안 든다며 버럭 화를 냈습니다. 그래도 제자리로 돌려놓으라는 소리는 안 하니까 계속 이 작전을 쓸 수밖에 없었습니다.

하지만 도가 지나쳐서 정말로 이혼당할 뻔한 적도 있었습니다. 시댁에서 나온 뒤로 작은 아파트에서 살다가 드디어 단독주택으로 옮기기로 했습니다. 거의 생활이 불가능한 폐가 수준의 낡은 집이었지요. 남편에게 집을 헐고 새로 짓자고 하니 왜 멀쩡한 집을 허물고 새로 짓느냐며 반대를 했습니다. 남편에게 집이란 이불을 펴고 잠만 자면 되는 곳이었기 때문에 벽에 금이 가고 천장에서 비가 새고 외풍이 심하고 곰팡이가 시커멓게 피어도 꿈쩍을 하지 않았습니다. 적금 탄 것을 보여주며 좋은 집에 살면 기분도 좋지 않냐, 곰팡이 냄새를 맡으면 아이들 건강에도 안 좋다고 아무리 설득을 해도 요지부동이었습니다.

그러다가 남편이 연수를 받기 위해 두 달 정도 집을 비우게 되었습니다. 나는 바로 이때다 싶었습니다. 남편이 없는 사이에 집을 허물고 새집을 지어버리기로 작전을 세웠습니다. 마당 한 귀퉁이에 큰 텐트를 치고 그 안에 합판을 깔았습니다. 집안에 있는 모든 세간과 살림살이를 텐트 안에 집어넣고는 업자들을 불러서 집을 헐어버리게 했습니다. 더럽고 못생긴 집이 눈앞에서 사라지는 것을 보니 속이 후련했습니다.

그렇게 모두 헐고 뒷벽만 남았는데, 남편이 갑자기 집에 들렀습니다. 남편은 사라진 집을 보고는 얼굴이 흙빛이 되었습니다.

"억, 우리 집! 우리 집 어디 갔냐!"

남편은 화가 나서 발을 구르고 소리를 지르며 씩씩댔습니다. 그걸 보는 순간 내가 심하게 큰일을 저질렀구나, 이건 애교로 용서받을 차원이 아니구나 싶었습니다.

남편은 남은 뒷벽이라도 헐지 말라며 난리를 피웠습니다. 그걸 헐어야 집 모양이 제대로 나오지만 남편이 안 된다고 하니 어쩔 수가 없었습니다. 그때 뒷벽을 허물지 못해서 우리 집 부엌이 좁고 찌그러진 모양이 되고 말았습니다. 이후 나는 남편한테 "당신 때문에 대한민국 유명 요리 연구가의 부엌이 이렇게 좁고 찌그러졌다"는 불평을 수없이 했답니다.

이것이 전부가 아닙니다. 나는 작은 연탄광과 부엌 사이의 벽을 터서 부엌을 넓히고 싶었습니다. 남편한테 그렇게 말했더니 절대로 못 뜯는다면서 뜯으면 당장 이혼이라고 으름장을 놓더군요. 하지만 아무리 생각해도 벽을 뜯어야 부엌에 숨통이 트일 것 같았습니다. 그래서 업자를 불러서 벽을 조금 뜯었습니다. 그랬더니 남편이 구청에 신고를 했습니다. 공무원이 불법 개조로 신고가 들어왔다며 감사를 나왔더군요. 너무 기가 막혀서 웃음밖에 나오지 않았습니다. 세상에 아내가 불법 개조를 했다고 신고한 남편은 우리 남편밖에 없을 겁니다.

그렇게 겨우겨우 1층을 완성하고 몇 년 후에 2층을 짓다가 또 이혼을 당할 뻔했습니다. 내가 돈도 준비하고 설계도도 준비해서 공사만 시작하면 되는데, 이 남자는 이번에도 '노'를 외쳤습니다. 1층으로 충분한데 2층이 왜 필요하냐는 것이었습니다. 나는 방 하나만 작게 올리겠다며 빌고 또 빌었습니다. 그렇게 겨우 허락을 받아서 내 마음대로 20평 기둥을 올려버렸습니다. 남편이 퇴근해서 그걸 보고는 머리끝까지 화를 냈습니다. 누구 마음대로 이렇게 크게 올렸냐면서 이제 당신과는 이혼이라고 악을 썼습니다.

그때 내가 같이 악을 썼다면 정말 우리 부부는 이혼을 했겠지요. 나는 빌고 또 빌었습니다. 남편의 바짓가랑이를 붙잡고 용서해달라고 매달렸습니다. 어쨌든 남편 말을 듣지 않고 내 맘대로 했으니 잘못은 나에게 있었습니다. '미스터 노'와 사는 나도 힘들었지만 언제나 제멋대로 일을 저지르는 나와 사는 남편도 참 힘들었을 것입니다.

나는 딸들에게 절대 남편을 이길 생각을 하지 말라고 늘 말합니다. 남자는 본능적으로 여자에게 순종받고 싶어 합니다. 그걸 얻지 못하면 남자들은 거의 폐인이 됩니다. 바깥에서 아무리 시달려도 집에서 아내가 고생했다, 대단하다며 깍듯이 대하면 그 힘으로 사는 것이 남자입니다. 그런데 그런 말을 해줄 유일한 여자가 남자를 깔아뭉개고 이기려 들면 남자들은 정말 살고 싶지 않겠지요.

세월이 많이 흘렀습니다. 이제 남편도 더 이상 '미스터 노'가 아니고 나도 '미세스 제멋대로'가 아닙니다. 서로 이기려고 애쓰던 그 시절도 다 지나갔습니다. 젊은 시절에는 서로 얼굴만 보면 싸울 일이 많았는데 이제는 웃음이 납니다. 조금 뾰로통할 일이 있어도 남편이 "까꿍!" 하며 풀어줍니다. 늙어서 둘밖에 없으니 얼굴을 붉히고 싸워봐야 서로에게 손해라는 걸 알게 된 것이지요.

과거에 늘 남편에게 져준 덕분인지 요즘에는 남편이 나에게 져주는 것을 느낍니다. 이제 남편은 내가 뭘 하자고 하면 옛날과는 달리 "그래, 그럴까?"라고 말합니다. 컴퓨터로 레시피를 정리하거나 메일을 관리하는 것도 사명감을 갖고 해주고, 요리 심부름도 귀찮아하면서도 다 해줍니다. 아이들에게 가끔 전화해서 "네 엄마 심부름에 집 안에서 10리를 걷는다"라고 웃으며 투덜대기도 합니다. 예전에는 아침에 7첩 반상을 차려줘도 당연한 듯 굴었는데 지금은 "고맙다", "맛있다", "당신이 최고다"라는 말을 부쩍 잘합니다.

부부는 이렇게 익어가는 모양입니다. 50여 년 전에 담근 술이 이제야 알맞게 익어 은은한 향을 내는 것 같습니다. 깨가 쏟아지는 신혼의 재미만이 전부가 아닙니다. 함께 늙으면서 익어가는 이 재미도 꽤 좋습니다.

가끔은 남편이
애처롭다

　날씨 좋은 일요일이면 가끔 남편을 졸라 드라이브를 나갔습니다. 음악을 틀고 차창을 열어놓고 햇볕을 즐기면서 달리다 보면 절로 행복한 기분이 들었지요. 그런데 한창 기분이 좋을 때면 남편이 꼭 차를 세우고 길에 떨어져 있는 쓰레기를 줍기 시작했습니다.

　"여보, 그만해요!"

　내가 주의를 주면 남편이 차에 오릅니다. 하지만 남편은 100미터도 가지 않아 다시 차를 세우고 쓰레기를 주웠습니다. 나는 이럴 거면 뭐 하러 드라이브를 나왔냐고 화를 냈습니다. 결국 기분이 나빠져서 집에 돌아오기 일쑤였지요.

　이때가 88서울올림픽 준비 기간이었는데, 남편은 강남구청에서 시민국장을 하고 있었습니다. 그때는 강남 개발이 한창이라서 건물도 많이 짓고 도로 확장 공사도 엄청나게 많이 했습니다. 번듯하게 길을 닦아놓고 가로수까지 심어놓았는데, 그 완벽한 길에 쓰레기가 떨어져 있는 꼴을 볼 수가 없었던 것이지요. 드라이브를 가자고 했더니 기껏 자기가 닦아놓은 도로로 데리고 와서는 쓰레기 줍기에 정신을 팔다니, 정말 멋대가리 없는 남자가 아닌가요.

남편은 일에 미친 남자였습니다. 공무원이 되고 나서는 아예 인생을 일에 맡겨버린 사람 같았습니다. 일요일이고 공휴일이고 없었습니다. 늘 머릿속에 일, 일 생각뿐이었습니다. 한밤중이든 새벽이든 일이 생기면 언제든 출동이었습니다. 저녁을 먹고 나면 무슨 일이 있어도 9시에 잠자리에 들었습니다. 이 남자에게는 다음 날 지각하지 않고 출근하는 것, 무사히 업무를 보는 것 외에는 중요한 게 아무것도 없었습니다.

또한 이 남자는 하늘이 두 쪽 나도 원칙을 지켜야 했습니다. 당시에는 공무원들이 정보를 거의 독점했기 때문에 마음만 먹으면 한몫 챙길 기회가 참 많았습니다. 그런데 이 양반은 그런 쪽으로는 아예 눈길조차 주지 않았습니다. 주변에서 '샌님', '꽁생원'이라는 평가를 들을 정도로 그렇게 융통성이 없었습니다. 한번은 초등학교 동창이 건축 허가를 내달라고 도움을 요청했는데 몇 가지 조항에 위반된다며 단칼에 거절했습니다. 아주 사소한 조항 때문에 거절당한 친구는 크게 배신감을 느끼고 우리 남편과 절교를 해버렸다지요.

남편은 공무원이란 나랏일을 하는 사람이므로 절대 사리사욕을 채워서는 안 된다고 생각했습니다. 업무량도 많고 월급도 적은 대신 명예를 얻으니 명예를 지키는 것이 가장 중요하다고 생각했습니다. 공무원이 명예를 저버리면 정부가 썩고 나라도 썩는다면서 청렴하게, 정직하게, 원리 원칙대로 살자는 것이 남편의 굳은 신조였습니다.

생각이 이러하니 남편은 어떤 욕심도 없었습니다. 다른 동료들은 높은 자리에 올라가려고 윗사람에게 아부도 하고 술대접도 했지만 이 양반은 그런 것도 못 하더군요. 자기 일을 완벽하게 하는 것, 끝까지 아무 탈 없이 명예롭게 은퇴하는 것, 그것만이 이 사람의 목표였습니다.

내 눈에는 이런 남편이 참 갑갑했습니다. 아무리 원리 원칙이 중요해도 조금은 숨 쉴 틈이 있어야 하는데 남편은 매사에 너무 빈틈이 없었습니다. 거절할 때에도 에둘러 좋게 말하면 인심이라도 얻을 텐데 단칼에 싹둑 잘라서 정나미가 떨어지게 했습니다. 왜 그러냐고 물으니 그래야 두 번 세 번 같은 부탁을 하지 않기 때문이라더군요.

남편은 둘째에게 바이올린을 가르치는 것도 반대하고 막내를 유학 보내는 것도 반대했습니다. 공무원 월급으로는 불가능한 교육을 한다며 엄청 화를 냈습니다. 내가 벌어 내 돈으로 뒷바라지하는 것인데도 그렇게 눈치를 봐야 했습니다.

그래도 남편 덕에 우아하게 살았다

그런데 이런 남편을 내가 달리 보게 된 계기가 있었습니다. 남편이 마포구청으로 옮기고 얼마 지나지 않았을 때 와우아파트가 붕괴하는 큰 사고가 일어났습니다. 그게 1970년 7월의 일입니다. 당시 남편의 직책이 청소과장이어서 날마다 현장에 나가 건물 잔해를 치우고 시체를 수습해야 했습니다. 그렇게 일주일간 잠도 못 자고 일하다가 남편이 쓰러졌습니다. 결국 비번인 다음날 하루를 쉬게 되었지요. 그런데 그날 하필이면 구청장이 현장에 나타났습니다. 그날 딱 하루 현장을 비웠다는 이유로, 남편은 직위 해제당했습니다.

그런데 청소부들이 그렇게 열심히 일하는 사람을 어떻게 직위 해제할 수 있느냐며 항의를 했던 모양입니다. 사태가 심각해지자 서울시 내무국장까지 내려와서 구청장에게 직위 해제를 철회하라고 요구했습니다. 현장에서 무리하다 쓰러진 탓에 비번인 날에 하루 쉬고 직위 해제당한 것은 부당하다고 인정되어, 구청장은 결국 한 달 만에 남편을 복직시켰습니다.

청소부들이 남편을 그렇게 따른 이유는 너무나 인간적이었기 때문이었습니다. 이전 과장들은 청소부라고 함부로 대하기 일쑤였던 반면 남편은 절대로 반말을 하지 않았습니다. 그리고 그분들이 집에 일이 생겼다고 하면 근무 시간을 조정해주고 경조사도 챙겨주는 등 인간적으로 대했던 것입니다. 윗사람에게는 술 한 번 살 줄 모르고 빳빳하게 굴면서 아랫사람에겐 다정하니, 그래도 사람이 참 진실하구나, 내가 사람 하나는 제대로 보았구나 하는 확신이 들었습니다.

그리고 얼마 후, 홍수가 나서 댐이 하나 무너졌습니다. 이때는 남편이 건설국장으로 자리를 옮긴 때였는데, 난지도와 망원동 일대가 물바다가 되어 하루아침에 몇천 명의 수재민이 발생했습니다. 실제로는 천재지변으로 인한 사고였지만 부실 공사 때문에 댐이 무너졌다며 주민들이 부글부글 끓어올랐습니다. 다들 밖으로 나와서 죽일 기세로 덤벼드니 공무원들이 무서워서 접근도 못 했습니다. 그때 남편이 나섰습니다. 비가 쏟아지는 가운데 지프 차에 올라타고 난지도로 들어가서 마이크를 붙잡고 주민들을 설득했습니다. 지금은 화를 내고 잘잘못을 따질 때가 아니라 피해 복구에 집중할 때라며 주민들을 다독였습니다. 처음에는 손에 돌멩이를 들고 죽일 기세였던 사람들이 남편의 말에 점차 누그러졌습니다. 다행히 조속히 대피를 시키고 수습을 빨리한 덕에 인명 피해는 없었습니다.

남편은 그날부터 한 달 동안 집에 들어오지 않고 난지도에서 살았습니다. 매일 주민들과 같이 물을 퍼내고 세간을 건져냈습니다. 나중에는 난지도 사람들이 우리 남편에게 너무너무 고맙다면서 세상에 이런 공무원이 있는 줄은 몰랐다고 눈물까지 흘렸습니다. 사실 그 시기에 시아버지가 돌아가셨는데 남편은 삼우제도 지내지 못하고 사고 수습에 전념했으니 내가 보기에도 대단했습니다.

남편은 무사히 공무원 생활을 이어나갔습니다. 1992년에 은퇴를 하면서 녹조근정훈장(綠條勤政勳章)을 받았습니다. 이것은 근무 기간이 33년이 넘은 4, 5급의 은퇴 공직자에게 주는 훈장으로, 포상금을 주는 것도 아니고 무슨 혜택이 있는 것도 아닙니다. 그저 대통령 이름이 박힌 종이 한 장과 금박 입힌 훈장이 전부입니다. 그런데도 남편은 그 상을 받고 너무도 감격스러워했습니다. 온 인생을 바쳐 마침내 얻은 명예였습니다. 은퇴 선물로 서울시에서 부부 동반 유럽 여행을 보내주었습니다. 다른 은퇴 동기들과 함께 보름 정도 다녀왔는데, 남편 덕분에 호강한 경험은 그때가 처음이자 마지막이었습니다.

그러나 곰곰이 생각해보면 이 남자와 결혼한 자체가 나에겐 호강이 아니었나 싶습니다. 내가 요리 선생이라고 목에 힘주고 다닐 수 있었던 것도 따지고 보면 다 남편 덕분입니다. 먹고살 만큼 남편이 꼬박꼬박 월급을 갖다 주었으니 밥벌이와는 상관없이 내 자존심을 지키면서 우아하게 요리를 가르칠 수 있었던 것이지요. 또한 어디서도 꿀리지 않는 공직자 아내라는 명함도 가졌습니다.

남편이 긴 세월 동안 단 한 번의 흔들림도 없이 제자리를 지켜 준 것이 단지 자신의 명예를 위해서만은 아니었다는 것을 압니다. 나와 딸들이 따뜻한 방에 편히 앉아 있는 동안 남편은 처자식을 먹여 살리기 위해, 부끄럽지 않은 아버지로 기억되기 위해 밖에서 온갖 고생을 다 하며 그렇게 열심히 살았던 것이지요. 남자의 인생이 그렇습니다. 아내와 자식에게 튼튼한 우산과 지붕이 되기 위해 궂은일을 다 하면서 정작 자신은 비바람 폭풍우를 다 맞고 다닙니다.

그래서 가끔 남편이 일요일에 코를 골며 정신없이 자고 있는 모습을 보면 애처로웠습니다. 지금도 그렇습니다. 저 남자는 처자식을 위해 죽도록 일만 하다 늙어가는구나 생각하게 됩니다. 여자의 인생만 희생이 아닙니다. 남자의 인생도 만만치 않습니다. 그러니 우리 여자들이 더 많이 위해주어야 합니다. 마음에 안 드는 면이 있어도 되도록 이해해주고 사랑해주어야 합니다.

추억을  무엇과 바꾸나

이따금 어린 시절 살던 집이 꿈에 나옵니다. 어머니 생일에 마당에 천막을 치고 동네 사람들을 다 불러 잔치를 벌이던 풍경이 꿈속에서 펼쳐집니다. 소리꾼들이 노래를 부르고 사람들은 피리 소리 장구 소리에 덩실덩실 춤을 추었지요. 꿈속에서 나는 어린 소녀입니다. 가마니를 둘둘 말아 널을 올리고 신나게 널뛰기를 합니다. 오른손으로 빨랫줄을 잡고 발로 널을 힘차게 차내면 몸이 1미터 공중으로 붕 떠오릅니다. 사람들의 환호 소리, 어머니의 웃음소리가 저 아래에서 들려옵니다. 마당의 풍경이 한눈에 들어옵니다…….

결혼하고 한동안 마당이 없는 집에서 살았습니다. 작은 베란다에 화단을 만들었지만 답답함이 가시지 않았습니다. 마당이 있는 집으로 이사를 가기 위해 열심히 돈을 모았습니다. 그리하여 마흔이 되기 전에 지금의 집으로 이사 올 수 있었습니다.

마당이 생기고 남편과 내가 제일 먼저 한 일은 다섯 개의 독을 묻는 것이었습니다. 가을마다 배추김치, 동치미, 짠지를 만들어 차곡차곡 담았습니다. 그리고 담장을 둘러가며 나무를 심었습니다. 감나무, 대추나무, 앵두나무, 배나무를 심고 개나리, 철쭉, 목련 등의 꽃나무도 심었습니다. 잔디를 쫙 깔고 대문에서 현관에 이르는 돌길을 따라 채송화, 민들레, 나팔꽃, 접시꽃을 촘촘히 심었지요. 보름 정도만 기다리면 온 정원에 꽃이 만발했습니다. 마당을 걸을 때마다 꿈길을 걷는 것 같았습니다.

아이들이 자라면서 마당은 놀이터가 되었습니다. 아침에 눈만 뜨면 다들 마당으로 달려가 숨바꼭질, 흙장난을 하며 놀았습니다. 좀 커서는 언니들이 학교에서 배운 율동을 가르쳐주면 동생들이 따라 하며 노는 장소가 되었지요. 아이들의 생일이 돌아오면 감나무 아래 테이블을 갖다 놓고 친구들을 불러 근사한 파티를 열어주었습니다.

어느 해에는 마당 한구석에 아이들의 체력장 훈련을 위해 철봉을 심어주었습니다. 그랬더니 아이들이 철봉 위로 올라가서 대추를 따기 시작했습니다. 아이 주먹만 한 탱글탱글한 대추가 가을마다 몇 소쿠리씩 열렸습니다. 그걸 생으로도 먹고 말려서 차도 만들고 고추장도 담갔지요.

몇 년 후에는 이 철봉에 그네를 매달아주었습니다. 저녁에 내가 밥을 하고 있으면 아이들이 어둑어둑한 하늘 아래에서 그네를 타며 도란도란 말하는 소리가 들려왔습니다. "얘들아, 들어와서 밥 먹자!" 하고 부르면 그 다람쥐 같은 새끼들이 "예!" 하며 신나게 뛰어들어 왔습니다.

그 건너편에는 펌프가 하나 있었습니다. 바가지로 물을 부어가며 열심히 펌프질을 해야 겨우 물이 나오는 옛날식 펌프였습니다. 펌프 주변을 시멘트로 발라 작은 욕조를 만들었습니다. 여름에는 이 욕조에 물을 한가득 받아서 아이들이 물놀이를 할 수 있게 하였지요. 고무 대야보다 조금 큰 욕조인데도 아이들은 수영장이라도 되는 것처럼 신나게 물장구를 치며 놀았습니다.

아이들이 떠난 후에도 마당은 여전히 우리 가족의 중심이 되었습니다. 거동이 불편한 어머니와 시어머니는 주로 마당을 거닐며 일광욕을 하셨습니다. 어머니가 쓸데없이 꽃을 심지 말고 먹을 것을 심으라고 성화를 하셔서 화단 옆의 빈 공간에 부추, 고추, 호박 등을 심었더니 몇 년이 지나도록 계속 수확이 되었습니다. 특히 호박은 넝쿨을 만들면서 쑥쑥 자라 꽃나무를 다 뒤덮어버릴 정도였지요.

딸들도 어머니들도 모두 떠난 지금 마당은 우리 부부만의 데이트 장소이자 이벤트 장소가 되었습니다. 쌀쌀한 봄바람이 가시면 우리 부부는 작은 테이블을 마당에 내놓습니다. 거기에 보자기 하나만 깔면 피크닉을 나온 기분에 빠집니다. 그곳에서 점심도 먹고 차도 마시고 고기도 구워 먹습니다. 봄에는 삽질을 해서 마당을 다 뒤집어놓고 거름을 뿌립니다. 그리고 꽃시장을 돌아다니며 한 상자에 5000원 하는 채송화, 바이올렛, 맨드라미, 붓꽃 등을 사다가 잔뜩 심습니다. 노인네 둘이 허리를 구부리고 며칠씩 호미질을 하는 것이 힘들지만 여름 내내 정원에 가득한 꽃을 바라보면 그런 수고로움쯤이야 얼마든지 감수할 수 있지요. 거실에 앉아서 정원에 만발한 꽃을 바라보는 즐거움, 그것은 무엇과도 바꿀 수 없는 행복입니다.

시어머니가 살아 계시던 때에 잠시 이 집을 세를 주고 셋째 딸 가족과 살림을 합친 적이 있었습니다. 신도시에 큰 아파트를 사서 어머님 방도 따로 드리고 우리 부부 방도 마련했지요. 방도 크고 거실도 넓은데, 뭔가 답답했습니다. 문을 열고 나와도 흙을 밟을 수가 없고 온통 아파트 빌딩 숲에 갇혀 있으니 마음 둘 곳이 없었습니다. 시어머니는 전에 살던 주택처럼 생각하시고 손수건 하나를 널러 옥상에 올라가셨다가 집을 찾지 못하고 헤매셨습니다. 아파트가 전부 똑같이 생겨서 어디가 우리 집인지 알 수가 없었던 것이지요. 또 엘리베이터 타기가 겁이 나서 초콜릿 하나를 사러 가기 위해 11층 계단을 한 시간 동안 걸어 내려가신 일도 있었습니다. 멀쩡한 보금자리를 두고 이게 무슨 짓인가 싶었습니다. 당장 짐을 싸서 집으로 돌아왔습니다. 그때를 생각하면 짧지 않은 기간 셋째 딸이 할머니를 어찌나 잘 돌보아드렸는지, 아이들을 한창 키우면서 많이 힘들었을 텐데도 묵묵히 할머니를 섬겨드린 것이 생각만 해도 고맙기만 합니다.

한때 사람들이 아파트를 사고팔아 부자가 되는 것을 보면서 낡은 이 집을 수십 년째 끌어안고 사는 우리 부부가 바보가 아닌가 생각한 적도 있었습니다. 정말로 일찌감치 이 집을 팔고 강남에 아파트를 샀더라면 지금쯤 어마어마한 부자가 되었을 겁니다. 하지만 그런 미련함이 평생의 행복을 주었습니다. 인생을 돌이켜볼 때 마당이 없었다면 우리 가족에게 무슨 추억이 남았을까 싶을 정도입니다. 어린 시절 어머니의 생일잔치가 벌어졌던 마당 풍경이 꿈에도 나타날 만큼 나에게 평생의 추억이 되었던 것처럼 우리 딸들도 어린 시절을 생각하면 철봉에 매달린 그네를 타고 감나무 아래에서 생일 파티를 하던 우리 집 마당이 떠오를 것입니다. 아파트로 재산을 불려서 큰돈을 남겨주는 것보다 평생 잊지 못할 추억을 남겨주는 것이 더 의미 있는 유산이 아닐까 생각합니다.

건강이 허락하는 한, 우리 부부는 계속 이렇게 살 것입니다. 내년에도 후년에도 봄이 오면 꽃시장을 열심히 들락거리는 우리 부부를 볼 수 있을 겁니다.

사위 사랑
듬뿍 받던 장모

2000년 어머니가 돌아가시고 입관식을 할 때였습니다. 장의사가 어머니의 몸을 깨끗이 닦고 수의를 입히고 관에 넣었습니다. 관 뚜껑을 닫기 전에 목사님이 마지막 인사를 하라고 하셨습니다. 그 순간, 우리 남편이 다가가더니 아무런 망설임 없이 어머니의 이마와 뺨에 입을 맞췄습니다.

그걸 보는 순간, 마치 고삐가 풀린 것 같았습니다. 나도 어머니 뺨에 입을 맞췄습니다. 우리 딸들도 다 그렇게 했습니다.

장례식장으로 가는 길에 목사님이 조심스럽게 말을 꺼냈습니다. 지금까지 입관 예배를 수도 없이 했지만 사위가 장모 시신 뺨에 키스를 하는 모습은 처음 봤다고 하셨습니다. 도대체 어떤 사이였기에 그럴 수 있느냐며 놀라워하셨습니다.

사실은 나도 놀랐습니다. 남편이 그런 사람이 아니라는 걸 알기 때문이었습니다. 딸들에게도 사랑 표현을 잘하지 않는 사람인데 싸늘한 장모의 시신에 뽀뽀할 용기가 어디서 나왔는지 궁금했습니다.

남편은 정말로 우리 어머니를 좋아했습니다. 호칭도 장모님이나 어머님이 아니라 늘 '어머니'라고 불렀습니다. 30년간 한집에 살면서도 장모와 사위 사이에 갈등이 있었던 적은 단 한 번도 없습니다. 특별히 깊은 대화를 나누거나 친밀하게 지낸 것은 아니지만 두 사람 사이에는 늘 따뜻한 기운이 흘러넘쳤습니다.

나는 이것이 우리 어머니가 장모로서 처신을 너무 잘했기 때문이라고 생각합니다. 어머니는 단 한 번도 내 편을 들어주신 적이 없습니다. 어떤 일에도 사위 편, 시댁 편을 드셨습니다. 젊은 시절 나도 남편과 제법 다투었는데 그때마다 어머니는 나를 죽일 듯이 나무라셨습니다. 여자가 감히 어디서 남편한테 목소리를 높이느냐, 그렇게 잘났으면 너 혼자 살라면서 집에서 나가라고 소리를 지르셨습니다. 어머니가 하도 심하게 나를 혼내시니 오히려 남편이 괜찮다며 어머니를 진정시켜야 했습니다.

나이가 들수록 어머니가 옳았다는 걸 깨달았습니다. 만약 그때 어머니가 내 편을 들었다면 남편의 기분이 어땠을까요. 팔은 안으로 굽는다지만 고부 사이, 장서(丈壻) 사이에서만큼은 팔이 밖으로 굽어야 합니다. 부부가 싸울 때 시어머니가 아들 편을 들면 며느리가 서럽습니다. 마찬가지로 친정어머니가 딸 편을 들면 사위가 서럽습니다. 그럴 때는 전후 사정이 어떻든 간에 시어머니는 아들을 혼내야 하고 친정어머니는 딸을 혼내야 합니다. 그래야 부부 사이에 이롭습니다.

처음에 남편과 나 사이에 결혼 얘기가 오갔을 때 어머니는 반대를 했습니다. 집안이 대단치 않고 군인이라도 갈 길이 너무 멀다며 다른 혼처를 알아보자고 하셨지요. 그러나 막상 결혼이 결정되자 그때부터는 단 한 번도 남편의 집안이나 직업에 대해 흠을 잡으신 적이 없습니다. 결혼한 이상 남편이 바가지 장수건 넝마주이건, 무조건 복종하고 섬기는 게 아내의 도리라고 말씀하셨습니다. 남편이 공무원이 되고 나서는 나랏일을 하는 사람이니 깨끗이 내조하라는 말을 귀에 못이 박일 정도로 하셨습니다.

남편이 어머니를 그토록 좋아한 까닭

어머니는 사위와의 관계뿐만 아니라 사돈과도 관계에서도 처신을 참 잘하셨습니다. 부산에 사셨던 시아버지가 우리 집에 며칠 묵으실 때면 어머니가 아버님 식사를 다 차려주셨습니다. 일하는 아주머니가 있는데도 마음이 안 놓이셨는지 직접 부엌에 들어가서 그 좋은 솜씨로 정갈하게 밥상을 차려내셨습니다. 그 정성을 우리 시아버지가 못 잊고 두고두고 기억하셨지요. 시어머니하고 한집에서 8년을 살 때에도 형님처럼 아우처럼 얼마나 살갑게 지내셨는지 모릅니다. 우리 시부모님뿐만 아니라 다른 사돈들과도 그렇게 잘 지내셨습니다. 특히 작은언니의 시어머니는 우리 어머니를 너무 좋아하셔서 일부러 어머니를 보러 우리 집에 놀러 오시곤 했습니다. 어느 해에는 우리 집에 오셔서 우리 어머니, 우리 시어머니와 함께 셋이서 밤새도록 이야기를 나누고 서로 맛있는 요리도 해주고 양말과 속옷도 함께 빨고 노래도 부르고 덩실덩실 춤도 추면서 일주일 동안 그렇게 재미있게 노셨습니다.

세상에 어떤 사돈지간이 이렇게 지낼까요. 내가 이렇게 오래 살았는데도 우리 어머니처럼 사돈들과 돈독하게 지내는 사람을 본 적이 없습니다. 나도 사돈들과 가끔 만나 식사도 하고 음식도 해드립니다. 사돈들이 아플 때에는 죽을 만들어서 병문안도 가지요. 하지만 우리 어머니만큼 잘하지는 못합니다.

남편이 이걸 잊지 못합니다. 지금도 우리 어머니를 생각하면 정말 좋은 분이었다고, 세상에 둘도 없는 장모님이었다고 그리워합니다. 남편은 어머니를 정말 좋아했는데도 어머니 살아생전에 그 마음을 표현하지 못한 것이 후회스러워서 입관식 때 마지막 인사로 볼에 입을 맞추었다고 합니다.

나도 사위가 넷이나 되지만 그중 누구도 내가 죽은 후에 내 뺨에 입을 맞춰줄 것 같지는 않습니다. 어머니와 비교하자면 나는 너무 막무가내 장모이기 때문이지요. 나는 사위들을 식구라고 생각하고 아들처럼 대합니다. 사위가 예쁘다고 엉덩이를 두들기고, 맛있는 것을 해주고, 배가 나왔다고 놀리기도 하지만 한편으로는 마음에 안 들면 야단을 치고 성깔도 부립니다. 어떤 사위는 잘 적응해서 정말 아들처럼 굴지만 어떤 사위는 상당히 불편해합니다.

그래도 사위들에게 한 가지만큼은 당당합니다. 나는 딸들에게 먹는 것만큼은 최고로 해주라고 가르쳤습니다. 부부싸움을 했든 남편이 미워 죽겠든 식사만큼은 정성을 다해 차려주라고 말합니다. 가끔 불시에 딸들의 집을 방문해서 냉장고 정리가 안되어 있거나 먹을 것이 없거나 집안 꼴이 엉망이면 눈물이 쏙 빠지도록 혼을 냅니다. 그래서 보통은 시어머니가 온다고 하면 혼비백산 난리가 나는데 우리 딸들은 거꾸로 내가 간다고 하면 난리가 납니다.

그래서 우리 사위들은 설사 내 성격을 불편해할지는 몰라도 내 마음만큼은 알아줄 것입니다. 사랑이 몸에 딱 맞는 맞춤복 같을 수는 없습니다. 사랑은 주는 사람이 제 마음대로 만들어준 옷이라서 어딘가는 조이고 배기고 어딘가는 헐렁거립니다. 그렇다고 벗어버리기엔 너무 아깝습니다. 돈이 있다고 해도 어디 가서 그런 옷을 구할 수도 살 수도 없기 때문이지요.

사위든 며느리든 내가 자식을 낳지 않았다면 만날 수 없는 인연입니다. 다 내가 불러들인 인연인 것이지요. 타고난 성격을 어찌할 수는 없지만 그래도 엄마로서 딸들의 행복에 보탬이 되면 되었지 해가 되지는 않아야겠다고 생각합니다. 가끔 우리 어머니를 생각할 때마다 사위에게 뽀뽀는 못 받아도 적어도 미움은 받지 말자라고 생각합니다. 장모는 그저 사위를 위해주기만 하면 됩니다. 나머지는 그냥 자기들끼리 알아서 하게 내버려두면 됩니다.

오늘 하루만
사는 것처럼

매년 추석이 다가오면 시어머니 생각이 납니다. 어머님은 점점 기운이 빠지시더니 추석을 사흘 남겨놓고 자리에 누우셨습니다. 깊은 잠에 빠진 듯 미동도 하지 않으셨지요. 이따금 호흡이 거칠어지는 걸 보면서 시간이 얼마 남지 않았다는 걸 알았습니다.

의식이 있는지 없는지 알 수는 없지만 우리 가족 모두 어머님 귀에 대고 속삭였습니다. "사랑해요. 편히 가세요, 어머니. 예수님 오시면 손잡고 가세요." 함께 찬송가를 부르고 기도를 했습니다.

나는 어머님 기일이 추석 근처인 것이 마음에 걸렸습니다. 자칫 자식들과 손주들이 바쁘다는 핑계로 추도 예배를 소홀히 할까 걱정이 되었습니다. 그래서 어머님 귀에 대고 속삭였습니다.

"어머님, 가실 거면 조금만 더 버텨서 추석날에 맞춰 가세요. 우리가 다 모일게요."

그 말을 들으셨는지 어머님은 추석 바로 다음 날 돌아가셨습니다. 죽음의 순간에 나눈 고부지간의 이 대화에 정감 어린 사랑이 오가는 것을 느꼈습니다. 이후로 우리 가족은 추석 전날 모여서 추도 예배를 드리고 많은 친인척이 함께 추석을 맞고 있습니다.

어머님은 늘 반듯하고 깨끗한 분이었지요. 그 연세에도 속옷만큼은 당신이 직접 빨아서 옥상에 널러 다니셨습니다. 가끔 내가 어머님 빨래를 걷어오면 불호령이 떨어졌습니다. 몰래 어머님 홑청을 뜯어서 빨아도 엄청 화를 내셨지요. 걸을 때 부축을 해드리려고 팔짱을 끼거나 손을 잡아도 뿌리치셨습니다. 나한테만 그러신 것이 아니라 자식들과 손주들에게도 똑같이 그러셨습니다.

이런 깔끔한 성격 때문에 목욕을 시켜드릴 때마다 애를 먹어야 했습니다. 며느리에게 알몸을 보이기 싫어하시니 홑치마를 입히고 얼굴을 돌린 채로 씻겨드려야 했습니다. 그렇게 씻기다 보면 어쩔 수 없이 가슴도 만지고 사타구니도 만지게 되는데, 그때마다 어머님은 격노해서 비누를 던지고 나를 때리고 고함을 지르셨습니다. 며느리 년이 감히 시어머니의 어딜 만지느냐며 나를 때리셨지요. 나는 그 상황에 웃다가도 어머니의 손길이 아파서 "아유, 어머니. 저 아파요, 그만 때리세요!" 하며 비명을 지를 수밖에 없었습니다.

친정어머니 30년에 시어머니 15년. 그중 두 분을 함께 모신 기간은 8년입니다. 그 긴 시간을 어떻게 모셨나 싶겠지만 사실 나는 그렇게 긴지 몰랐습니다. 30년 모셨다, 15년 모셨다고 얘기하면 길게 느껴지지만 나에게는 그날 하루, 오늘 하루 모신 것이기 때문입니다.

《성경》〈누가복음〉에서 예수님이 이런 일화를 말씀하십니다. 어떤 부자가 기름진 농토를 가지고 있었습니다. 풍년이 들어 수확이 늘어나자 부자는 곳간을 헐고 더 크게 짓기로 결심했습니다. 여러 해 먹을 곡식이 충분히 쌓였으니 편히 쉬면서 먹고 마실 생각에 기뻐했습니다. 그때 하나님의 목소리가 들렸습니다. "어리석은 자여, 오늘 밤에 네 영혼을 도로 찾으리니 그러면 네 준비한 것이 누구의 것이 되겠느냐."

사람이 제아무리 잘난 척해도 한 치 앞을 모릅니다. 오늘 아무리 기뻐도 내일 불행이 닥칠 수도 있고 갑자기 죽어버릴 수도 있습니다. 마찬가지로 오늘 아무리 불행해도 내일까지 불행하리란 법은 없지요. 친정어머니에 시어머니까지 어떻게 모시나, 언제까지 모셔야 하나, 이런 생각으로 두 분을 모셨다면 하루가 10년 같고 삼시 세끼 차리는 것이 중노동이었겠지요. 오늘 하루를 마지막 날처럼 살면서 해야 할 일을 열심히 하면 10년이건 30년이건 즐겁게 살 수 있습니다.

　사람은 모두 오늘 하루를 사는 존재입니다. 오늘 하루만 잘 섬기면 끝입니다. 나는 내일 일을 염려하지 않습니다. 우리 딸들이 내일 일을 걱정하며 안달하면 나는 "몰라, 나는 내일 일은 몰라"라고 말합니다. 그리고 지금 주어진 일에 최선을 다하면 된다고 말합니다. 지금 해야 할 일을 하다가 죽어도 그만이라는 각오로 살면 됩니다. 다른 사람들은 원대한 목표를 세우지만 나는 예나 지금이나 오늘 하루를 여한 없이 살아가는 것 외에는 큰 목표가 없습니다. 그래서 나는 요리도 목숨 걸고 하고, 수업도 목숨 걸고 하고, 방송도 목숨 걸고 합니다. 목숨 걸고 사랑하고, 목숨 걸고 섬깁니다. 걱정 없이 가볍게, 여한 없이 즐겁게 오늘을 살다 가는 것이 최선입니다.

단 하루도
몸을 놀리지 마라

우리 집의 2층 거실 창문 앞에 서면 한강이 훤히 내려다보입니다. 날씨가 좋은 날에는 한강 너머로 관악산의 능선까지 뚜렷이 들어오지요. 서울 중심부에서 이렇게 좋은 전망을 가진 집은 우리 집밖에 없을 거라는 농담을 남편과 주고받습니다. 한 20년 전에 이 창문 앞에 러닝머신과 자전거를 설치했습니다. 그리고 그때부터 지금까지 우리 부부는 단 하루도 빼먹지 않고 운동을 하고 있습니다.

운동은 주로 새벽에 일어나서 합니다. 먼저 30분 정도 간단한 스트레칭을 하지요. 손목을 털고 발목을 돌리고 팔다리를 쭉 펴서 근육을 늘려줍니다. 그리고 창문을 활짝 열고 러닝머신 위에 오릅니다. 시원한 한강 풍경을 보면서 달리다 보면 어둑어둑했던 하늘이 밝아옵니다. 하늘 색깔이 바뀌는 것만 보고 있어도 지겹지 않게 30분을 달릴 수 있지요. 때로는 작은 TV를 틀어놓고 뉴스를 보면서 운동을 합니다. 혹은 스마트폰으로 목사님의 설교를 틀어놓아도 30분이 후딱 가지요.

남편은 아래층에서 운동을 시작합니다. 그이도 일어나자마자 부스럭거리며 스트레칭을 하지요. 고개도 돌리고 어깨도 돌리고 제자리에서 일어났다 앉았다 하면서 굳은 근육을 풀어줍니다. 그렇게 한참 동안 몸을 풀고 2층으로 올라옵니다. 그러면 남편이 러닝머신을 하고 나는 자전거로 갈아탑니다.

30분이 지나면 이번에는 남편이 자전거로 갈아탑니다. 그러면 나는 훌라후프를 가져와서 허리를 돌립니다. 한 10분 정도 돌리면 300개를 채울 수 있습니다.

이렇게 운동을 하고 나면 우리 부부는 엄청 배가 고픕니다. 저녁을 거의 안 먹다시피 하기 때문에 아침에 운동까지 하고 나면 거지처럼 식욕이 왕성해지지요. 부엌으로 내려가 7첩 반상으로 황제 같은 아침을 준비합니다. 아침을 맛있게 다 먹고 나면 사과 한 알을 반으로 쪼개서 껍질째 먹습니다.

이런 생활이 20년째 계속되었습니다. 둘 중 누구라도 꾀를 피울 법도 한데, 우리 둘 다 그런 법이 없습니다. 둘 다 일어나면 자동적으로 스트레칭을 하고 자동적으로 러닝머신 위에 오릅니다.

남편은 시계처럼 정확한 공무원이었기에 뭔가를 꾸준히 하는 것이 체질입니다. 매일 같은 시간에 일어나서 운동을 하고 조간 신문을 읽고 마당을 쓸고 컴퓨터를 들여다봅니다. 거의 업무를 처리하는 것처럼 운동 시간도 정확히 지키지요.

남편이 규칙으로서 운동을 한다면 나는 가만히 있지 못해서 운동을 합니다. 내가 성격상 가장 못 하는 것이 아무것도 안 하고 가만히 있는 것입니다. 어려서부터 어머니의 구박 아래 한시도 쉬지 않고 일을 해서인지 가만히 있으면 조바심이 나지요. 멍하니 있느니 방바닥을 닦는 것이 낫고, 누워서 쉬느니 책이라도 읽는 것이 낫습니다. TV를 보면서도 가만히 있는 것이 아까워서 다리를 올렸다 내렸다 합니다. 딸들과 찜질방에 가서도 한증막 안에서 몸을 흔들고 맨손체조를 하고 팔을 떨면서 살들을 못살게 굽니다. 딸들은 사람들이 쳐다보니까 하지 말라고 말리지만 나는 개의치 않습니다.

그래서 그런지 평생 살찐 적이 없습니다. 요리 선생이라 수업 하면서 오전 오후로 이것저것 먹을 수밖에 없는데도 살이 쪄서 고민한 적은 한 번도 없었습니다. 몸에 좋은 한식을 먹고 날마다 운동을 하기 때문이라고 생각합니다.

아이들을 키우던 시절, 겨울이 되면 아이들이 집 안에서 웅크리고 있을 때가 많았습니다. 추워서 마당에도 안 나가려고 하고 학교에 다녀오면 따뜻한 아랫목만 파고들었지요. 활동량이 적으니 비실거리고 나태해지는 것이 눈에 보였습니다. 그 꼴을 두고 볼 수가 없었습니다.

어느 날 새벽 4시에 네 딸을 모두 깨웠습니다. 졸려서 낑낑대는 아이들을 일으켜 세우고 제일 두꺼운 외투에 목도리를 둘러 중무장을 시켰습니다. 그러고는 택시를 잡아타고 남산으로 갔습니다. 하나 둘, 하나 둘 구령을 붙이면서 빠른 속도로 걷게 했습니다. 엄마 힘들어요, 엄마 추워요 하며 징징거리는 아이들을 다독이며 정상까지 데리고 올라갔습니다. 그리고 어르신들 옆에서 운동을 하게 하고 차가운 약수를 한 바가지씩 마시게 한 후 찻집에서 쌍화차를 한 잔씩 사주었습니다. 달걀노른자를 동동 띄운 옛날식 쌍화차였는데 추워서인지 어린것들이 진짜 맛있게 먹었습니다.

이렇게 한바탕 운동을 시키고 집으로 돌아와 진수성찬으로 아침을 해 먹여서 학교에 보냈습니다. 이러한 남산 새벽 등반을 계절이 한 바퀴 돌 때까지 1년 넘게 계속했지요. 딸들이 하나씩 대학에 들어가면서 중단되었지만 겨울방학에 가끔 아이들이 방바닥을 뒹굴고 있을 때면 또 일으켜서 데리고 나가곤 했습니다.

지금도 나는 딸들이 퍼져 있는 꼴을 못 봅니다. 딸의 집에 놀러 갔을 때 딸이 가만히 앉아서 TV를 보고 있으면 야단을 칩니다. 그러고 있을 시간에 밑반찬이라도 하나 더 만들고 냉장고 청소라도 하라며 일으켜 세웁니다. 그것도 싫으면 함께 산책이라도 나가자며 끌고 나옵니다. 사람은 시간이 날 때마다 움직이고 걸어야 합니다. 동물 중에 운동을 하지 않고 가만히 있는 것은 죽을 날을 앞둔 가축뿐입니다. 요즘에는 그런 가축마저도 일정 크기의 공간을 주고 하루 몇 시간씩 움직일 시간을 줘야 한다는 동물권을 강조합니다. 그러니 인간이 움직이지 않으려 하는 것은 스스로의 권리를 저버리는 것과 같습니다.

한식이 참 건강한 음식인데도 조선시대 왕들 중에 건강한 사람이 없었습니다. 운동을 하나도 하지 않은 데다 체면 때문에 걷는 것조차 천천히 걸어야 하니 왕들이 건강할 수가 없었던 것이지요. 특히 운동을 극도로 싫어한 세종대왕은 살도 찌고 당뇨까지 앓았다고 합니다. 아무리 좋은 음식을 먹어도 운동을 하지 않으면 소용이 없습니다.

최근 뉴스를 보니 노인들뿐만 아니라 젊은 층에서도 관절염이 증가하고 있다고 합니다. 먹고 운동을 하지 않아 비만해진 상태에서 또 운동 없이 다이어트만 하고 있으니 관절이 빠르게 노화하는 것이지요.

젊을 때는 건강이 얼마나 큰 축복인지 잘 모릅니다. 두 눈으로 볼 수 있고 두 귀로 들을 수 있으며 사지 멀쩡한 몸으로 걸을 수 있다는 것이 얼마나 큰 축복인지 모릅니다. 건강을 잃고 나서 후회하지 않으려면 늦기 전에 지금부터 운동을 해야 합니다. 틈나는 대로 걷고 움직여야 합니다. 힘들고 귀찮게 어떻게 매일 운

동을 하느냐고 생각하지 말고 오늘 하루, 또 오늘 하루 계속하면
됩니다. 습관을 들여 운동하다 보면 건강한 노년을 맞이할 수 있
습니다.

섬세한 미각을
유지하는 비결

사람은 늙어가면서 신체의 모든 기능이 퇴화합니다. 시각과 청각이 퇴화하는 것처럼 촉각, 후각, 미각까지 퇴화합니다. 어머니들이 나이가 들면서 요리의 간이 강해지는 것도 후각과 미각의 기능이 떨어지기 때문이지요.

우리는 맛이라고 하면 흔히 미각만 떠올립니다. 하지만 미각은 후각과 떼려야 뗄 수 없고 시각, 청각, 촉각, 심지어 영감과도 연결됩니다. 요리는 재료를 고르는 일에서 시작하여 접시에 요리를 담는 것으로 끝이 납니다. 모든 감각을 총동원하여 아름다운 작품을 만들어내야 합니다. 그러니 오감이 아니라 육감까지 발달해야 좋은 요리사가 될 수 있습니다.

특히 후각은 맛을 판단하는 데에 없어서는 안 될 감각입니다.

사실 우리 혀가 느낄 수 있는 맛은 짠맛, 단맛, 신맛, 쓴맛, 매운맛, 감칠맛의 여섯 가지뿐입니다. 여기서 매운맛은 맛이 아니라 아픔이므로, 엄밀히 말하자면 다섯 가지가 맛의 전부이지요. 예를 들어 사과와 오렌지의 맛을 비교해본다면 둘 다 새콤달콤합니다. 포도도 새콤달콤하고 딸기도 새콤달콤합니다. 다 새콤달콤한 맛인데도 우리 입에서는 완전히 다른 맛으로 느껴집니다. 그 이유는 향을 구성하는 성분이 다르기 때문이지요.

따라서 재료의 차이를 감별하는 데에는 후각이 중요한 역할을 합니다. 후각을 잃으면 사과와 양파의 맛도 구분을 못 합니다. 그래서 성악가가 늘 목을 보호하고 피아니스트가 손가락을 관리하듯이 요리사는 미각과 후각을 유지하기 위해 노력해야 합니다.

다행히도 나는 건강식을 연구하는 둘째 딸 덕분에 일찍부터 해독 주스를 먹으며 미각과 후각을 단련시켜왔습니다. 사실 해독 주스란 대체의학에서 암환자들의 치료법으로 쓰는 것으로 몸에 쌓인 독소를 배출하여 몸을 젊게 유지시켜줍니다. 건강 유지는 물론 노화 방지에도 두루 좋다고 합니다.

방법은 채소즙 혹은 과일즙만 먹으면서 며칠 동안 굶는 것입니다. 원래 서양 사람들이 만든 해독 프로그램은 생수에 레몬즙과 메이플시럽을 혼합하는 것이라는데 우리 딸이 내게 권한 것은 귤청이었습니다.

만드는 방법은 간단합니다. 귤의 껍질을 잘게 썰어 유리병에 가득 담습니다. 그 위에 꿀을 부어서 뚜껑을 닫고 한 달 정도 숙성시키면 귤청이 완성됩니다. 이것을 한 스푼 덜어서 물에 타 마십니다. 다른 음식은 먹지 않고 하루에 대여섯 차례 이것만 마십니다.

처음에는 반신반의했습니다. 며칠을 굶으면 기력이 약해져서 자리에 눕는 것이 아닐까 걱정이 되었습니다. 그런데 딸이 말하기를, 오히려 2~3일 정도 장을 비우면 간이 쉴 수 있는 휴식기가 생겨서 건강에 도움이 된다고 했습니다. 또한 지금까지 여러 사람의 해독 과정을 지도해본 결과 몸 상태를 살펴가며 조심스럽게 진행하면 전혀 위험하지 않고 오히려 만족도가 매우 높았다고 했습니다.

그래서 딸의 도움을 받아 해독 프로그램을 시작했습니다. 네 시간 간격으로 귤청 주스를 마셨습니다. 딸의 말대로 중간중간에 물이나 감잎차도 많이 마셨습니다. 첫날은 공복 때문에 좀 힘들었지만 둘째 날은 견딜 만하더군요. 굶으면 무조건 쓰러질 줄 알았는데 오히려 셋째 날이 되자 몸이 더 가벼워졌습니다.

넷째 날부터는 딸이 일러주는 대로 채소 퓨레를 만들어 먹었습니다. 감자, 당근, 양파, 붉은 양파, 토마토, 브로콜리, 양배추, 샐러리, 파, 마늘, 케일 등 총 12가지 채소를 냄비에 넣고 4~5시간 동안 약한 불에 고아서 믹서에 갈아 마십니다. 곧바로 밥을 먹지 않고 퓨레를 먹는 이유는 소화 기능이 떨어진 상태이기 때문에 서서히 장을 깨우기 위해서라고 합니다. 한 끼에 반 컵 정도를 천천히 먹는 것이 좋습니다. 이렇게 채소 퓨레를 3일간 먹고 나서 흰죽을 하루 먹고, 그다음 날부터 밥을 먹습니다. 정상 식사로 돌아오기까지 꼬박 일주일이 걸립니다.

해독 과정을 무사히 끝내고 밥을 먹기 시작하니, 변화가 느껴졌습니다. 예전보다 짠맛, 단맛, 향 등이 매우 강하게 다가왔습니다. 당근이나 무 같은 흔한 재료도 맛과 향이 진하게 느껴졌습니다. 특히 나물을 먹을 때에는 세상에 그렇게 맛있는 음식이 있다는 것에 새삼 놀랐습니다. 나물 특유의 향과 흙맛, 바람맛까지도 느낄 수 있었습니다.

특히 인공적인 맛은 먹지 못할 정도로 강하게 다가옵니다. 잼, 케첩, 아이스크림, 빵, 과자, 합성향이 첨가된 음료나 주스 등은 너무 달고 짜게 느껴질 뿐만 아니라 맛이 이상해서 몸이 거부합니다. 이후로 6개월에 한 번씩 해독 프로그램을 꾸준히 실천하고 있습니다. 올해로 10년쯤 되었습니다.

나는 미각이 하나님이 인간에게 주신 축복 중의 하나라고 생각합니다. 우리가 맛을 모른다면 인생이 얼마나 재미없을까요. 먹는 것이 얼마나 지루한 노동일까요. 태아는 자궁에서 3개월만 지내면 맛을 느끼기 시작한다고 합니다. 바로 그때부터 본능적으로 양수를 먹습니다. 살아야겠다는 인간의 본능은 미각을 통해 더 강해집니다. 건강이 악화되어 입맛을 잃은 사람이나 사고로 미각이나 후각을 잃은 사람들은 먹는 즐거움이 없으니 살맛이 안 난다고 말합니다. 그만큼 미각은 삶의 의욕과 불가분의 관계입니다.

일본에는 식품첨가물에 중독되어 미각을 잃은 미각 장애자들이 24만 명이나 된다고 합니다. 이런 사람들은 진짜 오렌지 주스와 합성 착향료로 맛을 낸 가짜 오렌지 주스를 구별하지 못한다고 합니다. 또한 맛을 잘 느끼지 못하니 더 자극적인 맛을 탐한다고 합니다. 그래서 미각 장애자들은 당뇨, 고혈압, 비만 등에 더 쉽게 노출된다고 합니다. 미각이 망가지면 건강이 망가집니다.

따라서 우리는 신이 주신 이 좋은 선물을 건강하게 유지하기 위해 스스로 노력해야 합니다. 평소에 음식을 자극적으로 먹지 않고 인스턴트와 패스트푸드를 줄이는 것만으로도 미각은 살아납니다. 더 나아가 좋은 재료로 집에서 직접 요리를 해야 합니다. 신선한 채소와 과일, 싱싱한 해산물, 건강하게 자란 소, 돼지, 닭 등 좋은 재료를 건강하게 조리해 먹을수록 우리의 미각이 점점 섬세해질 것입니다.

남편에게
경제권을 넘긴 까닭

남편이 정년퇴직하고 내가 제일 먼저 한 일은 집 안의 통장을 모두 모아서 남편에게 넘겨준 것입니다. 나는 예금, 적금, 보험, 사업자등록증, 인감도장까지 모든 것을 넘겼습니다.

그 후 우리 집 가계는 남편이 꾸려왔습니다. 요리 연구원 경비, 회사 매출, 은행 융자금, 심지어 후원금과 부조금 내역까지 나의 모든 수입과 지출을 남편이 관리합니다. 딸들도 돈 문제를 예전에는 나와 의논했지만 지금은 아버지를 찾습니다. 자기들끼리 얘기를 끝내고 나한테는 통보만 합니다. 돈은 내가 버는데 실권은 우리 남편이 쥐고 있습니다.

가끔 내가 돈 쓸 일이 있을 때에는 남편에게 조목조목 설명해야 합니다. 이러저러해서 얼마만 쓸 테니 언제까지 만들어달라고 말하면 남편은 내가 버는 돈인데도 온갖 생색을 내면서 돈을 내줍니다. 특히 후원금과 경조사비 때문에 자주 부딪칩니다. 나는 후원 요청이 들어오면 거절을 잘 못 합니다. 여기저기 후원금을 걸어놓고도 부탁이 들어오면 또 새로운 후원을 시작합니다. 각각은 많지 않지만 모두 합치면 꽤 액수가 큽니다. 액수가 너무 커지니 남편은 후원금을 정리하고 줄이려고 합니다. 경조사비도 나는 넉넉히 하려고 하고 남편은 그렇게 많이 하면 잘난 척하는 걸로 보인다며 줄이자고 합니다. 도무지 내 맘대로 되는 것이 없어서 답답할 때도 있지만, 그래도 남편에게 통장을 넘긴 것에는 후회가 없습니다. 나는 통이 큰 기분파이고 남편은 알뜰한 계획파입니다. 나는 돈에 신경 쓰고 계산하며 사는 것이 딱 싫은 사람이지만 남편은 그게 체질입니다. 그러니 남편에게 모두 넘긴 게 아주 편하고 홀가분합니다.

하지만 내가 경제권을 넘긴 진짜 이유는 따로 있습니다. 나는 남편에게 책임과 권위를 주고 싶었습니다. 남자들이 은퇴하고 집에 들어앉아 있으면 금세 바보가 됩니다. 회사에 다닐 때에는 그나마 돈을 벌어다주니까 큰소리를 치지만 은퇴 후에는 일도 없고, 경제권도 아내에게 넘어가고, 집안일도 하나도 모르고, 아이들은 아버지를 멀리하니, 왕따가 되는 것은 시간문제입니다. 주변에서 이런 얘기를 많이 듣고 보았기에 나는 우리 남편을 그렇게 만들고 싶지 않았습니다. 돈을 버느라 30년 넘게 수고했는데 이제는 돈을 벌지 못한다고 폐품 취급을 받으면 얼마나 서러울까요.

그래서 나는 우리 집의 곳간 열쇠를 남편에게 맡겼습니다. 이거야말로 가장 확실한 일자리이자 권위이기 때문입니다. 과거에 시어머니들이 곳간 열쇠를 쥐고 며느리들을 쥐락펴락했던 것처럼 나는 남편에게 일자리와 경제권을 주어 나뿐만 아니라 딸들까지도 쥐락펴락할 수 있는 권력을 주었습니다.

남편은 공직에 있을 때에는 언제나 내게 월급봉투를 통째로 갖다 주었습니다. 다른 남편들은 돈을 미리 빼놓기도 하고 총액을 속이기도 한다는데 이 남자는 그런 법이 없었습니다. 언제나 통째로 투명하게 주고 자기 용돈도 나에게 탔습니다. 그것도 어디에 얼마를 쓸 거니까 이번 달에는 얼마를 달라고 봉투에 미리 적어놓곤 했습니다. 생활비를 어떻게 쓰는지도 일절 간섭하지 않았습니다. 한번은 내가 남편이 가져다준 월급을 30분 만에 다 써버린 적이 있습니다. 그런데도 어디에 썼느냐 묻지도 따지지도 않았습니다. 그만큼 나를 신뢰해준 것이지요.

남편이 나에게 그런 믿음을 주었으니 이제는 내가 남편에게 믿음을 줄 차례였습니다. 그래서 우리 집은 거꾸로 했습니다. 다른 집은 돈 버는 사람이 권력을 갖는다는데 우리 집은 오히려 돈을 안 버는 사람이 권력을 갖습니다. 남편이 돈을 벌 때에는 권력이 나에게 있었는데 내가 돈을 버는 지금은 권력이 남편한테 있습니다.

여자들은 알아야 합니다. 평생 마누라 앞에서 잘난 척했던 남편이 깃털이 다 빠져서 누워 있으면 통쾌할까요? 그럴 것 같지만 전혀 그렇지 않습니다. 그 꼴을 보느니 차라리 허세 떠는 모습이라도 보는 것이 훨씬 낫습니다.

남편을 보면 내가 참 잘했구나 싶습니다. 남편은 여든넷의 나이에 아직도 눈빛이 총명하고 얼굴에 생기가 있습니다. 젊은 사람처럼 어깨를 쫙 펴고 경쾌하게 걸어 다닙니다. 그 나이에 아직도 아침마다 7첩 반상으로 융숭한 대접을 받고 경제권을 움켜쥐어 마누라와 자식들 앞에서 목에 힘을 줄 수 있으니 살맛이 나겠지요.

남자에게는 죽을 때까지 권위가 필요합니다. 그걸 지켜주는 것은 여자가 희생하는 것이 아니라 부부의 행복을 지키는 것입니다. 남편이 행복해야 아내도 행복합니다. 휘두르거나 지배하려 하지 말고 서로 아끼며 섬겨야 합니다.

내가 먼저 죽으면,
당신이 먼저 죽으면

우리 부부는 언제나 새벽 6시 30분에 일어납니다. 내가 2층에 있는 내 침실에서 뒤척이고 있으면 1층에서 일어난 남편이 어김없이 올라와 "여보, 잘 잤어?" 하며 방문을 열지요. 남편은 2층의 창문을 모두 열어 환기를 시키고는 내 물컵과 찻잔을 챙겨서 아래층으로 내려갑니다. 곧바로 남편도 나도 운동을 시작합니다. 그렇게 하루가 시작됩니다.

남편과 내가 1층과 2층을 나눠 쓰기 시작한 지는 20년 가까이 되었습니다. 아이들이 모두 결혼하고 어머니도 돌아가시고 시어머니만 우리 곁에 계실 때부터 우리 부부는 서서히 공간을 따로 쓰기 시작했습니다. 방을 따로 쓴다고 하면 흔히 부부 사이가 나빠서 각방을 쓴다고 생각하지만 우리 부부의 경우에는 그것과는 개념이 다릅니다. 그보다는 한집에서 사이좋게 지내되, 서로의 영역을 구분하여 생활하는 것입니다.

이렇게 된 이유는 남편과 나의 생활 습관이 완전히 다르기 때문입니다. 남편은 TV를 굉장히 좋아합니다. 자다가도 어렴풋이 눈을 뜨면 TV부터 틉니다. 뉴스와 연속극을 많이 보는 남편은 이리저리 옮겨 다녀도 끊어지지 않도록 방방마다 TV를 갖다놓았습니다.

나에게는 TV가 방해가 됩니다. 나는 집에서는 주로 요리 메뉴를 연구하고 레시피를 쓰면서 시간을 보냅니다. 그래서 조용한 환경을 원합니다. 레시피가 떠오르면 언제 어디서든 종이 한 장을 꺼내서 적어야 합니다. 한밤중에도 벌떡 일어나서 불을 켜고 레시피를 적을 때가 많으니 남편의 수면에 방해가 되지요.

그래서 의논 끝에 내가 2층으로 올라가기로 했습니다. 처음에는 잠만 2층에서 잘까 했는데 막상 2층에 올라가 보니 서재도 있고 옷방도 있고 운동할 공간도 있어서 내려가기가 싫어졌습니다. 그래서 야금야금 내 옷과 짐을 2층으로 옮기다 보니, 어느새 나는 2층에 살고 남편은 1층에 사는 우리 부부의 생활 방식이 자리 잡았습니다.

막상 이렇게 살아보니, 너무 좋습니다. 요즘 젊은이들이 왜 결혼을 안 하고 혼자 사는지 이해가 갈 정도입니다. 나만의 공간을 가지니 내 마음대로 꾸밀 수 있어 좋고, 간섭하는 사람이 없어 좋습니다. 옷도 아무렇게나 걸치고 있어도 되고 새벽에 잠을 자든 일어나든 내 마음대로 할 수 있어 좋습니다. 잠이 오지 않을 때면 언제든 일어나서 레시피를 쓰고 책을 읽고 운동을 하고 오래된 앨범도 뒤적이고 옷장 정리도 합니다. 잠이 안 오는 새벽에 혼자서 서랍 안의 속옷과 내복을 정리하고 있으면 기분이 얼마나 좋은지 모릅니다. 남편과 같은 공간을 쓰면 절대로 가질 수 없는 행복입니다.

너무 행복해서 남편에게 내심 미안했는데, 그럴 필요가 전혀 없었습니다. 남편은 나보다 더 행복해했습니다. 내가 없으니 이 방 저 방에 TV를 마음대로 틀어놓고 뉴스와 연속극을 보면서 신이 났습니다. 커다란 침대에 대자로 뻗어 잠을 자도 걸리적거리는 게 없어서 아주 좋아합니다.

가끔 겨울밤에 혼자 자다가 쓸쓸한 마음이 들면 아래층으로 내려가 슬며시 남편 품으로 들어갑니다. 그런데 조금 자다 보면 남편이 없습니다. 어디 갔나 찾아보면 2층에 올라가 내 침대에서 자고 있더군요. 다음 날 남편이 말합니다.

"당신 때문에 잠을 설쳐서 혼자 자려고 2층으로 올라갔어. 당신 냄새가 나서 잠을 아주 잘 잤어."

좋은 말인지 나쁜 말인지 헷갈립니다.

인생을 돌아보면 우리 부부 사이가 지금처럼 좋았던 적이 없었습니다. 신혼 때에는 서로 말이 안 통했고 아이들을 키우면서는 얼굴 볼 시간도 없이 바빴습니다. 그렇게 으르렁거리면서도 서로를 옭아매고 구속하기에 바빴지 풀어줄 생각은 못 했습니다. 이렇게 나이가 들어서야 서로에게 자유를 허용할 여유가 생깁니다. 2층에 혼자 있으면 마치 남편과 별거 중인 여자 같기도 하고 혼자 사는 싱글 여자 같기도 한, 묘한 기분에 휩싸입니다. 하지만 1층에 내려가서 남편을 만나면 너무 반갑고 이렇게 둘이 같이 늙어가는 것이 더없이 행복하게 느껴집니다.

"여보, 우리 너무 좋지? 우리 둘만 이렇게 살아서 너무 행복하지?"

남편은 "글쎄, 아이들과 같이 살면 더 좋지 않을까?" 하다가도 "맞아, 그래도 우리 둘이 여기서 지내는 것만큼 편한 곳이 없지"라고 말합니다.

오늘 가도 그만인데, 조금 더 시간을 주셨구나

수년 전 대전으로 강의를 갔다가 돌아오는 길에 죽을 뻔한 경험을 했습니다. 깜깜한 밤에 남편이 운전을 하고 있었는데, 고속도로에서 유턴을 한다는 게 그만 역주행이 되어버렸지요. 역주행인지도 모르고 한참을 달리는데, 별안간 앞에서 다른 차들의 헤드라이트 불빛이 밀려왔습니다. 아, 죽었구나. 이렇게 죽는구나. 이상할 정도로 마음이 평온했습니다.

그런데 하늘이 도우셨는지 가드레일 사이로 작은 틈새가 보였습니다. 남편이 그걸 놓치지 않고 얼른 핸들을 틀었습니다. 그 아래가 낭떠러지인지 뭔지는 알 길이 없었지만 그래도 정면충돌보다는 낫겠다 싶어서 핸들을 틀었던 모양입니다. 순간, 우리 차가 하늘로 붕 뜨더니 어딘가로 떨어졌습니다. 고속도로 아래에 있는 다른 도로로 떨어진 것이지요. 별안간 하늘에서 차가 떨어지니 씽씽 달리던 차가 경적을 누르며 기겁을 했습니다. 다행히 이번에는 역주행이 아니었습니다. 남편이 액셀러레이터를 힘차게 밟지 않았다면 거기서 또 사고가 났을 것입니다.

죽을 고비를 넘겼는데도 남편과 나는 침착했습니다. 안 죽어서 다행이라는 생각보다도 감사한 마음이 더 컸습니다. '오늘 데려가도 그만인 두 노인네에게 조금 더 시간을 주셨구나. 고맙습니다, 하나님.' 이런 마음이었습니다.

이후로도 걷다가 3미터 낭떠러지에서 떨어진 적도 있고 난데없이 심각한 병 선고를 받아 죽음을 준비한 적도 있습니다. 신기하게도 낭떠러지에서 떨어져도 크게 다치지 않았고 병도 식이요법으로 잘 극복했습니다.

죽음은 이렇게 삶과 가까이 있습니다. 오늘 갑자기 죽어버려도 전혀 이상할 것이 없습니다. 남편도 나도 꽤 많은 나이이니 병으로 죽어도 이상하지 않고 사고로 죽어도 이상하지 않습니다. 우리 둘은 언제든 죽음을 맞이할 준비가 되어 있습니다.

남편과 나는 늘 이런 얘기를 나눕니다.

"당신이 먼저 죽으면 나는……."

"내가 먼저 죽으면 당신은……."

남편이 먼저 죽는다면 나는 이 집에서 혼자 살다가 거동이 불편해지면 요양 시설에 들어가려고 합니다. 내가 먼저 죽는다면 남편은 딸들과 함께 살고 싶다는데 나는 요양 시설이 나을 거라고 설득 중입니다. 어쨌든 둘 중 하나는 홀로 남아야 합니다. 남들이 듣기에는 아주 슬픈 얘기지만 우리는 아무렇지도 않게 이런 얘기를 나눕니다.

죽음은 슬프지 않습니다. 탄생이 탄생일 뿐이듯 죽음도 그냥 죽음일 뿐입니다. 병이 드는 것도, 사고를 당하거나 재산을 잃는 것도 젊음이 사라지는 것처럼 자연스러운 일입니다.

그래서 우리는 어느 한쪽이 먼저 떠나더라도 슬퍼하지 않기로 했습니다. 상실감 없이 아무렇지도 않게 지금처럼 살아갈 자신이 있습니다. 이미 60년 가까이 붙어 살았으니 사랑할 만큼 사랑했습니다. 살아 있는 동안 감사했다, 덕분에 즐거웠다라고 말할 뿐입니다.

인생,
참 재미있습니다

최근 몇 년 사이에 세상에 엄청난 변화가 일어났습니다. 요리 프로가 드라마보다 코미디보다 더 큰 인기를 얻더니 갑자기 어마어마하게 많은 요리 쇼들이 만들어졌습니다. 요리 연구가들이 연예인보다 더 큰 인기를 누리고 있습니다.

과거에는 요리를 하는 것이 그다지 멋진 일은 아니었습니다. 능력 있고 멋진 사람들은 돈을 벌고 출세를 하지, 결코 앞치마를 두르고 요리를 하지는 않는다고 여겨졌습니다. 배달 전문 식당들이 우후죽순 들어서고 외식 산업이 발달하면서 집에서 요리하는 일은 그저 설거짓거리만 만드는 번거로운 일이 되었지요.

그런데 세상이 달라졌습니다. 거의 거꾸로 뒤집혀버렸습니다. 이제 여자들뿐 아니라 남자들까지도 요리가 좋다고 합니다. 요리하는 남자가 섹시하다고 난리들입니다. 셰프들이 인기가 좋으니 셰프가 되려는 젊은이들도 늘고 있습니다.

나에겐 이 모든 변화가 좋으면서도 염려스럽습니다. 사람들이 요리에 관심을 가지는 것은 좋은 일입니다. 그러나 나에게는 왠지 이 모든 일이 바람 같습니다. 한바탕 휩쓸고 지나가면 끝나버릴 유행처럼 느껴집니다.

세계인이 사랑하는 한식을 꿈꾸며

인류는 선사시대부터 요리를 해왔습니다. 불을 발견한 그때부터 요리는 인류의 생존 방식이었습니다. 누가 알아주든 알아주지 않든 누군가는 밥을 했고 인류는 그 덕분에 번성했습니다. 요리는 일상이고 생활입니다. 정성이고 사랑이며 꾸준한 노동입니다. 요리 연구가로서 요리하는 일이 높이 평가받는 것이 기쁘기도 하지만 한편으로는 이렇게 호들갑을 떨다가 금방 열기가 식어버릴까 걱정되기도 합니다.

그러나 이 시점이 나에게는 기회이기도 합니다. 한식을 널리 알려서 한국인과 세계인이 한식을 먹고 사랑하게 만들, 나에게 주어진 마지막 기회입니다. 젊은이들 사이에 음식의 국경이 사라지고 있습니다. 어려서부터 피자, 햄버거, 스파게티를 습관적으로 먹으며 자라고 해외여행이나 유학으로 외국 음식을 먹을 기회도 많으니 음식의 국적을 따진다는 것이 무의미한 일이 된지 오래입니다.

그런데 그럴수록 한식은 푸대접을 받습니다. 별로 새로울 것도 감동적일 것도 없는 음식, 제값을 치르고 사 먹기엔 돈이 아까운 음식, 데이트를 하면서 먹기엔 분위기가 떨어지는 음식으로 취급됩니다. 손바닥만 한 고기 한 덩어리에 샐러드 한 접시가 나오는 양식에는 5~6만 원도 거뜬히 지불하면서 수십 가지 반찬과 요리가 나오는 한정식에는 2~3만 원도 아까워합니다. 그러니 제대로 요리하는 한식당은 설 자리가 없고 5000~6000원짜리 김치찌개, 된장찌개 집만 성행합니다.

이탈리아 요리가 전 세계적으로 힘을 갖는 것은 이탈리아인들이 여전히 자신들의 요리가 세계 최고라고 생각하기 때문입니다. 이탈리아 엄마들이 집에서 여전히 파스타와 라자냐를 아이들에게 해 먹이기 때문입니다. 음식은 먹는 사람이 선택해주어야 문화가 됩니다. 한식을 즐겨 먹고 좋아하는 사람이 사라진다면 머지않아 한식은 '한때 한국인이 먹었던 음식'으로 사전에만 기록될 것입니다.

그래서 나는 방송을 합니다. 일부러 한복도 챙겨 입고 나갑니다. 백발의 칠십대 할머니가 젊고 팔팔한 셰프들 사이에서 고개를 빳빳하게 들고 목소리에 힘을 줍니다. 이런 나를 보고 도도하고 거만해 보인다고 평하는 사람도 있습니다. 하지만 나는 그래야 합니다. 내가 기죽으면 우리 한식이 기죽는 것이기 때문입니다.

오십대에는 내가 육십대가 되면 배우러 오는 사람도 끊기고 할 일이 없어질 줄 알았습니다. 그런데 60세에 책을 내고 더 바빠졌습니다. 칠십대가 되면 어디서 불러주는 사람도 없고 체력이 떨어져서 일을 못 할 줄 알았습니다. 그런데 〈한식대첩〉, 〈아바타 셰프〉, 〈옥수동 수제자〉 등 TV에 출연하면서 더 바빠졌습니다. 이 나이에 이렇게 많은 일이 주어진다는 게 신기할 따름입니다.

더 신기한 것은 내가 십대, 이십대에는 이런 세상이 올지 꿈에도 몰랐다는 것입니다. 나는 그저 어머니의 구박 아래 요리를 배우는 작은 소녀였습니다. 시집가서 가족들에게 요리를 해주면서 사는 것이 내게 주어진 인생의 전부인 줄 알았습니다. 그저 요리와 살림만 열심히 하며 살았는데, 어쩌다 보니 요리 선생이 되었고 어쩌다 보니 책을 내고 방송까지 하고 있습니다. 예전에는 일부 여자들이나 알아주는 선생이었는데 지금은 온 국민이 알아줍니다. 요리의 가치가 높아지면서 나 같은 요리 연구가들의 가치도 함께 높아졌습니다.

그래서 인생이 재밌습니다. 어떤 인생이 될지, 무슨 일이 일어날지 알 수가 없습니다. 그래서 인생은 살아봐야 합니다. 어떤 힘든 일이 있어도 주어진 일을 꿋꿋이 하면서 견뎌내야 합니다.

그러다 보면 언젠가 전혀 기대하지 않았던 반전이 일어날 것입니다.

요즘 나는 하루하루가 내게 주어진 선물이라고 생각합니다. 내 나이 일흔일곱. 여전히 할 일이 많고 체력도 허락됩니다. 거울을 보면 팔십이 다 됐는데도 주름이 없습니다. 좀 더 일하며 살라고 하나님이 봐주시는 게 아닐까 생각합니다. 곁에는 손을 잡고 걸어주는 남편까지 있습니다. 매일매일이 즐겁고 가슴이 떨립니다. 내게 허락된 그날까지 나는 감사하며 열심히 살아갈 것입니다.

음식, 마음이 없으면 아무 것도 아닌 일

글을 마무리하면서 지난 인생을 되돌아보니 주마등처럼 많은 생각들이 스쳐 지나갑니다. 즐거운 추억, 눈물나던 일들, 억울한 경험, 감격했던 순간들……, 크고 작은 사건들의 발자취를 되짚어보니 내 인생이 그저 '나의 어떠함'으로만 걸어온 길이 아니었다는 생각이 더욱 분명해집니다.

우연이라 하기엔 너무나 기막힌 만남들이 있었고, 불행이라 하기엔 예상치 못한 반전의 축복이 뒤따랐으며, 내 힘으로 견디어냈다 하기에는 감당할 수 없는 무거운 시간들도 있었기에 그저 내 입가에는 인생 전반에 걸친 보이지 않는 손길에 대한 감사의 고백만이 남습니다.

음식을 만들고 연구하고 나누었던 요리 인생 70년을 통해 내가 배운 것은 사랑이었습니다. 사랑이 없으면 아무것도 아닌 일이었습니다. 가족을 향한 마음이나 손님을 향한 마음, 또는 내 자신까지도 귀하게 대접할 수 있는 자기애를 포함한 마음이 없다면 음식은 아무것도 아닐 수 있습니다. 어쩌면 지혜로운 선조들이 말했던 '손맛'이라는 것이 결국은 이런 마음이 아닌가 생각해봅니다.

어린 시절 겪은 서러움의 시간들을 통해 나는 내 아이들에게 사랑을 주는 법을 배웠고, 섬겨야 할 많은 시댁 식구들과의 삶을 통해 희생 없는 사랑은 결코 가족을 하나 되게 할 수 없음을 배웠습니다. 두 어머니를 한 지붕 아래에서 모신 시간을 통해 나의 뿌리가 베풀어준 사랑을 알게 되었고, 진정으로 감사하게 되었습니다. 그 덕분에 매일 감당해야 할 짐을 오롯이 기쁨으로 여길 수 있게 되었습니다.

아직도 이 나이에 방송 촬영을 할 때면 '오늘 하루를 잘 버틸 수 있을까?' 하는 생각에 걱정이 앞서기도 합니다. 그러나 침상에 오래 누워서 인생의 마지막을 맞지는 않게 해달라는 나의 기도를 떠올리면 또다시 감사하는 마음이 차올라 매일매일을 기쁨으로 마무리하게 됩니다.

이렇게 늙은 나를 대우해주며 이곳저곳에서 불러주는 사람들에게 감사하고, 늘 바쁜 일정으로 곁에 있어주지 못한 엄마를 그저 밥상 하나에 만족하며 함께 견뎌준 네 딸들에게 감사하고, 여든넷이 된 지금도 나를 끔찍하게 아끼며 묵묵히 도와주는 건강한 남편에게 감사하고, 거침없이 하고 싶은 말 다하는 장모를 받아주는 사위들에게 감사하고, 간단한 요리 하나도 아주 귀한 것으로 여기고 열심히 배우는 나의 오랜 제자들에게 감사하고, 할머니가 최고라며 만날 때마다 따뜻하게 포옹해주는 아홉 명의 손주들에게 감사하고, 자격 없는 나의 인생에 수많은 은총을 베풀어주신 하나님의 은혜에 감사할 따름입니다.

아직도 내 몫으로 남은 사랑이 있다면 나는 기꺼이 하루하루를 지금껏 해온 것처럼 살아낼 것입니다. 음식을 만들고 연구하고 나누면서 내게 허락된 그 방식대로 사랑을 이루어가며 남은 인생을 살고 싶습니다. 이 책을 읽은 당신들께도 이 마음이 전해질 수 있다면 그것 역시 감사한 일일 따름입니다.

고맙습니다. 감사합니다.

사랑하고 존경하는 엄마에게

1년 가까이 이 책을 함께 준비하면서 엄마의 인생을 다시 한 번 깊게 생각해보는 시간을 가졌습니다. 한 사람이 인생을 살면서 한 가지 일에 온전히 몰두하되, 그 안에 삶의 의미까지 담아낸다는 것이 참 쉽지 않은 것 같습니다. 엄마는 그런 인생을 살기 위해 어떤 마음으로 걸어왔는지, 제게도 깊게 생각해보는 귀한 시간이었습니다.

엄마, 나이가 들수록 '엄마'라는 단어보다는 '어머니'가 익숙한 제가 요즘은 왜 이렇게 '엄마'라고 부르고 싶은지 모르겠습니다. 아마도 빠르게 흐르는 시간만큼 엄마라는 친근함을 더 많이 누리고 싶은 욕심 때문이겠죠. 엄마는 저에게 "네가 꼭 아들일 줄 알았다", "셋째가 마지막인 줄 알았는데 네가 들어선 건 기적이었다"고 자주 말씀하셨지요.

엄마는 일에서 돌아오면 저녁마다 우리를 안아주고 많이 대화를 나눠주며 사랑을 듬뿍 표현하는 좋은 엄마였지만, 동시에 도리와 예의에 벗어난 그 어떤 것도 허락하지 않는 너무나 엄격한 엄마였지요. 그래서 늘 긴장을 늦출 수가 없었습니다. 어떤 상황에서든 뭔가 깨우쳐줘야 할 일이 생기면 절대로 그냥 넘어가지 않고 어떻게 처신해야 하는지, 마음가짐과 도리에 대해 말씀해주셨지요.

그때는 오랜 시간 그런 이야기를 듣는 것이 힘들었고, 다 아는 얘기를 괜히 반복하는 것 같아 지겨웠지만 아이들을 키우면서, 또 어른들을 모시면서, 사회생활을 하면서 문득문득 생각나는 엄마의 말들이 삶의 지혜를 발휘할 때가 얼마나 많은지 몰라요. 엄마는 생활의 기본 원칙은 물론이고, 식사 예절, 옷 입는 법, 대인 관계, 손님을 대하는 법, 심지어 말하는 음성 톤까지 일상의 태도도 늘 강조하셨습니다.

"일할 때 100을 받으면 200 이상의 소출을 나게 해주어야 도둑이 아니다."

"어떤 일에든 주인의식을 가지고 하면 주인이 된다."

"작은 일에도 목숨을 걸어야 한다."

"흘려보내는 시간이 인생에 영향을 준다."

"부모에게 따지는 것만큼 어리석은 것이 없다."

"내일 일은 난 모른다. 하루하루 열심히 살아야 한다."

"아무리 부부싸움을 해도 밥을 안 해주면 절대 안 된다."

"계산하는 인생을 살지 마라."

"아무리 잘나도 가까이 있는 내 가족이 인정해야 진짜 잘난 것이다."

이 말들이 문장에 담겨 있는 뜻 외에 얼마나 많은 의미를 가지고 있는지, 살아가면서 더욱 실감하게 됩니다. 말로만이 아니라 엄마의 삶으로써 직접 보여주셨으니 더할 나위 없이 학습이 되었지요.

아이 둘을 키우면서 일하는 엄마로 살아간다는 것이 버거울 때도 많지만 두 어머니를 모시고 자식 넷의 도시락을 싸며 아버지를 아침 한 번 거르지 않고 출근시킨 엄마의 인생을 생각하면(그때는 그게 당연한 줄 알았지요) 내 고생은 아무것도 아니라는 생각에 힘이 솟을 때가 많습니다. 무엇을 크게 이루어서가 아니라, 대한민국의 유명 요리 연구가가 되어서가 아니라 엄마가 보여준 일상의 성실과 마음가짐이 제겐 더 대단하게 느껴집니다. 엄마 말씀대로 오늘 하루를 살아내기 위해 내일은 없다고 생각 하지 않았다면, 어려웠겠죠. 몇 년을 더 섬겨야 하지? 얼마나 지속될까? 내 인생은 언제 좀 편안해질까? 그렇게 계산 했다면 과연 그 과정을 버텨낼 수 있었을까요.

어릴 적, 저는 일하는 엄마가 너무 싫었습니다. 제가 막내이기 때문에 더욱 그랬을지 모르지만 언니들보다 더욱 엄마에게 집착해서 아침마다 출근 준비하시는 엄마 옆에 붙어 앉아 울곤 했지요. 집에 돌아왔을 때 어쩌다 엄마가 있으면 세상을 다 얻은 얼굴로 마당을 달려서 엄마 품에 안겼던 시간들을 기억합니다. 그림을 그려도 엄마 얼굴, 노래를 불러도 엄마, 시를 써도 엄마라는 제목으로, 늘 엄마에 대한 그리움과 외로움을 표현하곤 했습니다.

때때로 엄마에 대한 저의 집착이 지나칠 때면 너무 엄마를 좋아하면 안 된다며 제 감정을 밀어내곤 하셨지요. 그때는 이해가 잘되진 않았지만 이제는 사람에게 집착하면 대상이 누구든 건강한 사랑을 할 수 없다는 것을 알게 되었습니다. 사랑 안에서 의연해지는 것이 얼마나 중요한지도 알게 되었습니다.

자라면서 조금씩 엄마와 분리되어 사는 법을 배웠고, 덕분에 어린 나이에 유학을 떠날 결심까지 할 수 있었습니다. 유학을 떠나는 날, 엄마가 새벽에 제 침대로 들어오셔서 저를 안아주셨지요. 그때를 잊을 수가 없습니다. 제 얼굴이 하도 축축해서 눈을 떠보니 엄마가 제 얼굴에 얼굴을 비비고 제 머리를 쓰다듬으며 울고 계셨죠. 저만 엄마를 절절하게 그리워한다고 생각했는데 그게 아니라는 걸 알았지요. 그날의 기억이 유학생활 내내 저를 따뜻한 사랑으로 지켜주었어요.

엄마의 사랑을 떠올리면 밥상을 생각하지 않을 수 없습니다. 엄마가 퇴근 후에 저녁을 만드시면 정겨운 도마 소리와 된장찌개 냄새에 들떠서 해가 뉘엿뉘엿 지는 마당에서 언니들과 수다를 떨며 놀았지요. 그러면 잠시 후에 저녁을 먹으라는 엄마의 쩌렁쩌렁한 목소리가 울려 퍼졌습니다. 지금도 그때를 생각하면 그 행복감이 솟아납니다.

윤기가 자르르 흐르는 갓 지은 밥에 콩나물 두붓국, 할머니들이 좋아하시던 시금치나물과 꽈리고추조림, 향신장으로 조려낸 메추리알 볶음과 생선조림, 부드러운 달걀찜, 막 독에서 꺼낸 톡 쏘는 시원한 김치……. 그야말로 하루를 격려해주는 행복한 밥상이었습니다. 일하는 엄마, 학교에 가버린 언니들 틈에서 유난히 외로움을 많이 탔던 저의 어린 시절에 음식을 준비하는 소리가, 그 음식의 향기로운 냄새가, 정성 어린 풍성한 식탁이 얼마나 귀한 위로와 행복을 주었는지 모릅니다.

그것은 나뿐만 아니라 언니들에게도, 또 하루 종일 밖에서 시달린 아버지에게도, 또 오매불망 엄마만을 기다렸던 할머니들에게도 마찬가지였으리라 짐작합니다. 하루 종일 일하느라 지쳤을 텐데도 피곤한 기색 없이 밝은 표정으로 매일같이 저녁을 차려준 엄마께 정말 감사드립니다.

엄마와는 성격이 전혀 다른, 막무가내 할머니와 함께 살게 되면서 억울하고 원통했던 일이 많았습니다. 늘 언니들과 저의 눈물을 쏙 빼놓는 강한 할머니를 엄마가 왜 그렇게 귀하게 여기는지 어린 나이에도 이해가 가지 않았습니다.

엄마는 그렇게 많은 나이에도 할머니에게 구박을 받으면서도 늘 할머니를 사랑하셨죠. 할머니의 뭐가 그렇게 사랑스러울까 늘 의문이었지만 어느새 저희도 자라면서 엄마를 따라 할머니를 아끼게 되는 이상한 경험을 했습니다.

지금도 돌아가신 할머니를 생각하면 보고 싶고 그리우니 참 아이러니하다는 생각을 합니다. 엄마의 어린 시절을 생각하면 상처투성이인데, 어떻게 그늘 하나 없이 그렇게 긍정적일 수 있는지, 이 역시도 제게는 수수께끼입니다. 아무리 강하게 결심하더라도 사람은 자신의 경험에서 벗어날 수 없는 나약한 존재입니다. 하지만 엄마는 그것을 뒤집을 수 있다는 본보기를 보여주셨습니다.

상처와 어려움을 기회로, 감사로 승화시킨 엄마의 기질을 닮고 싶습니다. 날마다 삶의 짐을 기쁘게 지겠다고 적극적으로 결심했던 엄마. 그러한 삶의 태도가 오히려 더 큰 복을 부른다는 것을 가르쳐준 엄마를 자랑스럽게 생각합니다.

그렇게 엄마에게 배운 인생을 지금 네 딸들이 펼쳐나가고 있습니다. 딸 넷 중 미모로도 실력으로도 가장 뛰어난 큰언니가 엄마의 요리와 요리를 가르치는 일을 물려받아 성실히 해내고 있습니다. 엄마의 기질을 가장 많이 닮은 둘째 언니는 건강음식 연구와 더불어 대안학교를 통해 교육에 대한 열정을 펼치고 있습니다. 아버지의 치밀한 기질과 단호함, 그리고 지혜로 똘똘 뭉친 셋째 언니는 온 가족의 중재자로서 화합을 이끌고 있습니다. 어려서부터 눈치가 빠르고 호기심이 많았던 막내인 저는 엄마의 노하우를 세상에 공유하는 일을 맡아 엄마에게 배운 그대로 원칙을 지키며 최선을 다하고 있습니다. 어떠한 결과를 얻을지 아무도 모르지만, 어떤 일이든 기꺼이 감당했던 엄마를 닮으려고 애쓰다 보면 언젠가는 엄마처럼 세상에 무언가를 남길 수 있겠지요.

작은 것에 대한 감사가 결국 인생의 축복으로 돌아온다는 것을 삶으로 보여주셔서 감사합니다. 엄마가 보여준 일상의 지혜와 마음가짐, 삶의 태도가 저희에게 많은 영향을 준 것처럼 이 책이 또 누군가의 인생에 지혜와 열정을 가져다주길 응원합니다.

사랑합니다. 존경합니다.

막내딸 윤정 올림

10만 독자의 인생을 바꾼 책!

나약하고 수줍은 한 소녀가 세기의 발레리나가 되기까지,
국립발레단 단장으로 돌아온 강수진의 특별한 인생수업!

강수진 지음 | 328쪽 | 14,000원

• • •

나는 발레를 시작한 후 지난 30년 이상을 시한부 인생으로 살아왔다.

내일은 없다는 생각으로 맞이했고, 절실하게 맞이한 오늘은 100퍼센트 살아냈다.

열정이 있다면, 혼자 있어도 혼자 있는 게 아니다.

늦더라도, 내 갈 길을 가는 것이 중요하다.

- 본문 중에서

• • •

2013 교보문고 예스24 베스트셀러	2013 국방부 선정도서	tvN 〈스타특강쇼〉 최고의 강의	이어령, 김난도 강력 추천

나만의 인생을 찾길 원한다면,
지금 바로 '생각' 속으로 들어가라!

세계 최고의 승부사 조훈현이 말하는
인생에 담대하게 맞서는 고수의 생각 법칙 10

조훈현 지음 | 268쪽 | 15,400원

．．．．

바둑이 내게 가르쳐준 바에 따르면,

세상에 해결하지 못할 문제는 없다.

집중하여 생각하면 반드시 답이 보인다.

– 본문 중에서

．．．．

2015
에세이, 자기계발
베스트셀러

독서 고수 상위
0.1%가
선택한 책

중국, 일본
판권 수출

삼성 사장단 강연
추천도서